消逝的乡景

黄福林 著

百花洲文艺出版社
BAIHUAZHOU LITERATURE AND ART PRESS

图书在版编目（CIP）数据

消逝的乡景 / 黄福林著. -- 南昌：百花洲文艺出版社，2020.1
ISBN 978-7-5500-3521-8

Ⅰ.①消… Ⅱ.①黄… Ⅲ.①散文集 - 中国 - 当代 Ⅳ.①I267

中国版本图书馆CIP数据核字(2019)第264372号

消逝的乡景

黄福林　著

责 任 编 辑	赵　霞　许　复	
书 籍 设 计	黄敏俊	
制　　　作	周璐敏	
出 版 发 行	百花洲文艺出版社	
社　　　址	南昌市红谷滩新区世贸路898号博能中心一期A座20楼	
邮　　　编	330038	
经　　　销	全国新华书店	
印　　　刷	江西千叶彩印有限公司	
开　　　本	710mm×1000mm 1/16	印张 21
版　　　次	2020年4月第1版第1次印刷	
字　　　数	260千字	
书　　　号	ISBN 978-7-5500-3521-8	
定　　　价	59.00元	

赣版权登字 05-2019-344
邮购联系　0791-86895108
网　　址　http://www.bhzwy.com
图书若有印装错误，影响阅读，可向承印厂联系调换。

序：帆起鄱阳湖

近几个月，总能在第一时间读到黄福林先生的散文新作。

《消逝的乡景》是一组以描绘作者家乡鄱阳湖畔山水田园风貌，回忆往昔农村生活，记录二十世纪六七十年代农村风情和青少年时期往事，抒发乡情、亲情、友情为主的散文短篇。翻开一篇篇文字清新、意蕴隽永的短章，扑入怀抱的是鄱阳湖畔的湖光山色、故土风情、缱绻往事。作者用细腻的笔触引着我们走进山村湖畔旖旎风光，向我们细说乡间民俗趣事，再现人文风情，让我目不暇接，细细寻思，慢慢品味，受益良多。

一个人的文字，不可避免会打上他生命历程的烙印。因为走过，所以懂得，因为经历，所以珍惜。作者在鄱阳湖畔长大，放过牛，砍过柴，种过地，故乡的小河、树林、炊烟、旧屋、老井、斗牛山、青龙山，自然在心灵深处生长出美好记忆。后来他参军入伍，远离故园，青年时期从事过新闻、宣传、文秘工作，有大量新闻稿件和研究文章见诸报刊。他任过团政委，转业后担任九江市教育局副局长，退休后任九江市教育学会会长、九江市心理学会会长，兼任《九江教育》主编。闲暇之时，旧念萦回，那些如歌如诗般的乡村往事总不时出现在他的脑际。他对那养育自己的鄱阳湖山水总是心存感念，明明知道有些东西消逝了，仍然对存念中的故园风物保持弥久不散的热情，守住自己内心素净的虔诚，并总是情不自禁地把它倾吐出来。于是，故乡，成了黄福林先生心中的童话。

一

《消逝的乡景》中各类文章有 50 余篇，字里行间浸润着一个大写的爱字，跳动着热爱故乡、热爱亲人、热爱生活、热爱文化的主旋律，抒发了浓浓的家国情怀。作者把自己的情怀种植于家园，浸润于乡韵，寄托于亲情，联结于挚友，放飞于山川。作者在第一辑"家园"的小序中写道：

> 晨风摇醒故园一帘旧梦。炊烟氤氲的暮霭里回响着母亲催儿回家吃饭的声音。即使母亲老了，声音还是那么清脆；即使我将老去，故园还是那么温馨。家园是我灵魂栖息的绿洲。无论多少年，每当忆及就有一场春雨将它洗涤得青翠欲滴。

这是作者对全部篇什最灵动的诠释。尽管岁月的车轮前行，乡景在视线中消逝，蒙在心头的乡愁只是时空隔离的淡淡忧伤。故乡在他的心中没有离去，也没有老去，也不会老去，永远如此。因为爱她，所以不老。因爱到地老天荒才永远不会老。在这块胞衣之地上，作者是用心生活过的，虽然半个世纪过去了，那湖汊港湾，树木丛林，牧牛捕鱼，校园吟读，情窦初开，一幅幅生活的画面呼之欲出，跃然纸上。

故乡不只是蒙童的嬉闹、亲邻的饭菜飘香和喜庆时节的喝彩，即使寒冬的风霜雨雪，也无法动摇作者对这方热土的敬重。父亲的冤案曾给家庭和个人前途蒙上阴影，作者始终以乐观的心态面对，待到天开云散，作者轻轻将蛛丝抹去，依然高昂地行吟在绿草如茵的湖畔。只有胸怀大爱，才有如此率直坦荡的人生。

我想，这就是生活的历练。每一个鲜活文字都是稳踏在生活的历练上，都是用对故园对亲友深深的爱意浇铸！

二

散文是与人的心性距离最近的一种文体，是人类精神与心灵秘密最为自由的显现方式。作者在散文中，除了叙事者和当事人的"我"，还有许多人，这些都是曾经参与过他的生活，或者影响过他的生活的人。众多的人物里，奶奶、父亲、母亲、妻子，曾是作者生活中重要的构成部分，也成为作者情感联系最为紧密的人。所以基于他们的笔墨最多，他们的形象也最生动。有给予他生命乳浆的人，有朝夕与共同舟共济的家人，有帮助他渡过难关的法院院长和为他指点迷津的老师，有给予他温暖的战友。作者对他们所倾注的情感也最为深沉和热烈。

父亲和母亲是这部散文集中重要的人物。作者通过对自己父亲、母亲的回忆，串起了儿时虽然不乏苦涩，却充满温情的幸福时光。《父亲是一座山》《真爱无声》等篇章中记叙了父亲的许多往事，细腻地刻画了父亲小时候从师学艺，成家后辛勤劳作，抱病工作、战胜病魔的坚强意志和不屈不挠的奋斗精神，"对待困难和挫折，父亲淡然又坦然，就像对待疾病一样咬咬牙，就挺过去了，从不怨天尤人，也不乱发脾气，更不灰心丧气。他对母亲说，'怨有什么用，还得干，干了才有出头之日'。"尤其是父亲经历了冤案的折磨后，瘦小孱弱的身体仍然蕴藏着坚韧的意志力，常常教育子女"要争口气"。"争口气"成了留给子女的宝贵精神遗产。父亲的言行成了黄福林先生人生成长的教科书，带着浓浓亲情的言传身教，父亲的高大形象完美地屹立在自己的心头。《芬芳的菜园》中刻画了勤劳的母亲的形象，母亲慈祥仁爱勤俭持家的人格魅力处处给作者潜移默化的影响。在题材选择上，作者可以说是无拘无束、自由自在的，达到了直抒胸臆的目的。从物质世界到精神领域，作者选取自己非常熟悉的素材，汲取生活的原汁原味，无须虚构，坦诚展示，臻于"裁文匠笔，篇有大小，离章合句，调有缓急"的境界。

三

直抒胸臆是一种气度，一种格局，一种情操。青葱岁月的无拘无束，乡村生活的质朴自然，军旅生涯的豪爽正直，为作者垫起了真挚情感的高度，提炼了真挚情感的纯度。文字不事雕琢，有啥说啥，有话则长无话则短，自由自在毫不做作，作者的行文和做人都秉持这同一种风格。请看这一段文字：

> 平静的湖面，也有美丽的浪花。我在小河边，结识了她。
>
> 她是生产队的劳动能手。割稻、插秧、捡棉花，生产队采取定额包干或按量记工，她挣的工分最多。别以为会干农活的就是粗手大脚，虎背熊腰，非常能劳动的她却是小家碧玉，体态匀称，容貌姣好。

这就是作者的爱情体验，就这么简单，这就是那个时代人与人的淳朴关系，爱情也是这样质朴无瑕。

他和尊敬的周晓霞老师的感情，也是十分淳朴的。

当我收到一篇篇周老师修改后寄回的文章和信件，我仿佛看到当年在学校里，在昏黄的煤油灯下，老师们费心劳神，逐字逐句批改作业，就像园丁培育树苗一样，剪掉多余的枝丫，清除枯黄的叶片，塑出各种造型，施以水分、养料，给予阳光、空气，让其成长、成型、成荫、成材……

良师难遇，恩师难逢。但我却遇着了，逢到了！我是生活的福报者，我是生命的幸运儿！

几乎所有的作品都具有一定的自叙性，他总会在不同程度上反映自己的情感世界和心理赖以生存的状态。从血管里流出来的是血液，从作品里流出来的是情怀。作者的每一篇作品都记录了他的一段生命历程，《故乡岁月静好》中写孩童时给乡亲邻里送豆渣的情景十分传神十分真切：

我捧着一个个热乎乎的豆渣团子送出去，从邻居家带回一句句热情的道谢，心里就非常温暖、惬意。我家也不时受到邻居家的馈赠，如一碗豆渣、一个南瓜、一把青菜、一盘鱼虾……村上邻里之间的关系就在这一个个豆渣团子或一碗时鲜蔬菜的互相传递、赠送中，变得亲亲密密，甜甜蜜蜜，人间烟火、人间真情、人间礼节得以延续、传承、兴旺。

又如：

我出生不久，母亲因怀妹妹断了奶水，我就一直吃伯母的奶水。

小时候大人逗我，说我是伯母生的，搞得我信以为真。有时人家问我："宝宝，你是谁生的？""大妈生的。"在场的人就哈哈笑起来。母亲说："是啊，你是吃大妈的奶长大的，就和大妈生的一样。"大妈笑得嘴都合不拢，付出再多，也心甘情愿。

不仅对人，对物对事也同样满怀深情，对故乡的美好讴歌，对友情亲情的赞叹，为远去的耕牛唱一曲挽歌，都是深沉真挚，淋漓尽致。如《魂萦双港塔》中写道：

　　我知道，从来就不是美文写出了美景，而是美景成就了美文。双港塔，你就是一位神笔大师，用身躯和灵魂，绘就了鄱阳湖大写意。
　　我爱双港塔，爱到魂魄里！

感情真挚是散文的底气。作者的家国情怀引发人们热爱故乡的共鸣，乡愁的回放并非源于恋旧，而是在于激发人们更加热爱家乡，建设家乡，擘画最新最美图画的豪情壮志。

四

虽然作者的文学写作起步较晚，但是在表现手法的运用上却十分娴熟老到，运用自如。作品的一大特点是重叙事，擅白描，画面感强，讲求严谨而不乏风趣。通过多层次安排材料，再现生活的厚重。无论是场景还是人物，都是用简省的笔墨几笔速成。请看：

写草坪打草之后：

　　村边上，谷场上就出现一堆堆码得整整齐齐的像小房子一样的干草垛。……有草垛的地方也是儿童们捉迷藏的好地方，当然，有些青年男女也会背着村人在这里谈情说爱，甚至做些苟合之事。有了草垛，村庄似乎平添了几分神秘，几分朦胧，几分曼妙。(《那一片草坪》)

这就是一种用文字完成的速写，有着清晰的画面感。

写对夏天的感觉，"夏天就像个后娘，成天拉着脸子，脾气暴烈。一早就把人撵出家门"。人们都到树荫下乘凉去，"树林真是个亲娘"！形象刻画，笔笔精到。

又如写老乡们聚在一起吃饭、聊天的场面：

　　老肖左手托着盛满菜稀饭的紫砂钵，右手夹着一块红薯，蹲在碾台边，呼啦几口稀粥，咬一口红薯。那"嗖嗖"的喝粥声，就像集合的哨音，把端着大碗的男女老少都召集过来了。他们或坐或站，有的脱掉鞋子，圪蹴在地上。(《消逝的乡景》)

　　拉家常的老倌和婆子们也凑在一起，东家长、西家短，人家的孩子，自己的收成，聊得不亦乐乎。屋檐上大块的冰凌和大团的积雪掉下来，也压不住那股热乎劲。有时两个女人靠在门框上，就能聊半天。(《我的四季在放歌》)

《乡村杂记》中写王嫂李婶吵架，老举劝架，人物栩栩如生，呼之欲出，场面生动传神，引人入胜：

老举是一族之主，他把拐杖一杵："吵什么吵！乡里乡亲的，低头不见抬头见。不就是吃了几棵莴苣吗，有多大事，也值得翻脸？"老举先严格要求本族家人。

然后又对着李婶说："小孩子打了一下猪，打伤了，还是打死了？要那么较真么，以后不见面啦！"

老举越说越激动，胡子一抖一抖，手杖一杵一杵，身子一颤一颤，一股威慑力向四周扩散。两个女人都不吭声了。

还有，《惜伞》中写多才编顺口溜讽刺胡婶，对人物的刻画简明扼要，就十分到位。

白描作为一种表现方法，用最简练的笔墨，不加烘托，描画出鲜明生动的形象。文字简练朴素，不加渲染。不写背景，只突出主题。不求细致，只求传神。不尚华丽，务求朴实。作者能将精力集中于描写人物的特征，往往用几句话，几个动作，就能画龙点睛地揭示人物的精神世界，收到以少胜多，以形传神、形神兼备的艺术效果。

将饱满的真情实感，以及散文的灵魂巧妙地寄托在物象之中，让它在读者心里久久盘旋，震荡和升华读者的精神世界，这在作者的文章中也随处可见。

请看《消逝的乡景》中关于炊烟的描写：

我伴着升腾的炊烟慢慢地长大。每当放学回家，或参加工作后回乡，总是渴望那缕缕炊烟，见到炊烟就像尝到了美味。炊烟，是老屋升起来的云朵，是柴草燃化成的幽魂，是村庄呼吸出来的气息。

诗化的语言表达对炊烟的眷念和感恩，也揭示了村庄与炊烟的形影不离相依为命的密切关系。

在《老屋钩沉》中写道：

> 老屋静静地伫立在村子中央。四周是鳞次栉比的楼房，中西合璧的现代建筑，五颜六色的砖墙瓦顶，更凸显老屋的苍凉、陈旧和沧桑。

这样的简单几笔勾勒出乡村的风貌，同时透出自己凝练沉重的感受。小时候的劳动可以说是作者终生难忘的生活体验，有着刻骨铭心的生活感受：

> 母亲领着我到包干的棉地里去耘草，我锄了一会儿麦苗，衣服全被汗水湿透，手上也打起水泡。虽然带着草帽，日头的烘烤一点也没减弱，带去的一壶水也被我喝光。我一会儿抬头望望太阳，太阳像固定似的，一点也没有移动。我在煎熬中耘草，在耘草中煎熬，繁重的劳动，让我体会到什么叫度日如年。人在舒坦的时候，一年一晃就过去了；而在艰苦的时候，日子过得都要慢许多。

除了白描手法之外，作者的议论手法也运用得十分精彩。《农事琐忆》中写推车的这段议论就是例子：

> 随着阅历的增多，我对手推车的作用愈加敬重，每当看到手

推车,脑子里就浮现淮海战役老乡们推车往前方运送粮食和弹药,浮现大型水利工地上男女社员拉土运石,浮现农民交公粮卖余粮车子排成长龙。手推车,曾经推出了一个新中国,推出了一座座水利工程,推出了连年的农业大丰收。当然,也想到了上世纪六七十年代弘扬的"小车不倒只管推"的奋斗精神。这大概是当年推车的汗水和手推车文化留在心头的结晶吧。

这里以小见大,悟出道理,这样深刻的思考折射着黄福林先生的人生态度,将对生活的对文化的热爱升华到哲学的思考和价值观的考量。

岁月的长河不舍昼夜地流淌,带走许多美好的记忆和眷恋,洗刷和翻新人们生活中的印痕和滋味,更换着故乡衣着的款式和色彩。鄱阳湖畔,美好的乡景也在岁月中渐行渐远。不管故乡往后变得如何繁荣如何辉煌,在作者心中的故乡,绿色的树林,银色的涟漪,低矮的村落,袅袅的炊烟,勤劳的奶奶,贤惠的妻子,芬芳的菜园,将永远是不褪色的靓丽画卷,令人向往的精神桃源。

消逝的乡景是时空的更迭,在每个灵魂深处都会有值得永恒眷恋的乡愁!伴随那一汪清朗湖水的轻吟浅唱,生命之帆,生活之帆,爱情之帆,事业之帆,理想之帆,曾经从这里启航,如今正驶向新的壮美和辽阔!

是为序,谨志贺忱。

陈德淼

2019 年夏于柴桑春天

目　录

CONTENTS

辑五　山　河

家园

晨风摇醒故园一场旧梦。炊烟氤氲的暮霭里回响着母亲催儿回家吃饭的声音。即使母亲老了,声音还是那么清脆;即使我将老去,故乡还是那么温馨。家园是我灵魂栖息的绿洲,无论多少年,每当忆及就有一场春雨将它洗涤得青翠欲滴。

山居圖

山翁只合住深山　一個閑人天地間　挑担
清采踏雲去　岩傍板齊亦搭板　目之作
於戊戌年仲夏日　廬山西海

鄱阳湖畔是故乡

造物主太随心所欲了，硬是把村前一座绵延十多里的山峦拦腰截断，中间拉开一里多宽的豁口，变成两山对峙。两座山峰形似牛头，锐角前倾，怒目相怒，犹在决斗。人们把它叫作斗牛山。

斗牛山西边是烟波浩渺的鄱阳湖，东边是一片洼地，鄱阳湖水从豁口涌进来，洼地就成了有溪有河、有川有壑的湖汊，人们称它为斗牛山湖。斗牛山湖平时水面不足万亩，到了汛期，湖水攀岩爬坡，占地浸土，面积要扩大一倍。1954年那一次大水灾，汛水把斗牛山湖撑饱、增肥、扩张，湖水涨了二三倍，淹得周围的大村小庄只露出个村尖尖。

斗牛山湖沿岸坐落七八个村庄，我们后黄村像一颗珍珠落在湖的东边，与斗牛山隔湖相望。村子东南面是丘陵，西北面是湖泊，东高西低，房屋都是坐东朝西。这种朝向冬天灌风，夏天日晒，不如坐北朝南舒服，但它依山傍水，居高临下，把斗牛山的雄姿、鄱阳湖的美景尽收眼底，赏心悦目。我家就在村子前面，开门见山、见水，透过豁口可望见茫茫的鄱阳湖。

儿时印象中的鄱阳湖很大，大得无边无际，水在空中，空在水中。最令人心怦的是鄱湖落日，悬日半边含在水中，半边拎在空中，你拉我扯，撕得残阳如血，把半边天空和湖水染红，惊起雁飞长鸣，更显水天的空阔和邈远。小孩子好奇心强，总想分清哪是天、哪是水。我使劲朝鄱阳湖张望，是水浮着天，还是天抱着水，或是水中就有个天？眼睛都瞅酸了，也没看出个究竟。长大后，我读到王勃《滕王阁序》中"落霞与孤鹜齐飞，秋水共长天一色"，心里暗暗骂了一句：这小子眼睛真贼，硬是把鄱阳湖的景致看透了！

在云水之间，出现一个黑点，又一个黑点，黑点在缓慢移动，渐渐向斗牛山漂来。黑点越来越大，由黑变灰，由灰变白，原来是一只帆船，桅杆上挂着巨大的"旗帜"，迎风展开。船借风力，风助船威，云水簇拥，踏浪前行。快到村前，我就喊着：来了一只船！又来了一只船！

奶奶在灶间忙活，接过话茬："船来了有什么好叫！"可我还是一声接一声地喊着。帆船好像听从我的指挥，一只又一只地向村边驶来。

傍晚，湖边桅杆林立，船只成行，像一队荷枪实弹，严阵以待的士兵，忠实地守卫在村口。此时，渔舟返岸，鸟雀归巢，牧童回村，社员收工，村子里人欢马叫，犬吠鸡鸣，渔舟晚唱，暮鸦声声。它们与炊烟、暮雾、晚霞混为一体，山村水乡，几分沸腾，几分朦胧。

到了冬天，又是一番景象。斗牛山覆盖着一层白雪，松树枝桠和针叶上挂满或长或短，或粗或细的冰凌，湖面水汽氤氲，窝冬的帆船一字排开停泊在村口，不时有飞鸟从桅杆掠过。山白水墨，云淡树翠，像水墨大师随意的点缀和勾描。上中学时，有一次老师讲解杜甫的《绝句》，当讲到"窗含西岭千秋雪，门泊东吴万里船"时，我情不自禁插了一句："我家门口就是这样！"老师瞅了我一会，风趣地回了一句："你就是那'两个黄鹂鸣翠柳'啦。"同学们哄堂大笑，弄得我面红耳赤，恨不得变成"一行白鹭上青天"。

每天，奶奶到河边洗衣、洗菜，我就拿着个空篮子或小网兜跟在湖边网小鱼，有时也能网上几条小鱼、小虾。奶奶怕我掉进河里，总让我坐在岸边石头上不要跑，我就看鸬鹚捉鱼。只见渔翁划着竹筏，竹筏上面站着几只鸬鹚，鸬鹚一会儿跳入水中，一会儿冒出水面，渔翁就从鸬鹚脖子里挤出一条条鱼来，鸬鹚又钻入水中。有时我莫名地替鸬鹚鸣不平，说老渔头尽夺鸬鹚口中的鱼儿，有本事你也下去抓一条呀。奶奶在一边就笑起来了。

湖边的景色是很迷人的。浅岸婆娑的水草，映日的荷花，细嫩的菱角，漂浮的青萍，仿佛无数柔软的纤手，在那里轻轻地舞动，温婉多姿，如梦如幻。它们与天空的云朵，振翅的鹭鸶，水面的帆船，两岸的垂柳一起倒映水中，让人目不暇接，心旷神怡。"每日泛舟荷塘里，终身愿做鄱湖人"，这是我六十岁回乡时写的一首诗句，表达自己对鄱阳湖的眷恋。真的，小时候的湖边美景，就是一首气韵飞动，情思悠长，灵润生香，意境高远的抒情诗。

湖边的孩子游泳是家常便饭。夏秋季节，每天等不到太阳下山，我们就泡在水里，狗刨、蛙泳、扎猛子什么都会。小孩子多了，就互相使劲用双脚击打湖水，一边划，一边击，看谁把水花击得高，把水面击得响。不到父母来湖边喊叫，是不会上岸回家的。

我伯母娘家在斗牛山西边的外湖村，平时伯母回娘家都要坐船或绕很远的山路。偶尔伯母有事需要给娘家捎信捎物，但又没有船，我便会自告奋勇当信使。我把伯母要捎的小物件顶在头上，然后踩水过河，一二里宽的河面一会儿就游过去了。上岸后翻过斗牛山到外婆家，外公外婆不是留吃饭，就是给一堆零食，办完事后又游泳回村。村里妇女在湖边洗衣服，不小心衣服被水漂走或一只鞋子、一块肥皂沉入水底，都是我们这些小孩子给找回来的。每办成一件事，我心里都美滋滋的，似乎很有成就感。

最令人高兴的是端午节看龙舟赛。我们那里把龙舟赛叫作划龙船。看划龙船是乡村最重要的娱乐活动，生产队要放一两天假，男女老少穿戴整齐，喜气洋洋去看划龙船。

那时农村并没有专门定制的标准的龙舟，而是以生产队劳动生产用的普通木船代替。生产队都有三种船：一种是"莲湖佬船"，即五十吨左右的货船。由于邻近的莲湖公社有着民间造船的传统工艺，我们那一带的大船都由莲湖师傅制造，就把他们造的船统称"莲湖佬船"。这些船以风帆为动力，一般在长江或鄱阳湖航行。再一种是驳船，有四米多宽，载重量十吨左右，以撑竿为动力。还有一种是"镣船"，二米多宽，十多米长，以划桨为动力。龙船都是用临时改装的镣船来代替，用稻草或竹片扎一个龙头龙尾，两侧加上木板当作座位。由于镣船有大有小，所载选手有多有少，而划船用的木桨也不是按专业要求定制的，有宽有窄，有长有短，所谓赛龙舟并不是真正意义上的实力较量和比赛，只是一种传统娱乐的参与。但不管装备如何，选手们热情很高，劲头很足，都使尽吃奶的力气拼命划行。

看划龙船非常喜庆，女人们穿着平时压在箱底舍不得穿的新衣服，三三两两相邀，沿着田埂、山脚、堤坝来到湖边。他们打着花伞，穿着或红或粉、或白或蓝的衣服在岸边走动，远远看去，像火焰一样闪耀，像白雪一样纷飞，使人从心里感到，雄伟的斗牛山，依然压不住年轻生命的跃动和活力。

那一年，母亲、伯母、叔母带着我们几个堂兄妹在斗牛山湖看划龙船，但见沿岸挤满了人，湖中有七八只龙船鱼贯而行。一会儿二三只龙船排成一行，随着紧凑的锣鼓节奏，拼命向前划行；一会儿四五只龙船排在一起，在欢呼声中齐头并进。男人们一边喝彩，一边评论，看到哪一只龙船跑到了前面，就吆喝"好好好"！看到哪一只龙船落后了，嘴上就不干不净："没个卵用。"年轻的女人则抿着嘴，一边看龙船，一边环顾左右，她们并不在乎哪只龙船的快慢，更多关注的是谁的衣服更美，谁长得更俏，哪一个村的姑娘打扮得更漂亮，不时交头接耳，发出嗤嗤的笑声。她们笑得那么甜蜜，那么含蓄，那么羞涩，你就是站在她们身边，也不知道她们笑什么，只能从那欲嗔还娇的表情中，作出一些似是而非的猜测。老人们凑在一起，不时谈起年景和收成，叹息年岁大的儿子还没有找着媳妇。有的抱怨儿子不孝顺，娶了媳妇忘了爹娘。

我跟着母亲在一个比较高的地坎上看龙船，龙船行到面前，跟着叫好喝彩。一会儿伯母递给我一个鸡蛋，一会儿叔母塞给我一个粽子，我好像看龙船的时间还没有吃东西的时间长，以至于我到成年后，偶遇龙舟赛，还误认为是一次美食节呢！

稍长大点，我就喜欢上摸鱼捉虾。鄱阳湖边捕鱼的方法很多，适合于儿童的有牵绳子、推篾子、放卡子、踩淤泥以及翻泥鳅及垂钓等。

牵绳子非常辛苦，冬天在湖边浅滩地方，一伙小孩用一根四五十米长的麻绳，由两个人在两边牵着，绳子从水底刮过去，其他小孩一字排开跟在绳子后面。冬天水温低，鲫鱼待在水底不动，被绳子刮着，水面就会泛起涟漪，伸手下去就能逮着。由于天气寒冷，脚在水里像刀子割一样，我们只在中午牵绳子，一次每人也能搞到二三斤鱼。

推篾子不分春夏秋冬。篾子是用直径一米多的半圆形木框装上纱网，中间加支推竿，在水中推着木框往前走就能捕到鱼。春天下暴雨之后，山沟和溪流的水都流向斗牛山湖，鱼会逆流而上产卵，我们就到溪流和浅水区推篾子，每次收获都不少，有时还能碰上大鱼。

踩淤泥是在湖水退下去之后，淤泥里会有乌鱼生存，我们一伙孩子就站成一排，拉网式向前踩去，在三四十公分深的泥里，常能踩上乌鱼。有时我们也会到稻田里去踩乌鱼，同样会有收获。

翻泥鳅是我放学后，星期天常干的活。在一段水沟两头筑上泥坝，用盆子把水舀干，然后把淤泥从后往前翻一遍，就会抓着黄鳝和泥鳅。

上世纪六十年代末,我弟弟出生,家里没钱买营养品,我每个星期天翻一次泥鳅,每次抓获一二十斤。生长在山村水乡的孩子,吃苦精神和自理能力都很强。多情的鄱阳湖,不仅给了我无穷的快乐,而且给了我许多的收获。我至今还保持垂钓的爱好,且钓技也还不错。

大自然有时也会被人类活动牵着鼻子走。大跃进时期,公社集中上万劳力,在斗牛山豁口建了一座堤坝,把鄱阳湖和斗牛山湖隔开。斗牛山湖又多了一个名字:斗牛山水库。不过,这个名字只存在于《鄱阳县志》里,存在于官方语境中,民间百姓还是习惯称斗牛山湖。我们村庄人,对它的称呼就有些霸道:"门口湖。"斗牛山也称为"门口山"。好像这山和湖是自己家里的。

再后来,农业学大寨,围湖造田,斗牛山外围又建起一座更大的圩堤:利池湖大堤。大堤十几公里长,把斗牛山也围起来了。从此,站在家门口,再也看不到鄱阳湖。斗牛山由于没有湖水的衬托和浸润,也失去锐气,再无斗意。作为游子,我每次回到村庄,也淡化了"在水一方"的优越感。

鄱阳湖离我们村庄远了。要看鄱阳湖,就要翻过斗牛山,步行十几里,再爬上利池湖大堤,就可见到一泓清水。天还是那么蓝,水还是那么绿。但你再也看不到那桅樯林立、千舟竞发、橹楫频摇的点点白帆。代替它的只有那突突突地叫着,不断冒着青烟的机动船。

我的四季在放歌

春

小时候，总是燕子第一个告诉我：春来了！

用语言，也用行动。不过，行动不太友好。我正在屋檐下玩泥巴，忽然"滴答"一声，一团稀物掉在我脸上。鸟粪。燕子干的。

村里就数奶奶最懂鸟语。太阳爬上树梢，喜鹊"喳、喳、喳"叫了几声，奶奶说：喜鹊催你"起——床——啦！"这时奶奶就像个调皮的小孩，我故意赖床。

布谷鸟叫了，奶奶又解释："快割快割，收麦栽禾。"它提醒人们不要误了农时。

燕子在屋梁上"叽哩哇啦"嚷了一阵，我紧接着说："不要钱，不要米，借你家屋梁做窝哩。"因为奶奶年年都翻译，我也学会了。

听说燕子姐姐要来，柳枝披上绿色的纱巾，小草穿着淡翠的裙子，月季顶着青嫩的骨朵，在河边，在院子里招手欢迎。玉兰树捧着莲花酒杯，在村口敬酒呢。

这时，燕子踏着轻云，仙袂飘飘过来了。黄鹂、白鹭、画眉、鹦哥也且歌且舞，翩翩而至。

到处莺歌燕舞。

谁也按捺不住春的冲动。枝在发，叶在长，花在开；鸟儿啼，虫儿鸣，蛙儿唱……季节已到它的繁华处，如一个离家的孩童见到久别的母亲，谁能阻挡住他奔向妈妈的怀抱？

又是一夜春风过。园子里的莴笋、蒜苗、青菜站起来了。竹笋顶破厚土，窜出一尺多高。爬山虎都爬到屋顶上去了。最数那院子里的月季花，开得没心没肺，才一二天功夫，都齐刷刷地冒出来，每根枝条上都坐满了花朵，手挽手，肩并肩，重重叠叠，盛况空前。

油菜花想一统天下，漫山遍野地泛滥。那黄艳艳的花蕊，衬着粗手粗脚的女人们，一个个娇媚起来。男人看女人的眼光，就多了几分热浪。

全乱了。春风搅醒了土地，搅幻了视线，搅乱了孩子们的脚步。我们漫山遍野地疯跑。刚从斗牛山上摘了一捧杜鹃花，又到湖边来抽芦芽。就看见鱼儿浅游，鸭子荡波，燕子衔泥。那燕子水面一掠，柳梢一点，空中一划，就飞向村子去了。歌声便从孩子们的口中冒了出来。

> 小燕子，穿花衣，
> 年年春天来这里。
> 我问燕子为啥来？
> 燕子说："这里的春天最美丽！"

这草长莺飞，花团锦簇的乡村，能不美丽吗？

夏

夏天裹着春末秋初，一头扎入酷暑的蒸笼。

早晨就闷热。空气好像凝固了，树叶一动不动。知了嘶鸣，把夏日撕扯得细碎而冗长。

天边露出一个火球，火球吐着火舌，一道道金光，铺天盖地。人就往树荫下去。那里比屋内凉快。

夏天就像个后娘，成天拉着脸子，脾气暴烈，一早就把人撵出家门。

林子里是个好去处。那些粗大的樟树、榆树、枫树、槐树，撑起一把把巨伞，枝叶交叉，密密匝匝，太阳是射不进来的。人在树底下乘凉。牛在阴凉处反刍。狗也吐着舌头，呼哧呼哧不肯离去。

树林真是个亲娘！

大人们上工去了，林子里成了孩子们的天下。网知了，掏鸟窝，捉野兔，可着劲地疯。

大猴爬树爬得最快，已经接近树梢上的喜鹊窝。大猴是麻雀婶子的大儿子，天生一个淘气包。因为他动作敏捷，村人就叫他大猴。大猴正要伸手掏鸟窝，两只喜鹊在头顶上"喳喳"地嘶叫，声音很凄惨、愤怒。

"住手，快下来！"到林子里喂牛的生产队饲养员大和尚爷爷正好撞上这一幕。孩子们平时都惧怕大和尚爷爷。大猴乖乖地从树上滑了下来。大和尚爷爷上去一只手揪住他的耳朵："爬那么高，不怕摔死？一会告诉你娘揍烂你的屁股。"

孩子们一哄而散，捉迷藏去了。

晌午，大地被烈日烤得恍若冒烟，大人们在林子里昏昏入睡。我和堂哥划着杀猪用的大木盆，摇摇晃晃地在荷塘里摘莲蓬。荷塘里还有一些孩子在采莲子，他们或者蹚水，或划木排。绿水幽幽，荷香袅袅，藕花婷婷，莲叶青青。好一个"接天莲叶无穷碧，映日荷花分外红"。

其实，夏日最美的风景是在晚上。

夏夜纳凉才是最惬意的时候。夕阳西下，人们就在院子里、禾场上搭起铺板，铺上凉席，搬出凉床。男男女女，扇着蒲扇，大大咧咧，或坐或躺，不时用扇子在腿上、胳膊上猛击一下，那是扑打该死的蚊子。吹着凉爽的晚风，聊着日间的劳作，扯着即兴的闲话，白天的劳累渐渐地消融在夜色里。

孩子们继续释放无处发泄的激情。

萤火虫提着小"灯笼"过来了，把夏夜划出一波一波的亮。我们追着萤火虫跑。跑过一片草丛，跑到一片竹林，身后就响起母亲的怒吼："快回来，草里有蛇。"一提到蛇，我吓得赶快往回走，可握在手里的几只萤火虫被捏扁了。

躺在奶奶身边的凉席上，望着天上米粒一样多的繁星和银盘一样的月亮，听着奶奶讲牛郎织女、嫦娥奔月的故事，我就认识了牛郎星、织女星，还有像勺子一样的北斗星。想着"天狗吃月"是不是和家里的黄狗啃骨头一个样子。一颗流星拽着火把从头顶划过，好像掉到村前的荷塘里去了。

传来一阵犬吠。这只叫了，那只呼应，村上就响起狗声大合唱。一只猫不知是做了噩梦，还是被犬吠声惊起，"喵"一声从墙头跳过，沿墙根"嗖嗖"而去，仿佛是武侠片中的飞墙走壁的侠客，原来是发现一只老鼠追了过去。一会儿风平浪静，草丛里的蛐蛐、蝈蝈又唱了起来。青蛙伴着和声。村边的溪流奏着千古不变的汩汩欢畅的旋律。

夏夜，就是一场盛大的音乐会。

天空，就是维也纳金色大厅。

秋

山菊把金黄色的花朵举过头顶，秋天才肯出来赏脸。

秋天的架子太大了。一直和夏天黏黏糊糊，沆瀣一气。一照面，就放出个"秋老虎"，给人脸色。我生气了。

你不就是要"进贡"吗，我求老天爷，给呀！

玉米、稻谷、谷子捧出金子般的颗粒，山一样地堆在你的面前；芝麻、荞麦、高粱献出珍珠般的碎金细银，供你享用；苹果、雪梨、红枣、山楂……在平原，在山岗，在树上列队，请你检阅；花生、土豆、红薯手上实在没啥，就从地下抱出自己的"胖娃娃"，让你欣赏。

还有那枫林挂出红色帐幔，古樟撑起绿色华盖，金桂捧出醇香佳酿，荷藕小姐舞动玉臂美腿为你跳起芭蕾……

这一切，还不够你显摆吗？

秋天这才像新娘上轿，羞羞答答正式登场。于是，大地秋阳杲杲，秋风送爽，秋兰飘香，秋色宜人。

天凉好个秋！

人就置身于金色的梦幻里，收获、欢乐、畅饮、狂舞，歌唱……尽情品尝秋的果实，享受秋的美景。

这是秋的回馈！

可是秋日太短，短得像午间小憩，还没来得及睁眼，就被冬天劫持而去。

先是一夜北风，树叶哗哗啦啦掉落满地，接着花朵凋谢，小草枯萎，山林饥瘦。田野一片萧瑟，大地素面朝天。

秋风秋雨愁煞人。

都说"愁"字心理藏个"秋"。怎么刚收下"礼品"就变脸呢？

无情无义！我还是生气。

冬

没有雪的冬天，不是完美的冬天。

儿时乡村的冬天是下雪的。那雪，搓棉扯絮，飘羽飞绒。一下好几天。

清晨睡在床上，就有米粒儿一样的东西打在脸上，手一抹，米粒儿化成水，凉凉的。母亲说，"雪子从瓦沟里钻了进来。"我起床一看，外面一地米粒儿，蹦蹦跳跳。风一吹，都滚到墙根下，地沟里。

老天就是这样，先让雪粒打先锋，扫平道路后，风卷鹅毛，如絮的雪花漫天飞舞。大地就白了，肿了，一片苍茫。

雪落故乡静无声。

土地安静地歇着。麦苗、小草匍匐在地上。虫子、小鸟找地方安眠。树木早已褪去绿色的裙衫，安然就寝，北风吹来，发出"飒飒"的梦呓声。

那几只平日里东奔西跑，见人就吠的家犬，就像打油诗中说的："黑狗身上白，白狗身上肿。"这会缩在屋檐下，头一摇，身一抖，卸去银装，黑狗也不白，白狗也不肿，耷拉着脑袋在打瞌睡。生人来了，也懒得叫唤。

只有人在欢腾。

比夏秋季节晚一个时辰升起的炊烟，把村人从被窝中唤起，几碗热气腾腾的稀粥和几片咸菜下肚，精气神就旺了。那种只有冬天才有的气息便弥漫村庄。

"打串堂"的锣鼓敲响了。七八个人组成的临时戏班子，带着乐器，走村串户，唱着赣剧。满屋子围着男女老少，不时传出喝彩叫好声。

"讲古"的聚在一起开场了。男人们叼着烟袋，女人们纳着鞋底，围在烘炉边听得入迷，思绪也跟着"讲古"人的舌头，跑到《包公案》《水浒传》里面去了。从早到晚，讲者不倦，听者不厌。

拉家常的老倌和婆子们也凑在一起，东家长、西家短，人家的孩子，自己的收成，聊得不亦乐乎。屋檐上大块的冰凌和大团的积雪掉下来，也压不住那股热乎劲。有时两个女人靠在门框上，就能聊半天。

　　冬天还是青年男女结婚的好日子。花轿抬着新娘，不是娶进村的，就是嫁出去的。孩子们撵着喜庆的喇叭声颠进颠出。回到家里，兜里就有几颗糖果或未点燃的鞭炮。

　　唱着、聊着、闹着，年就来了。杀年猪的嘶叫声，打糍粑的欢乐声，放鞭炮的响亮声，拜年时的问候声，拿到压岁钱的嬉笑声……就在村庄上空回荡，不到元宵舞龙灯的热闹劲过去，村子是不会消停的。

　　原来，冬天才是最喧嚣的！

一抹葱郁掩人家

　　记忆如同飞鸟，它总是选择熟悉的树枝落脚。我的"飞鸟"常常盘旋在鄱阳湖边那一抹青山之绿、碧水之蓝的山村。从空中俯瞰，小村两面依山，两面傍水，半壁青山半边水，是典型的山水人家。村庄最多、最显眼的就是树木，樟树、杉树、榆树、槐树、松树、桃树、梨树、杏树……各种各样的树木把村里村外，房前屋后，沟垄湖畔，田间地头，填得满满当当，为村庄撑起了一片绿荫，构成了一个生机蓬勃、绿意盎然的家园。

　　村东、村北、村南都有一片树林，每片树林都有自己的名字，分别栽种和生长着不同的树木。

　　村东的树林叫作秋山，面积有百十亩。说是山，其实是一片略为隆起的坡地。山坡上长满了四五丈高的枫树、樟树、榆树，树干最细的也有碗口粗，大的要两人合抱。林子四周栽满荆棘，葳蕤丰茂，浑身是刺，给树林围了一圈天然的"铁丝网"，小孩、家畜是难进去的。到了秋天，枫叶彤红，樟叶翠绿，榆叶金黄，它们挤在一起，色彩斑斓，争妍斗艳，分外妖娆。可能是因为它把秋天的美景集于一身，所以才叫"秋山"吧。我觉得我们村的先人不仅有丰富的劳动智慧，而且具有极高的艺术审美力和想象力，要不然怎么会起出这么曼妙的名字！

　　村北的树林叫庙前，面积只有秋山一半大。村子北面有一座古庙，庙已经破败了，香火也不旺，庙前面一大片梓树、榆树、槐树，还有少量樟树，长得枝繁叶茂，生机勃勃。夏天，树木遮阴蔽日，分外凉爽，村人和耕牛都到树林乘凉，小孩也爱到这里玩耍。冬天，北风呼啸，茂密的树林御风抵寒，给村庄披上了一件风衣。由于林子立在古庙前面，所以叫它"庙前"。

南边的树林称"鲶山"，地形象鲶鱼，头大、身长、尾细，又因为它紧邻鄱阳湖边的鲶鱼山，也算鲶鱼山的一段支脉，故简称"鲶山"。鲶山长满了松树和桐树。松树不高，小孩子在山上放牛，坐在牛背上，就能摘到松子。桐树都长在山沿下、路边上，叶子像个小蒲扇，特别是和松树长在一起，细长的松针更加衬托出桐叶的宽大肥厚。桐籽像油桃，成熟了会裂开口子，用它可以榨桐油，也是当时生产队一点副业收入。

村西向北延伸，虽然没有山峦，但因紧邻湖边，村人在堤岸上、田埂下、地畔边都栽满了水杉和柳树。水杉又直又高，亭亭玉立，气宇轩昂；柳树垂发含羞，婀娜多姿，自顾倩影。杉挺柳弯，姿态万千，水映树影，树掩湖面，鱼游水底，鸟掠树梢，给村庄增添了无限生机和灵动。

村庄被树木笼罩。站在村头，看得见袅袅炊烟，听得到鸡鸣狗吠，闻得着饭菜飘香，却看不见房屋，屋舍都被掩映在树木中，成了一个绿色世界。我们这些孩子就整天在树林里捉迷藏、摘果子、捡柴火、掏鸟窝，忙得昏天黑地，不亦乐乎。那时，树林里还有豺狗、狐狸、黄鼠狼等动物。我家一头小猪，就是在一个朦胧的早晨被豺狗叼走了，村里人家养的鸡鸭，被黄鼠狼、狐狸叼走也是常事。有时父母不让我们在林子里玩，就用豺狗吓唬我们，可以管用一阵子，但过不了几天，一切依旧，照玩不误。树林给了我幸福而欢乐的童年。

盛夏，正午的太阳像一团火球，烤得人们昏昏欲睡，大人们有的躺在树底下的竹床上，有的卧在地面的草席上。这时正是我们捕知了、网蜻蜓、逮春牛的好时光。我和几个小伙伴怀着无处发泄的激情，光着头，赤着脚，拿着"特制武器"向树林进发。捕知了和网蜻蜓的工具是通用的，用一根竹竿，顶端绑一个竹片做成的圆圈，然后把圆圈粘满蜘蛛网，就循着知了的叫声，在树枝上找着知了，轻轻将网扣上去。知了猛叫几声，脚、翅扑腾几下，就成了俘虏。知了翅膀越挣扎，粘住的面积就越大，粘得就越牢，越不容易逃脱。我们在取知了时，常常会把蝉叶撕破。网蜻蜓的办法也是一样的。捉春牛就更简单了。春牛个子比知了还要小，两只又长又软的触角，像一头微型的水牛。只要用一根棍子伸在它前面，让它顺竿慢慢爬过来，轻轻地把它抓住。一个中午，至少要捉几十只知了、蜻蜓和春牛。

有乐趣，也会有烦恼。有一次捉春牛时不小心捅了旁边的马蜂窝，马蜂一起飞出来，追得我们在树林里又喊又叫到处奔跑，我的头上、手上被马蜂蜇起两个大包，又痛又痒。乡下有个偏方，用奶水擦上就会消肿。妈妈带我找了一位正在哺乳的妇女，挤了一勺奶水，擦了几次，疼痛减轻了许多。我们这些孩子容易"好了伤疤忘了痛"，伤未痊愈，又会重返战场，只不过要防着一点马蜂。

有风景，就会有故事。有一次，我们追赶一只野兔子，向着一个山洼跑去，在一处茂密的草丛里，看到了一幕小孩不应该看到的情景：一男一女两个大人扭成一团。他们忽然发现我们站在旁边，就大声把我们轰走。我原来以为只有小孩才会打架，原来大人有时候一男一女也会"打架"。

村上不只是树多，而且还有十几棵上百年的老树、大树，它们都是古樟，树干很粗，三四个人才能抱住它。紧靠我家房后，就有一棵大樟树，枝叶像一把巨伞罩盖了屋顶。每到夏秋傍晚，一群乌鸦就在树上呱呱地叫个不停，早晨天不亮，又被乌鸦吵醒。我对乌鸦一直没有好感，并不完全是因为民间传说的乌鸦不是吉祥鸟，而是因为它曾经打扰了我许多春梦，所以见到它们就反感。

老树是村上特有的风景和标志。你要问谁家在什么地方，村上都以那棵老树来标示或参照起名，哪家门前有古树、大树会被看作是祥瑞和福兆。那老树不管是自生的，还是先人栽下的，人们都对其怀有感情和敬畏，常常被视为神灵栖息地，决不允许随意砍伐和毁坏，逢年过节还要在树下摆供物，家有喜事，也要在树上贴上红纸或挂一块红布。谁家若有孩子病了，孩子的家长还会到树下焚纸烧香，叩头求拜，祈盼孩子早日康愈。

最让我痴心和留恋的，是村前那棵老榆树。老榆树有四五丈高，树干上有许多疤痕，有一股枝丫已经干枯，树上还有一个洞，有麻雀、松鼠出入，树顶上还有嫩色的枝叶。古榆看上去半死不活，其实生命力很顽强，无论刮风下雨、电闪雷鸣，还是天旱气燥、烈日暴晒，抑或小孩攀爬、猪拱鸡刨，老榆树一直挺立在那里。

放学后，我经常到老榆树底下玩耍。夏天靠在树干上乘凉，不一会就睡着了，忽然被什么东西给惊醒，一看原来是一头黑猪拱着我的脚，我随手拾起一块石子，把猪打走了。更多的时候，我都是和小伙伴一起，在树底下玩石子棋、翻象棋、军棋，或者在这里看连环画。奶奶做好饭了，见我不在家，一到老榆树下，准能找着我。

树木是万物中的精灵，一直护佑着一代又一代的村人。它能带来美景，让人赏心悦目；它能带来凉爽，让人消夏避暑；它能带来滋润，保护一方水土；它能带来实惠，供人们盖房，做家具的木材。它还能给人们带来福佑，在严重自然灾害的那几年，正是这些树木，提供了足够的为人们垫饥的树皮、树叶、花果，帮助村人度过了饥荒。那榆树钱、香椿叶、刺槐花、栀子花，至今还是人们的佐餐佳肴。奶奶告诉我，那几年闹饥荒，我们村没有饿死一个人。感谢树木庇荫！

一晃半个多世纪过去了。现在的村庄已完全变样了，满目楼房林立，原来只有一百多人口的村庄，现在楼房就有二百多幢，秋山、鲶山、庙前都盖满了高楼，房前屋后，村道小巷都铺上了水泥。原来的土木屋和茅草房不见了，绿色的树林和粗大的古樟也无影了，村里村外，只见几棵稀稀拉拉的桃树、枣树势单力薄地站在那里，村庄、山丘、田野一律落寞地在苍穹下横陈着、裸露着，任凭烈日暴晒，山风劲吹，灰尘弥漫。每次回到乡下看到这些景象，我心里如五味杂陈，欲说无语，总是独自寂然地徘徊在村巷小道上。一日，发现村头多了一条标语："绿水青山就是金山银山。"理智告诉我，从官方到民间重视绿化了，心里顿生籍慰。我默默祈祷，愿故乡再创造出一个绿色世界。

我庆幸自己曾经拥有过一个青山绿水，翠木浓荫的村庄，那里保留了我多彩多姿、绿色天然的童年底片，让我时常感觉到绿色的美丽、纯洁、温馨、可爱。

回乡的路

村庄深藏在鄱阳湖一个偏僻的角落里，山和水把小村包裹得严严实实。地图上找不着。早年未通公路，坐车也找不着。除了村人出入，常来的客人就是白鹭、燕子、云彩和晨雾。

白鹭来，乘着清风，扇动着霓裳般的翅膀，倏忽间就翩然而至了。树林、湖面就盛开朵朵莲花。

燕子按季节来，冬去春归。燕子穿着黑色礼服，却无绅士风度，不像黄鹂、喜鹊，"叽叽""喳喳"，打个招呼就行了，而是叽哩哇啦嚷个不停。奶奶问："听懂了吗？"我摇摇头。"不要钱，不要米，借你家屋梁做窝哩。"奶奶翻译道。我仔细一听，燕子还真是这么说的。

云彩呢，如果它们思念身下这片屏山入画、枕河入梦的人家，就从天边翩翩起舞，飘飘荡荡，如幻似仙般过来了。有时歇一会儿就走，有时呆一整天。

晨雾就栖息在村庄、山林、田间的角角落落，只要兴致一来，就一哄而起，朦朦胧胧，把人间幻化成海市蜃楼，霸气十足地做山村早晨的大王。

村庄就像一座封闭的城堡。山丘、树林是城墙，湖泊、沟壑是护城河，只有那一步多宽被人和牛踩踏明亮的弯弯曲曲的山路是它的城门。有时外面的人也会通过这扇"城门"七弯八拐，上坡下岭找进来。进来了转一圈没有地方可走，又从"城门"转回去。

外村人进村了，你坐在家里都会知道。不是看到身影，也不是听到脚步声，而是各种各样的吆喝声："卖鱼啦""鸡毛换灯芯""洋红洋绿雪花膏"（洋红洋绿是一种点在粑上的颜料）。有时候是"叮当叮当"声传来，那是摇铃卖针头线脑的。有一种是用小铁锤敲打铜板发出的"叮磕叮磕叮叮磕"很有节奏和韵律的声音，这种声音对小孩很有诱惑力，因为那是卖米糖的声音。我们就会提醒大人："敲叮叮磕的来了。""来了你把他请来当菩萨供呀。"母亲拍拍头上的麦秸屑，漫不经心地回答。但我们也有办法，把过年杀猪宰鸡时留下的猪毛、鸡毛和平时积攒的牙膏皮、破水鞋拿出来，也能换回来一小块米糖。然后恋恋不舍地目送"叮叮磕"远去，隔几天又望眼欲穿地盼着"叮叮磕"再来。那是我儿时最熟悉、最亲切、最企盼的声音。现在一想起来，仿佛又在耳边回响，就有一丝丝甜意泛上心头。

上世纪六十年代末，我循着卖糖人走过的那条山路，离开村庄，而且走得很远，从鄱阳湖畔来到北国海疆。

我是穿着军装离开村庄的。父老乡亲在山道上送行。走到高坡，我回头望去，羊肠小道上满是亲切的目光，还有摇动的手臂。我眼眶就湿润了。

家乡的山路还是弯又弯。一年后，村上修马路，在原来山路的基础上取直加宽，修了一条二米宽的土路。一辆手扶拖拉机冒着黑烟，"突突突突"闯进了村庄。男女老少围着看热闹，摸摸这，敲敲那。在县农机站培训出来的司机庆山就吼起来了："别敲坏了！"敲的那只手就变换姿势，温柔地摸着，嘴里还发出"啧啧"的声音。

铁家伙不吃草，不吃谷，却给村上干了很多事。犁田，拉货，还可以坐人。危急的时候，也能派上用途。

一天晚上，村上一位妇女得了急病，赤脚医生处理不了。庆山把"手扶"开来，连病号带被子，四五个人护送，连夜赶到县医院。一查，是急性阑尾炎，当即做了手术。病人转危为安。人们更加喜欢这铁家伙。

又过了一年，村民勒紧裤带，买了一辆小四轮。小四轮除了运粮、运肥、运草，更多的时候是运人——村人到县城办事，来回都乘小四轮。那一年我回乡休假，也有机会乘坐小四轮回家。

在部队服役期满后，我每年有一次探家的机会。从部队到县城，不管路途多远，我乘火车、搭汽车、转轮船，二三天就能到达。从县城到家里，还有二十里路，那时还未通汽车，只能靠步行。这条路，基本是田埂、地畔、山坡。我把两个提包用毛巾系上，往肩上一搭，一前一后背着走。累是累点，但也不寂寞，一路欣赏田野风光，不时还会碰到村人或熟人。他们热情的乡音，传递着许多关于我的信息："长高啦，胖了。""长高了，怎么还瘦了？""长高了"是一致的认识。到底是胖了还是瘦了，看法不一致，弄得我自己也吃不准。我就像驴子一样，背着提包，高高兴兴地走在乡间小道上。我盼望，如果能通车就好了。

当我再一次休假时，我已经提干了。一出县城，真是福喜双至，就碰见庆山开着小四轮过来。车上装满化肥，还有三四个人，就喊我快上车。我坐在化肥袋上，两只脚吊在车厢外，一起一伏颠簸在土路上。

没有车，盼坐车；坐上车，我就后悔。颠簸一点倒没啥，就是太危险了。那路高低不平，坑坑洼洼，左边轮子突然跌下去了，人就猛地往左边一摔，仰翻在化肥袋上，还没等你用力坐起，右边的车轮又掉入坑里，把你一下掀坐起来，不是手抓紧了栏杆，就滚下车了。车轮辗起灰尘，遮天蔽日，弄得满脸满身都是尘土。我说："我不坐了。"庆山说："没关系，天天都是这样。手抓紧，习惯就好了。"好不容易到村上，我成了泥人。

那次休假，我就听到村干部们在研究修路的事情，目标是把村上的泥土路变成砂石路。上面不给经费，村上也没有钱，但有劳动力。湖边砂石有的是，只要肯出力去挖就行。

果然，我再一次回乡探家时，村上的泥土路变成了砂石路，从县城到乡里的公路也铺上了沥青。庆山听说我那天到县城，专门去县城拉了一趟货，顺便接我回去。在车上，他告诉我，一个冬天，全村青壮劳力去湖边挖砂石，终于把村上的路全部整修了一遍。不是说"要致富，先修路"吗，村上就把精力放在修路上。说话间，到了村口。我看着非常熟悉的山道，确实有了很大变化：一条灰白色的砂石路像绸带一样，从村口向远方飘去，原来的陡坡和急弯处，都拓开了空间，路宽了，直了，平了，坡道、弯道都小了；道路两旁还种了树，绿荫浓郁，鸟鸣树梢，路边还建了许多楼房。但由于路面尚未硬化，车子驶过，还是灰尘飞扬。

这一次休假，我妻子、小孩都办了随军手续，一起来到部队。以后有几年没有回乡。后来我又从北方调到南方工作，在九江安家，离家乡只有一百多公里道路，回家就更方便了。当我离别几年后再次回家，是坐着桑塔纳小车回村。从县城到家里的道路上，既有意料之中的情况，又有意料之外的事情。

意料之中的是乡镇道路状况有了很大的发展和改善。从县城到乡里，铺了水泥路，路面加宽，也通了公共汽车，一天好几班。还有三轮摩托车，随叫随走。交通秩序得到进一步整治，无证经营、无证驾驶、人货混装等情况有所扭转。道路两旁都是楼房，门面整齐，商业兴旺，我知道这是国家加强小城镇建设的结果。家乡也是一样欣欣向荣。

意料之外的是，从乡里到村上那一千多米的砂石路，几年面貌如故，而且破损更厉害。多年未有翻修，更加高低不平，小车尽刮底盘，一公里路战战兢兢就走了半个小时。我担心底盘刮坏，车子开不回去。

见到当村主任的战友，我们一边喝酒，一边聊天，我就埋怨战友，为什么要留下一条"忆苦路"。村主任一肚子委屈，说村集体没有一分钱，为帮助村民抵交"三统五提"，村上在信用社贷款三十多万，至今无法偿还；村上青壮劳力都出去打工，剩下老弱病残，到哪里找人修路？所以那路就越来越糟，我也没有什么办法。战友一边诉苦，一边又谈了自己的计划：他想让村民集资，把这条路铺上水泥。这些年村民在外打工，出了几个小老板，让他们多出点，其余按人头均摊点基本费用。我说这也是一个办法，并表示自己愿捐两个月的工资。不知不觉，我们喝了一瓶"四特窖"。

值得庆幸的是，第二年，我们村在全乡建起了第一条由村民集资的水泥路，把村道小巷全部硬化，还安装了路灯。乡里锦上添花，把村子作为新农村建设首批试点单位，又拨给经费改造了厕所、猪圈，安装了自来水、闭路电视，把村前、村后湖中的小坝及连接外村的道路也铺上水泥，村子有东、西、南三条通往外面的水泥路。村上几个后生打电话，约我一起回家过年，庆祝小村交通条件大改善。

春节前几天，我们都相约回乡过年。可车子开到村边，却遇到麻烦：一个小小的村庄，就有近百辆小车开回来，满村的院子、小巷、空地都停满了汽车，还有一部分开不进村子。过去路不好，可以走回家，现在路修好了，还进不了家，只好把车子停在路边。这是2008年的事。

虽然办法总比困难多，但问题总是层出不尽，在新的问题解决之前，常叫人束手无策。近几年，我经常开私家车回乡，有几件事一直很头痛：一是"村村通"修建的公路，大多是单行道，现在小车已成为农村青年结婚的必备嫁妆，汽车已经普及，道路无法适应；二是农村跑运输，搞基建，载重车辆比较多，有的水泥路已经损坏，维修跟不上，甚至无人修；三是过年前后，乡下堵车绝对不亚于城市上下班高峰时交通状况。我有时下不了决心开车回家。

堵路就是堵心。还有让我心情郁闷的，是过去村上常来的客人，现在来的少了，甚至不来了。

白鹭因村上的树林砍了，湖面小了，水也浅了，也不那么蓝了，已和村庄"断绝关系"好多年了。偶听黄鹂鸣翠柳，难觅白鹭上青天。

燕子呢，现在村上是清一色楼房，钢筋水泥玻璃窗，谁家还能借屋梁？旧时王谢堂前燕，难入寻常百姓家。燕子无处筑巢安身，春天来转了几圈，也学着白鹭大哥的样子，一声长鸣不回头。

路难时，你们常来作伴；路好了，咋就不来了呢？

云彩和晨雾没有走远，可是又带来另外一个小兄弟——霾。霾阴着面，黑着脸，死乞白赖，来了不住上几天就不想走。村民做饭都用电和气，不见袅袅炊烟，晨雾也缺乏生机，没有了过去那种当"山村大王"的神气。

啊，回乡的路，我心中的路！

路在哪里？路在脚下，路在前方，路在人们不断地行走、运载、维修、开辟中向着远方延伸！

撕去的岁月

日子就像翻书一样，一页一页飞快地翻过去。

书桌上的台历，从右边往左边翻，左侧越来越厚，右侧越来越薄，薄得像月底衣兜里的工资，只剩几张了。一年三百六十五天，就这样不经意地打发过去了。

我随意地把翻过去的日历往回翻，九月、八月、七月……元旦，年初或年中经历的事情仿佛就在昨天，那情景、细节、声音还历历在目、在耳，但实际上已时过境迁，成为历史。日历翻回来了，可翻日历的人并不见年轻，头发没见变黑，皱纹没见减少，眼睛还是昏花。猛然明白：时光是不能倒流的。时间老人对所有人都是公平的，不管富贵与贫贱，达官与平民，聪明与愚昧，流逝的日子不会再回来。

就想起小时候撕日历。

父亲每年都会买回一本日历，挂在家里厅堂中的墙壁上。日历本有大有小，每年都不一样，但挂日历的那张硬纸牌是不变的。那是一个有两本书大的厚纸壳，很硬，纸壳上的图画很悦目、喜庆：一个年轻的女社员，左手抱着一捆麦子，右手拿着镰刀，脖子上搭着一条白色的毛巾，明亮的眼睛望着前方，脸上荡满幸福的笑容。这是那个时代典型的"向阳花"形象。在"向阳花"的后面，是一排粮囤，金黄色的麦子堆得冒尖，像一个个小山包似的。粮囤的后面，是浅线条勾勒出来的蓝天、白云、远山、河流、庄稼、树木。是一个无垠的苍穹，你想到什么，就会有什么，虽然看不见。

从上小学起，撕日历的事就由我承包了。每天晚上睡觉前，我就到中堂边上，轻轻地撕去一张。奶奶说："明天撕呀，今天还没过完呢。"我倒不关心过日子的事，而是关注今天是星期几。日历上的字有黑色、有红色。黑色是工作日，红色是休息日。撕黑色的，我就欢天喜地，精神亢奋；撕红色的，就慢慢吞吞，很不情愿。我盼望星期天。到了这天，我有很多事情要做，如和小伙伴到林子里捉鸟，到湖里去钓鱼，还愿意到草坪上去放牛。因此，我总是嫌星期一到星期六过得太慢，有时站在日历下，心里默默念着：快呀，快呀，快点过呀。恨不得一下撕去两张。日子就这样在手指缝里、在掏鸟窝中、在钓鱼竿上飞快地溜过去。

为撕日历，没少和妹妹发生争吵，甚至打架。我撕下的日历，有时揉成一团，随手一扔，有时用它作草稿纸，算个加减乘除题。妹妹要日历折"三角"牌，和小朋友拍纸牌。但我不愿让妹妹夺去我的"撕日历权"。打了几架后，在奶奶的协调下，我作了让步，每次撕下后，把日历纸给妹妹，双方都满意。

撕日历的日子，是我一生中最无忧无虑、无烦无恼的日子，尽管岁月也有风雨雷电，但我只知享受阳光雨露。那时候，也不是不想珍惜时光，而是不懂得珍惜。小学二年级第一篇课文《惜时》，开头就是"一寸光阴一寸金，寸金难买寸光阴"。老师是个老学究，他倾其才学，引经据典，苦口婆心，谆谆教诲，用了很多优美的词句，如"光阴似箭""日月如梭""斗转星移""白驹过隙""时光荏苒""韶华易逝"等等。我似懂非懂，日子还是懵懵懂懂地过。但这些词句多少还装入脑中，长大后，用到时就倒出来。

课文的含义，成语的明示，老师的教导，可惜没有真正读懂，日子还是像流水一样匆匆而过。如果那时候知道时光的珍贵，就会抓紧时间多学点知识，像现在的小孩一样，上个"特长班""兴趣班"，长大后，就会有个一技之长，或许会成名成家。想起来肠子都悔青了。

上初中以后，在学校寄宿，日历被铃声代替。起床、就寝、上课、下课，铃声把每天的时光切割成一段一段，然后一段段地在铃声中消失。不撕日历，日子照样过，而且过得也很愉快。初中三年也是我幸福快乐、终生难忘的三年。

后来，我参军了，军营的号声代替了学校的铃声，那嘹亮的军号，把时间切割得更碎更细，细化到以分秒来计算。我完全生活在"方块加正步"的时光里。这是我人生中一次难得的熔炼和修行。

几年后，我提干了，有了自己的办公室、办公桌，办公桌上摆上了台历，我又回到撕日历的时光。现在是翻台历，而且还经常在台历上写点东西。

无论在部队，还是在地方，我上班后，第一件事就是像皇上早朝批阅奏折一样，把一天要做的事简明扼要地写在台历上，有时也会记个电话号码，人名地址或一两句感言。两寸见方的台历纸记录着我的岁月风云，在我生命的历程中刻下一道道印记。

有许多地方是淡淡的一抹，甚至自己都不知道是怎么莫名其妙地划下的。如×月×日，上午参加××饭店开业典礼，下午召开报刊订阅会议；×月×日，中午参加××儿子的婚宴，晚上宴请××工作组；×月×日，上级来检查，准备汇报材料，下午陪同到基层检查；×月×日上午陪××游览庐山，中午、晚上赴升学宴……有很多年，我的台历上记录的，大部分是这样的内容。回想起来，有些后怕，在我有"文字记载"的生命中，怎么都是文山会海，吃喝玩乐，鸡零狗碎，鸡毛蒜皮？这么多年的岁月，就这样被无聊无效的应酬给占领，被无穷无尽的杂务给支配，被无能无为的心态给打发。自己混成一个无心无肺的人了。

但有些地方，却是重重的一划，留下深深的印痕。在我从事新闻和宣传工作的时候，总感到大脑需要更多的时间来补充知识养分，便会把时间紧紧地攥在手里。为拿下大专、本科文凭，我骑着自行车追赶岁月，利用一切可以利用的时间复习功课，星期天、节假日，奔波于北京师大、人民大学听课。为了赶写一篇稿件或一份材料，常常通宵达旦，加班加点，企图把时光拦在晚上。可随着东方日出，时间就像阳光一样全部射出去了。我只能以伸个懒腰，打个哈欠表示不满。周末的图书馆很清静，可突然下班的铃声就响了，我无可奈何地合上书本，被拦截了一天的时间，让图书管理员轻轻地一按电铃，闸门大开，时间的波浪便洞然泻出。我拖着时间的车轮，缓慢地前行。时间老人也没有亏待我，在我的台历上，也浓墨重彩地记上一笔，如 × 月 × 日，我的稿件被 ×× 报纸采用；× 月 × 日，撰写的调查报告被 ×× 刊物转载；× 月 × 日，研究论文被 ×× 机关或会议评为一等奖。台历上留下不少印记。

撕去的日历，逝去的时光。原来，老奸巨猾的岁月就是用一本本台历，一张张日历来换去我们一程程的生命的。时间留不住，但却能换来一摞成果，一堆收获。那些勤劳智慧的人就会做这个买卖。陈景润调到社科院数学研究所以后，用了 16 个春秋，便发表了"1+2"的详细证明，摘取了哥德巴赫猜想皇冠上的明珠。贝多芬用全部的时间奏响了 9 部音乐交响曲、11 部管弦乐曲、32 部钢琴奏鸣曲和 5 部钢琴协奏曲等，被后世尊称为"乐圣"。马云、马化腾、任正非则是善用时间的老手，只二三十年功夫，硬是攒下了百亿、千亿、万亿财富。当然，不会做这个买卖的只能望着"滚滚长江东逝水，浪花淘尽英雄"，叹息"是非成败转头空"。我不就是其中之一吗？

现在退休了，赋闲在家，既不撕日历，也不翻台历。孩子买回挂历，全年的月份和日期一目了然。只是大幅的美女照翘首弄姿太招摇了。我喜欢小时候日历牌上的画面，那"向阳花"幸福的笑容及粮食满仓、山高水长的背景，让人看着舒坦、踏实。

梦中的老井

　　总是爱做梦。

　　梦见了家乡的老井。我从井里打起一桶水，咕噜咕噜就往肚子里灌，水从嘴边顺着下颌流到胸前，滴到裤上、脚上，衣服鞋子都湿了。我仿佛沉浸在水中。忽然一个波浪迎面扑来，一下惊醒了。心还在怦怦地跳。梦尽是乱七八糟的。

　　我知道，这是思乡情结在作怪。

　　前几天，回了一趟老家。在老井边，见到九十岁的王奶奶提着一桶水，颤颤巍巍往家走。我赶忙接过她的水桶，说："王奶奶，你这么大年纪还来提水，家里不是有自来水吗？"王奶奶冲我笑笑："你回来啦，这井水养人。"接着，又轻轻告诉我："老黑走了，是癌症。"王奶奶显出悲伤的神情。

　　老黑是儿时的伙伴，后来一起在生产队劳动，很壮实的小伙。我说："他年纪不大呀。""黄泉路上无老少，"王奶奶接着又说，"还是井水好，防癌。"

　　"谁说井水防癌？"我问。

　　"我说的！你过去在乡下时，听说过癌症吗？现在动不动就是癌。反正我信！"王奶奶很固执。

　　真是日有所思，夜有所梦。这梦，让我对家乡老井的记忆，越来越清晰。

　　儿时的村庄，呈"井"字形布局：横竖各两条道路，全村四十多户人家分布在那几个格子中。老井正好在"井"字中间的格子里，圆形的井台是一块硕大的红石镂空凿成的，约六七十公分高，井台四周也是红石铺就，面积有二十多平方米。边上还有半亩大的空地，是村上的"饭场"，也是孩子们的娱乐场。

家乡的老井，不知何年掘成。小时候问村上一位七十多岁的老爷爷，老爷爷说他小时候就喝这井里的水。老井一年四季水都很旺，天气再旱，井水也没断流。春夏时节，直接用扁担钩着水桶打水，冬季用一根五六米长的绳子足够提水。井里有三股清泉汩汩流出，源源不断，上下翻涌，潺潺有声。那水清澈，明亮，清纯如玉，看不到一点泥沙和渣滓，入口极佳，甘洌、甜美。用以为炊，饭香菜甜；用以泡茶，清香味美；用以酿酒，绵柔醇冽。全村人都饮这老井里的水，且大多是喝生水。老井就像一位慈爱的母亲，用她甘甜的乳汁滋润和养育了一代又一代村人。

老井是家乡的时钟，家乡的早晨就是从老井开始的。每当清晨第一缕阳光透过山林，洒向村庄的时候，就从老井旁传来一阵阵水桶的"咣当"声，敲醒了整个村子，唤醒了睡梦中人。接着，人们上地的脚步声，互相寒暄的问候声，妇女洗衣洗菜的嬉笑声和鸡鸣犬吠、牛叫鸟啼的声音混合一起，幻成了一曲乡村交响曲。村庄就鲜活了。

到了傍晚，人们端着大海碗，不约而同地来到井旁，或蹲或站，边吃边唠。天南海北，家长里短，鸡毛蒜皮，无所不聊。一些挑水的汉子，会把扁担往两个水桶中间一放，当起了板凳，跷起二郎腿，叼着一根旱烟袋，也跟着闲聊。小孩子在玩游戏，捉迷藏。夕阳西下，村庄一片悠闲、和谐、安详。

老井装满了家乡的故事，记录着村子里的大事小情和人生百态。它记得哪一天哪一家办过喜事，从井里挑了多少担水；哪一家的女人会过日子，冬天每做一顿饭都要到井里提一桶冒着热气的水，节省一点柴火；哪一家的男人特别勤快，一年到头是五更天去挑水，为的是不耽误白天的劳动；哪一家的孩子非常淘气，每天放学回来爬在井边不是吹口哨就是扔点什么东西。它还知道村上哪些人会享受，摘了西瓜先放在井水里浸一两个时辰，吃起来十分甘美；夏天喝刚打起来的井水，和冰棒一样清凉。它甚至还知道冬天喂牛要饮刚从井里取出的水，这样牛才不会生病。

我上一年级时，有一篇课文，叫《猴子捞月亮》。我很好奇，井里真的有月亮吗？在一个皎月当空的夜晚，我和妹妹趴到井台看月亮，果然看到井里有一轮明月和两张稚嫩的小脸。我把吊桶放入井中去捞，一圈涟漪满井浪，什么也没有了。一会儿又出现了。我们反复玩着，直到母亲把我们找回去。老井太好玩了。

村上有一位盲人，不知得了什么病，非常痛苦。他想不开，有一天，自己摸到井边，跳了下去。幸好被人发现，大家七手八脚把他救了上来，一阵劝慰，送他回家。说来也怪，盲人的病就好了，还能到野外去砍柴，大捆大捆地背回家。村人就说老井有神灵，能治病，还传到外村去。人们愈发喜欢和爱护这口井。

井待人善，人待井好。每年冬季，村人要掏一次井，先把水抽浅，然后把井底淤泥、乱石、杂物清理干净，再撒一些石灰进行消毒，井水就更清亮了。

一方水土养一方人，一口水井养一村人。那些年，我们村和周围的村子比，有两个特别现象：一个是会读书的多，村庄不大，每年都有人考取大学；再一个是当兵提干的多，那几年一共有七八个人参军，有五六人在部队提干。村人都说老井水好，滋润人，所以人杰地灵。越传越神奇。

问渠那得清如许，为有源头活水来。把人杰地灵归结为水好，也不是没有道理。水是极其宝贵的资源，何况是极佳的井水。西湖因有龙井和虎跑泉，使龙井茶名扬天下。无锡因有惠山泉，使之佳话传古今。苏东坡诗赞惠山之泉："独携天上小团月，来试人间第二泉。""小团月"是茶之极品，为贡品。"第二泉"因茶圣陆羽的品鉴而定名。宋徽宗题有"源头活水"四字，并命当地按月进贡。名泉、名茶、名人、名诗，把无锡闹得名声大震，无人不知。

我们家乡的老井，虽偏于一隅，名不见经传，但它的确恩泽村人，滋润百姓。那涓涓细流，纤尘不染，来自地层深处，一定是经过一番非同寻常的酿造、净化、积蓄、释放过程，才化为珠，酿为泉，成为源头活水。

若干年后，家乡安装了自来水，人们就不再到井里去挑水，老井受到冷遇。但一些老人还是愿意吃井水。井，还在使用，虽无昔日辉煌。那天我从王奶奶家出来之后，又到老井去看了一下，井台已由原来大腿高变成只有腿肚子高，井沿成了 W 型，内壁被井绳磨出一道道凹槽，井壁上还长出许多青苔和野草，井底水位下降到十多米，下面有杂物和乱石，估计有十多年未掏过井。地面上的砖石高低不平，原来的"饭场"也盖上了楼房。老井的空间又窄又小。

老井，真是老了！正因为老了，才有珍贵的价值。它是历史的见证，是故乡的功臣，是乡愁的缩影，是不朽的村魂。几十年来，我走遍天涯海角，辗转南疆北塞，见过不少山山水水，但我感到最亲切、最迷恋的，还是家乡那口老井。

那是我梦中的老井！

老屋钩沉

　　老屋静静地伫立在村子中央。四周是鳞次栉比的楼房，中西合璧的现代建筑，五颜六色的砖墙瓦顶，更凸显老屋的苍凉、陈旧和沧桑。

　　老屋真的老了。灰黑的瓦片大块掉落，土墙斑驳脱皮，后墙也已坍塌，屋柱倾斜，房梁下弯，院子里杂草丛生。站在老屋面前，心头便弥漫着宋代词人陈克那首《临江仙》中散发出的凄凉："老屋风悲脱叶，枯城月破浮烟，谁人惨惨把忧端。"

　　这就是我生于斯，长于斯，从这里走出乡村，又让我魂牵梦绕的老屋。我推开那扇沉重的木门，"吱呀"一声，时光倒流。我走进了老屋的世界。

　　1950年家乡的天空，日清月朗。作为翻身解放后的农民，我家买了半边旧屋，凑了一些木料，做了一栋瓦屋。房子坐东朝西，南边就着邻居家的砖墙，北边、东边是土坯墙，西边是大门和木板夹壁的长廊。屋中间是厅堂，后面是中房，两边有四间厢房。奶奶和三个儿子，从此告别了茅草屋，住进了大瓦房。

　　厅堂摆设极其简陋，只有一张条几，一张八仙桌，几条长凳。八仙桌是樟木做的，油漆已经脱落，斑驳陆离的表面有两条裂缝，上面沾有油渍和灰尘。桌面还散发出樟木淡淡的清香。中房放置扁担、锄头、箩筐等农具和一盘石磨。石磨不光我家使用，邻居家磨豆子、谷子、麦子都来借用。我常常在清晨的睡梦中被"嘎吱嘎吱"的磨声惊醒。那是奶奶、伯母和母亲在磨豆腐。奶奶将要磨的豆子浸泡后，放入磨眼里，伯母、母亲推动磨杆，两块粗糙的磨石在岁月的轮回里不断磨合，永远奏着同一首歌。浓浓的豆浆从磨石四周往下淌，散发出黄豆的清香，这时我就有些兴奋，因为今天会有豆浆或豆腐吃。房梁上住着一窝燕子，每日里呢喃绕梁，人燕共守着丰富而细腻的烟火岁月。老屋，把农耕社会典型的农家气息浓缩在它的温情里。

院子北面，是一片竹林，还有一棵桃树，一大丛月季花。竹子一年四季郁郁葱葱，月季花也四季常开。特别是春天到来的时候，竹笋破土，桃树挂蕾，月季含苞，满院的新枝、新叶、新芽。一场春雨过后，嫩竹刺天，绿叶扬翠，鲜花绽放，院子就亮堂了、鲜活了。浓郁的芳香引来成群的蜜蜂嗡嗡地穿梭于红花绿叶之间。那团团簇簇的鲜花和绿叶给我的童年布满了七色彩虹，也陶醉了我的青春我的梦。

小时候的老屋，是我快乐的营地。老屋为我们避风遮雨，御寒取暖，我们在老屋生活劳作，其乐融融。白天，奶奶在灶间忙碌，一家人在厅堂吃饭、说话，忙着各自的活计。晚上，一盏高脚菜油灯亲切地接受火光的热吻，欣然散发出柔和恬淡的光晕。母亲、伯母，叔母在豆光灯下做针线或纺棉花，我和弟弟妹妹捉迷藏，围在大人身边跑来转去，打打闹闹，不小心就把她们正在纺的纱线弄断，在大人的呵斥声中，玩得更加起劲。母亲她们纺棉花的身态、动作和纺车发出的"吱吱嘎嘎"的声音恍如眼前。她们把一条条搓好的棉花，从纺针上拉下来，右手摇动纺车，左手斜着往后下方慢慢地拉去，一直拉到尽头，纺车转几圈，然后一个弧形往回收，一段又白又细的棉线在手指间形成，并迅速卷起。那动作像舞蹈一样，水袖飘拂，霓裳拢起，神态安闲自得，技术娴熟自如。那纺车"吱吱"的声音，在乡村寂静的夜空中犹如山涧清泉，汩汩流淌，又似鸟儿鸣唱，声声叩心。母亲她们每晚要纺一坨线，可等不到她们纺完，我们就被瞌睡虫俘虏了，在这流水鸟鸣般的小夜曲声中进入梦乡。

老屋不仅是我家生活起居场所，而且还是生产队的活动中心。由于我家的位置在村子中心，叔父又在村上当会计，村上干部议事，社员开会，总是晚上在我家进行。夜幕降临，村人陆陆续续来到我家，男人叼着烟袋，女人拿着缝补的鞋子或衣服，把屋子挤得满满的。夏天就坐在院子里，门槛上、柴垛边、旮旯里都坐满了人。大人们一边抽烟、做针线，一边听会，有的听着听着就睡着了。从黑暗处突然传出的呼噜声盖住了队长讲话的声音，人们就忍不住嗤嗤地笑。队长骂了几句也笑了，就宣布散会。社员们嘻嘻哈哈地往回走。

那时，县里干部下乡，也常住在我家，和我们一起吃饭，和社员一块下地。晚上就召集大队、小队干部开会、学习。奶奶给下乡干部做饭，碗底下会卧一个煎鸡蛋。下乡干部发现了，就会分给我和弟妹吃，奶奶就会说我们是馋嘴。我很喜欢下乡干部住在我家。

有一年，一名从地区下来的干部带着一个小匣子，里面传出悠扬的歌曲，有男声、女声，伴着优美的音乐，把全村人都吸引来了。村人们瞪着惊奇的眼睛，听得入迷。下午听了，晚上又来听。那天晚上播的是电影《刘三姐》歌曲，大家更是舍不得离开，一边听，一边探讨着一个问题：小匣子里没有人，怎么会发出那么好听的声音？下乡干部就解释，这是半导体收音机，只要放上电池就会发声。解释与不解释一个样，谁也搞不懂。不懂也没关系，听歌很过瘾。下乡干部在我家住了一个星期，每晚都像演戏一样，连院子里都站满了人。隔壁的王奶奶每次离开时总说："姑娘，该歇会了，别把嗓子唱坏了。"下乡干部就笑。

到了深秋和冬天，田地里的活忙完，农人闲下来，也会享受乡村的风与月。几个邻居聚在一起聊闲话，说着地里的收成和家里的孩子。

乡村的夜，无比幽静，没有城市的喧嚣，鸡和鸭，连同树上的鸟都睡了，只有几声狗吠。夜幕深邃，繁星排列成棋局，不知哪些神仙在对弈。几位爱讲故事和唱赣剧的村人，总是不约而同地来到我家，或讲故事，或唱赣戏。唱戏时，叔父就拉二胡伴奏。唱者那么专心，听者那么入迷。"演员"和观众基本总是那些人。我在一边听得多了，以至上小学时就能哼几句赣剧，甚至能讲上一段"施公案""包公案"。我参加工作后，走南闯北，看过不少大型演出，听过不少大腕演唱，但是总找不到小时候听村人脱口干吼的那种亲切的心境和天籁般的感觉，也可能我天生就是下里巴人。而那种闲适静谧的秋夜，也只能出现在梦里。

到了 1965 年，我家已有二十几口人，父亲兄弟才分家，伯父、叔父搬到新房子去了，老屋分给父亲，此时我也上初中了。每到晚上，豆光灯下，母亲那双捏着针线的皱裂的手，一会儿用针头拨一拨灯芯，一会儿把针尖在头上轻轻地摩擦一下，然后顶着针箍使劲地向厚实的鞋底扎刺。大妹、二妹仍然在纺棉花，纺车吱吱不停地旋转。周末，我从学校回家，伏在桌子上演算 X+Y 之类的数学题，或看《创业史》《敌后武工队》等小说。油灯冒着青烟，火苗一闪一闪，不时爆出灯芯燃烧中嘶啦啦的响声。尽管一灯如寐，母子兄妹脉脉相守之情却与夜同深。

初中毕业后不久，我参军去了，从此离开了老屋。后来再回家，老屋成了探亲的归宿。几十年风雨侵蚀，屋墙上青苔绿了又枯，枯了又绿，许多地方出现破损，有些瓦片破裂，下雨漏水，但它却依然是我记忆里最唯美的风景，不大，却温馨；平凡，却唯一。觉得老屋总是在等着我，那竹林、那桃树、那月季、那炊烟，还有母亲做的饭，全是熟悉的味道，这味道都已渗入骨子里。不管老屋如何又暗又旧，丝毫也不影响我对它的思念和眷恋。我对老屋进行了修缮，加了瓦，固了墙。后来，我在老屋举行婚礼，两个孩子都是在老屋出生。老屋，是哺育了我家四代人的窝；老屋，是堆满了我成长细节和岁月的根；老屋，是我永远读不厌倦且常读常思的书。

农村分田到户后，掀起了盖房做屋的热潮。1981年，父亲在村前盖了一栋新房，把老屋连同宅基地一起卖给了本族一位堂兄，我们告别了老屋。不久，堂兄在老屋边上盖起了楼房，老屋也不住人，只作为仓库放置农具和粮食。又过了几年，老屋四周盖满了楼房，竹林、桃树、月季都没有了。堂兄病逝后，他的孩子们在杭州打工，并在那里买了房子，一年难得回去一次。楼房和老屋都空在那里，任凭风吹霜打，日晒雨淋……

我在时光的隧道里频频回首，老屋在我的泪光里渐行渐远，它带着卓然风骨走出了我的视线，竹林无影，花木无踪，那鲜活记忆中的莺歌燕语，变成凄凉断肠的哀鸣，老屋里包裹的一切温暖，成为我梦魂里的依恋。碎碎的流年，碎碎的光阴，时常在心里升腾起一股热烈的感念。

这个填满我成长欢乐的老屋世界，在历史的晨钟暮鼓里走过了它的风华岁月，世纪沧桑，成为我心里永久的记忆和收藏。

家有月季

我不会养花，却喜欢赏花。不时买几盆花放在家里观赏。

同事老肖养花赏花都是行家里手。他是市兰花协会会员，经常出席市里各种花展，没事就拿个相机到处拍摄各种花姿，还时常带些花卉到办公室，摆在窗台上、茶几上、角落里，单调呆板的办公室就鲜亮了，灵动了。

我很羡慕老肖的养花技艺和摄影技巧，就说："你这'拈花惹草'的雅兴真好。"老肖嘴唇一撇："措辞不当啊！"我说："你想多了。不拈不惹你怎么养花？"他苦笑着摇摇头，继续修剪他的花枝。

世间之花，千姿百态，各有各的韵味。我最喜欢的是月季花。它不分寒暑，四季常开。阳台上摆上几盆月季，家里总是花香四溢，让你增添几分灿烂的心情。

小时候，我家院子里就有一簇月季花，不是专门栽种的，是它自己莫名其妙长出来的。开始，只有二三株小苗，有点像荆棘秧子，一场春雨就蹿到一尺多高，秀秀挺挺，在风中摇曳起舞，好像在告诉人们：这里就是我的家了。为了给主人一个好的印象，先在顶上长出一个嫩黄色的小骨朵，含苞欲放，故意诱人；隔一天心花绽开，红瓣粉蕊，娇艳煞人。奶奶就把花根下的石子、小草净走，还让叔叔挑来石头，砌了一个直径一米多的花坛。奶奶搞卫生时，把那些鸡屎猪粪、垃圾脏水都倒进花坛里，花坛就肥沃了。

花坛养分充足，月季花就疯长起来，由二三株变成一大簇，枝繁叶茂，蓬勃张开。墨绿的茎上都是暗红色的小刺，叶片推推搡搡，层层叠叠，油油亮亮，顶上布满了绽开的花朵和待开的花蕾。那蜜黄色的花苞，暗香浮动，精巧圆润，鲜嫩欲滴。那开放的花瓣摇曳生姿，万种风情。每一朵花都丰润艳丽、晶莹精巧、幽香四散、脉脉含情。一如唯美的心事，怒放在阳光下，一览无余，让人一看就懂，就喜欢，就着迷，就心生恋念。这千般袅娜，万般旖旎的月季花，把院子香满了，艳透了。

村上妇女有戴花的习惯，尤其是年轻的姑娘媳妇，每天起床梳妆，必有鲜花。我家院子里的月季花，自然成了她们的首选。一早，家门口就有娇滴滴的声音传来："奶奶，我摘一朵花呀。"奶奶在灶间回道："摘吧，摘吧。"有的姑娘不声不响，悄悄地把花摘了，就"嘻嘻嘻"跑了，奶奶就笑骂一句："疯丫头。"有刚嫁到村上的新媳妇不好意思去摘，站在院子边，捏着辫子，斜视月季，一副害羞的样子。奶奶就摘两朵递过去，新媳妇接过花，嫣然一笑，"谢谢奶奶"，和花一样灿烂地走了。

架子最大的是邻居李二嫂，她喜欢戴花，又不去摘，总是喊："林仍，给我摘一朵花来。"我就乖乖地给她摘了一朵月季花送去。有时我不满，就说："你不知道自己摘呀，刚才摘花把我的手都扎了。"她不但不接受意见，还给我屁股上来了一巴掌："男子汉这点事都干不了。"当然，我也没有少吃她给的零食。

我家老屋两边都是青砖黛瓦、飞角翘檐的房子，只有我家的房子还是土墙，即"干打垒"那种房子。那一年，我和堂哥都考取了中学，堂哥从双港初中考取南昌五中，我从小学考入双港初中。一个农民家庭，同时两个孩子考取初、高中，而且堂哥考进省城重点高中，不亚于现在考取名牌大学。村上人都到我家来贺喜，无非是赞扬我们几句，说怎么怎么会读书。只有大和尚爷爷来了后，堂屋瞅瞅，厨房瞧瞧，又把房前屋后和院子反复打量，然后对我奶奶说："我看不出那里风水好呀，除了这丛月季红红火火，其他都是土头土脸的。"奶奶说："是呀，月季兴旺就养人啊"。按照大和尚爷爷的说法，我和堂哥考取学校都是花神护佑，我也就愈发喜欢月季花了。

我参军后，先在北方待了十几年，后又调回南方，住所搬过五六处。无论家居何方，我都要种些或买几盆月季花。定居九江后，先是住部队宿舍，每家门前都有十多平方米的空地，人家种辣椒茄子，我种的全是月季花。盛开时一片红艳，蜂围蝶绕，引得路人驻足流连，有的还折几枝带回家插在瓶子里。转业到地方后，宿舍院子里都是水泥地，不能种花，我就买了四个特大花盆，摆在后院，栽的还是月季，后院就一片灿烂。妻子也喜欢养花，家里的花卉都是由她料理。她总是说："百花之中，月季是最好打理的。"还说我喜欢月季，是因为月季花是懒人养的。

妻子真是冤枉我了。我之所以喜欢月季，是钦佩月季花在众多的花卉中所独具的顽强、朴素、低调、奉献的品格。月季花对环境没有苛刻的要求，也不需要精致名贵的花盆陪衬，只要给它空气、阳光和水分，它就顽强地成长，悄然地开放。它不像牡丹那么娇嫩，不像梅花那么孤傲，不像荷花那么清高，不像菊花那么冷艳。它可以在和煦的春天与百花争艳，可以在炎炎的烈日下笑傲枝头，可以在万物枯零的秋日展现柔软的身姿，更可在瑟瑟的冬日寒风中携梅挺立，给生机黯然的冬季一丝温暖的气息。即使是凋谢了，也如美人迟暮，余韵犹存，淡淡的清香经久不散，直逼心扉，撩拨着人无限神伤。

月季花因为它的鲜艳美俏，被誉为"花中皇后"。据说，全国有几十个城市把它作为"市花"。又因为它常开不衰，被称为"长春花""月月红"。"只道花开无十日，此花无日不春风"，"惟有此花开不厌，一年长占四季春"，"一枝才谢一枝殷，自是春工与不同"。历代文人墨客对月季花赞誉有加，这正反映了它"百花凋谢我独艳"的品格。

月季花这种只求奉献，不求索取，只要一息尚存，就奋斗不止的精神，不也象征中国老人吗？他（她）们不需要鲜花与掌声，不需要赞扬与颂歌，不需要索取与回报，退休而不真休，年老而不服老，体弱而不示弱，全心全意、任劳任怨为儿女子孙服务，用一颗火热的心尽职尽责履行爷爷奶奶的使命！

我现在已进入"月季"状态，月季赋予我"花"一样的年华，你说我能不喜欢月季花吗？

难忘的童趣

现在的孩子真是一代比一代幸福啊！

儿子出生的时候，那玩具花样繁多，羡慕得我目不暇接：变形金刚，电动汽车、火车、坦克，带电光声的手枪、步枪、机枪，各种积木、布艺、卡通等等。

当孙子来到这个世界，那玩具更新换代，更惊羡得我目瞪口呆：声控的、光控的、遥控的……还有电脑、手机上玩的许多国内的或国外的我叫不上名的游戏，仿佛按个开关，就能铺天盖地，日昏月暗。这些游戏让许多孩子沉迷其中，乐此不疲。

儿时的我们，却有段不一样的时光。虽然那个年代生活比较贫穷，却一点也没有减弱我们贪玩的天性和快乐的童真。相反，那些就地取材，土味十足的玩法，如今回忆起来，心头还是泛起甜美的滋味，令人难以忘怀。

玩泥巴，是我们最原始的游戏。一团烂泥可以消磨掉童年里某个阳光灿烂的半天或一天。有自个玩，有合伙玩。几双小手，提水的提水，挖泥的挖泥，然后一起和着稀泥，把那黄泥巴塑成各种形状。想怎么捏就怎么捏，想捏成什么样就捏什么样。个个都是设计师，人人都是操作手，比着看谁的作品好。有时水不够，就拉下裤子，撒上一泡尿，再调整水与土的比例，就像在创作人生无比宝贵的艺术珍品。一场游戏下来，脸上、身上、手上全是黑乎乎的泥巴。在父母的训斥声中，还在思考自己的作品哪里还不够完美，下次如何捏得更好。

拍"纸饼"，是上学后的游戏第一课。所谓"纸饼"，就是把书本一样大的纸张先对折，再折成三角形。在地上划一个直径一米左右的圆圈，几个人把相等数量的"纸饼"摞在圈子中心，然后按照"剪刀、锤子、布"决出的顺序，各人抓一块钝角的瓦片或石片，对着"纸饼"拍过去，掀出圈外的就是战利品。谁的战利品多，谁就是赢家。为了折"纸饼"，我常常把作业本搭上，先是撕使用过的本子，后来把空白的本子也撕了。有淘气的孩子，把课本的封面、封底都撕下来折"纸饼"。每隔一段时间，我们就会比谁的"纸饼"多，这可是当时一笔不小的财富啊！

抽陀螺，是稍大些后升级版的游戏。我们玩的陀螺都不是买的，乡下也没有卖，而是自己动手做的。我常常拿着锯子或柴刀，到树林子里找木头。檀木最好，但砍不动，就锯樟木、橡木的枝丫。比赛陀螺有两种方法：一种是大家同时抽一鞭子，看谁的陀螺旋转的时间长，先倒下的算输；一种是像斗牛一样，把陀螺相互对着抽过去，撞倒的、撞飞的就输。为了斗赢对方，陀螺越做越大，并在陀螺上钉上钉子，一碰撞，就把对方刮得遍体鳞伤。由于这种游戏像斗牛，我们把陀螺都取上牛的名字，如"水牯""黑犍""雄角"等。斗赢了，心里就无比兴奋。甚至在课堂上，还拿着陀螺在下面你撞我一下，我碰你一下。有时让老师发现被缴去，很是心痛。

顶膝盖，也叫"斗鸡"，则是带有一点"暴力性"的游戏。男孩之间凭身体和力量一决高下。下课后，放学时，操场上，走廊间，随时随地可摆战场。大家单腿支地，手板着另一只脚，用膝盖互相撞击，憋着劲让对方松开手或摔倒在地。有时一对一，有时一对二，有时多人混战。如遇班组比赛，那场面可热闹了，操场上一片人海，沙土飞扬，喊声不断。有人倒下去，有人被夹攻，有人大笑，有人怪叫……童年的欢乐，真是无忧无虑啊！

滚铁环，算是技术含量比较高的游戏。别看动作简单，如果掌握不了技巧，一滚铁环就会倒。我为了得到一副铁环，可是绞尽脑汁。开始用铁丝做了一个，但因铁丝太细太软，滚不起来。后来悄悄地把家里的旧水桶上的铁箍敲下来，正好。就用铁钩推着它在巷子里、禾场上"哐啷哐啷"到处跑。上学时，右边挎着书包，左边挎着铁环，手上拿着铁钩，来到学校。老师说："你再踏上两只轮子，就成闹海的哪吒了。"

那时候，女孩子玩得比较多的抓石子、踢毽子、跳房子，我们也时常参与，尤其是抓石子，边抓边唱，很有韵味，十分有趣。抓石子，就是挑五颗鸽子蛋大小的鹅卵石或比较圆一点的石子，用一只手握着，抛起一颗，把四颗放在地上，再抛起一颗捡一颗；一轮过后，抛一颗捡两颗；再抛一颗捡三颗或四颗，像玩杂耍一样。石子抛得太高或太低，撒在地上太散或太密，都会影响抓石子的连续性和准确性。大家一边抛，一边唱，我还依稀记得那首叫作《五更里》的歌词：

一更里来一盏灯，
二更里来两颗星，
三更里来三打铃，
四更里来四季青。
……

曲调琅琅上口，古韵悠扬，有点像小夜曲，让人发思古之幽情。几十年来没见人玩过了，但那曲韵歌词还萦绕于心，回音于耳，留曲于唇。

小时候，我们还玩捉迷藏，跳皮筋，打水漂，击鼓传花，老鹰抓小鸡……不管人多人少，何时何地，小伙伴们凑到一起，都能玩得山呼海啸，不亦乐乎。

那时候，玩具不如今天"现代"，都是就地取材，自己制作；也没有那么多作业、补课、考试，玩的时间、地点、方式都比现在的小孩更充裕，更自由，更尽兴。我们曾经拥有属于那个年龄的童真。

旧日的时光已经远去，儿时的游戏一去不返。那时的小伙伴已散落在人生的各个角落，成了白发苍苍的老头老太。或许有一天在某个村落或街头碰到一起，还会一起回味这些陈芝麻烂谷子，回忆我们有过的无比灿烂的童趣和时光。

那时爱读小画书

周日，一个人无事闲逛，不知不觉就溜达到书店。

偌大的新华书店门可罗雀。除了少儿区有几位家长带着孩子选购教辅资料，社科、自然、历史、文学等图书区顾客寥寥，有一位老者在书架前翻看古典文学，几个女孩或坐或站阅览青春类图书。收银员小张和我打招呼："来了？"和小张认识有十几年，她在书店收银台前已由姑娘站成了大嫂。我笑着点了点头："怎么这么寂静？""今天是星期天，算不错了，还有十几个人，平时人更少。"小张说完，埋头摆弄电脑。看来，昔日人喧马嚣的书店，也成了昨日黄花。

我在书架前面浏览。书店一角有一个锁着的玻璃柜，里面摆放着连环画，其中一本蓝色封面的小书吸引了我，近前一看，《东南英烈传》。这不是我一直在寻找的小画书吗？我像突然遇见恋人似的，一阵惊讶、惊奇、惊喜袭上心头，一段幸福的往事，像春蚕吐丝一样，一缕一缕地从记忆之茧中抽了出来。

小时候，看连环画是我最大的爱好，也是那个时代的孩子们的一大乐事。连环画也叫"小人书""小画书"，它是我们唯一的课外读物。捧着几本小画书，可以打发一整天的课后业余时间。特别是晚上，在昏黄的煤油灯下，一页一页聚精会神地翻阅那些陈旧发黄略带残损的小画书，思绪随着深邃的夜色，无声地融入图书之中，幻化成画中人物，或经历战争风云，或潜入神话世界，或参加现代建设。人也仿佛脱胎换骨，自觉不自觉地以书中主人公自居，一瞬间自己就成了"精忠报国"

的岳飞、"千里走单骑"的关羽、镇守边关的杨六郎、给八路军送信的小兵张嘎……心情随着情节的起伏而跌宕，角色随着内容的变化而更替，思想随着阅读的增多而丰富。

小画书确实好看。里面有生动的故事，有精美的图画，有简约的说明，看起来非常轻松、愉悦，那时对小画书的痴迷，丝毫不亚于现在的孩子对电子游戏的迷恋。谁有一本小画书，大家争先恐后抢着看，书本翻烂了，撕边卷角，缺页破面，还爱不释手。正是这些小画书，点醒了我的汉魂唐魄，吹响了我的笙鼓号角，催动了我的金戈铁马，带我走进了无异于太虚幻境的纷乱三国、水泊梁山和唐诗宋词，认识了刘备、宋江、李白、杜甫……我对古典文学的入门以及不少现代小说的了解，都是从阅读小画书开始的。

儿时最大的愿望，就是买几本连环画。那时乡下没有卖，也没有钱买，只能找父母解决。还是我读二年级的时候，一次随父亲去县城办事，我坐在父亲的自行车上第一次到二十多里外的县城。城里有两条街，一条横街，一条直街，呈十字形。两条街上各有一个书店。横街书店很大，主要是文字书籍；直街书店很小，只有房间那么大，玻璃柜里摆的全是小画书。我就一直在小书店里或蹲或站隔着玻璃看那连环画封面，一排一排地数，一本一本地瞧，眼睛瞅来瞄去，看中了几本小画书，其中有一本就是《东南英烈传》。之所以喜欢，并不是了解内容，而是封面上画着三匹战马，几员战将，刀光闪闪，战旗猎猎，威风凛凛，让我难舍难弃。直到午后，父亲办完事来到书店找我，我望着小画书不肯离去。父亲摸了摸衣袋，只剩五角钱，说这是吃饭的钱，我说不吃饭，父亲就花了一角六分钱买了这本小画书。我如获至宝，捧在手上不肯放下。父亲和我一人吃了一角钱一碗的面条，才离开县城回家。

一路上，我坐在自行车横梁上，专心翻看我买的第一本小画书。风啸、树摇、车来、人往、坡陡、路颠，全然无睹，车子到家，我也看完了这本反映明朝末年农民起义故事的小画书。晚上，又在灯下重看一遍，才放在枕底下安然睡觉。

　　后来，乡下供销社的柜台里也有连环画，为买小画书，我和母亲斗过不少气。母亲待我各方面都好，就是在买书上太抠。我一提出要求，她总是说："买油买盐都没钱，那来钱买小画书！"我曾淋着秋雨抗议不买书就不进屋；也曾到园子里摘辣椒到集市上赚点小钱去买书；甚至还"贪污"奶奶给的买油盐杂物的钱，凑够了去买一本小画书。为了小画书，真是绞尽脑汁，费尽心机，耍尽诡计。

　　一本《东南英烈传》，不仅给我带来无限欢乐，也让我那些小伙伴喜上眉梢，几乎全班同学都轮流看了一遍，我也以此换得更多读物。那时，不管谁买了小画书，"使用权"都是公共的，它不仅丰富了我们的精神文化生活，还是同学之间互相联系的纽带，加深了小伙伴们的感情。到我上初中时，这本小画书还在我抽屉里，虽然又脏又破，不时还翻阅一下。当我离开家乡后，小画书就不翼而飞了。我想再买一本，到书店、书摊都很留心，但再也没有见过它的踪影。

　　人的一生中，有很多难以忘怀的幸福日子和幸福时刻。在我的记忆中，有这么一天让我留下烙印。那是一个大雪纷飞的早晨，我上学去，在下一道坡时，脚下一滑，滚到路边被雪覆盖的水沟里，棉衣棉裤都被水浸湿。返回家里，母亲替我换下湿透的衣服，在火炉上烘烤。那天上午我没有上学，穿着大人的旧衣服，坐在烘桶上自由自在看小画书。外面雪花飘飘，寒风凛冽，屋内暖意融融，慈母陪伴，我捧着小画书，心里感到无比快乐、温馨、惬意，简直就是世界上最幸福的孩子。我还记得那书名叫《林冲雪夜上梁山》，在一个风雪交加的夜晚，林冲除掉追杀他的恶人，一把火烧掉草料场。我真想穿越到朱贵那湖边的酒店，端着粗瓷大碗，对着这个头戴毡笠，手提花枪，枪上挑着一只酒葫芦的大汉，连敬三碗老酒。然后唱着：风啸啸，雪漫漫，醉饮严寒上梁山。小时候看小画书的快乐，是无法用语言来表达的。

村上有个同辈堂兄，叫福顺，只读了二年书就辍学放牛。他会拉胡琴，又特别喜欢看小画书，就常找我借书，并让我读给他听。我们达成协议：我给他提供小画书，他教我拉胡琴。胡琴是自己做的，用一个竹筒蒙上蛇皮，装上琴杆和弦把，买几根尼龙线，就能拉响。我们都不识谱，也不是按照"多、来、米、发、唆、拉、西"七个音符来拉，而是按照民间的五音谱"工、六、上、尺、和"，也拉得津津有味。后来我参军，连队搞文艺晚会，我用二胡伴奏，其他人拉七音符，我拉五音谱，也演奏得热热闹闹。

看小画书不仅是我儿时的兴趣，在某种程度上也是我读书的动力。我上学时只有五岁，懵懵懂懂的实在不晓得读书，上课总是玩耍，看小画书有很多字不认识，常把水浒读成"水许"，马超念成"马达"，晁盖叫着"晃盖"。一本书翻下来，连蒙带猜，似懂非懂。我就下决心多学习，多识字。那时，家长对孩学习成绩的评价，主要看识字多不多，字写得好不好。几个方面因素，逼着我认真读书。从三年级起，我的学习进步很快，由不愿读、不会读，到自觉读、喜欢读。在我儿时的愿景里，读书是为了识字，识字是为了看小画书。没想到无心插柳，竟把我的语文兴趣培养起来了，以至到了青年、中年、老年，我一直保持文学爱好。这与儿时喜欢看小画书有很大关系。

到小学毕业时，我断断续续，反反复复看完了"三国""水浒""西游""杨家将""岳飞传"以及唐诗宋词故事等连环画，许多情节和人物烂熟于胸，以至后来读原著，竟畅通无阻，一气呵成。

我成年后，儿子出生了。儿子这一代，尽管有了电视、电脑，各种图书也多了，但连环画还是儿童重要的精神食粮。儿子也喜欢看小画书。家里经济条件有了改善，又住进城市，买书也方便。我常到书店成套地购买新出版的各类连环画，除了"四大名著"，还有《史记》《东周列国志》《聊斋志异》《山乡巨变》《敌后武工队》等。我还有藏书特别是收藏连环画的爱好，从书店到地摊，见到心仪读物就买下来。儿子在小学阶段，阅读了比我同龄时期更多的连环画，这对他丰富知识、开阔视野、启迪心灵，有着重要的作用。我和儿子的童年都是伴着小画书长大的。连环画那小巧的版本、精美的图画、生动的故事、简约的语言，深深地刻在我们两代人心里，犹如一颗明亮的星辰，在心中永远闪烁着智慧的光芒。

　　进入新世纪，孙子出生后，我收藏的连环画数量非常可观，家里两个书柜，都是不同时期出版的连环画，线装本、精装本、套装本、单行本，应有尽有。可孙子却迷恋那些精美的彩色图书和卡通及电子产品，对我收藏的连环画不感兴趣，很少翻阅。我一度黯然神伤。问朋友，其他孩子也差不多。看来，一个时代有一个时代的阅读方式，社会的进步，给予了现在的孩子更多的选择。但我不知道，他们成年之后，是否会像我们一样，也能在心底留下美好的回忆。

　　连环画是一种古老的中国艺术，在宋朝的印刷术普及后，最终成型，特别是到了近现代，广泛普及于民众之中。它是中国出版业和阅读史上绽放的奇葩，随着岁月的远去更加芬芳。它伴随着几代人走过了童年时代，那是一种怀旧的情结，一种心底的眷恋。

　　现在看书可谓方便之极，无论什么书，可以上网阅看，还可以下载到电脑和手机上，随时想看就看，也可以买来书本爱看不看。因为太方便了，往往失去阅读的兴趣和耐心。我常常想起热衷于阅读连环画的美好岁月，想起几个小孩在书摊前几分钱就能打发半天的美好时光，想起一本小画书穿梭于同学中那种亲密无间的美好关系，觉得那才是真正的幸福，才是童年的芬芳。

一念及此，我让小张打开玻璃书柜，买了那本令我牵挂半辈子的小画书《东南英烈传》。真是踏破铁鞋无觅处，得来全不费功夫。我揣着小画书心满意足离开了书店。

雨　书

　　清晨，一场大雨不期而至。先是乌云密布，电闪雷鸣，接着雨幕拉开，平地成溪。"早起万步走"的晨练计划，泡汤。

　　索性一杯清茶，一份闲心，来个阳台听雨观乾坤。

　　那细密的雨帘，时骤时缓，忽大忽小。宛如水泼蕉叶，急促流瀑；又似泉水叮咚，心音缥缈。沙沙的雨声拨动我记忆的琴弦，慢慢地就进入那隔阂久远的雨雾朦胧的时空隧道……

　　那是一段浸润在雨中的岁月。

　　儿时，我对雨谈不上喜欢还是不喜欢。对雨的记忆是因为它曾帮我打赢了一场心理战，才觉得下雨还是很有用的。

　　还是刚上小学的时候，供销社的图书柜台到了一批连环画，有一本《三英战吕布》，蓝色的封面框着一幅画图：四匹战马加刀枪剑戟搅作一团。刘备关羽张飞那么厉害，合起来也没有打赢吕布。我在同学家里看过这本"小人书"，那书破得连封面封底都没有，书边都卷了角，中间还有残页，但图画很吸引人。我就想买一本属于自己的新的连环画。一问价钱，二角四分。回来找母亲要钱，母亲大吃一惊。

　　"天呐，都可买二斤盐，够家里吃一个月啊！"母亲连连摆手，"下次再说。"

　　我赌气。那天下着细雨，我站在雨中，不买就不进家。

　　雨淋湿了我的头发，水珠流在脸上又淌进脖子，就有一丝凉意；衣服、裤子慢慢浸透了，鞋子里也灌进水了。我打了一个冷战，不管母亲怎么唠叨叫唤，我还是坚持着。

奶奶首先妥协了。"给你买，我的小祖宗。"她戴着斗笠，把我从雨中拉进家里，并给我换下淋湿的衣服。

果然，吃晚饭的时候，叔叔就递给我一本连环画《三英战吕布》。那天晚上我多吃了一碗饭，且不要菜。

从此，我对雨就有些好感，也爱观赏雨景，尤其是春天，一下就是二三天，甚至四五天。可别烦，看，那雨时而细细密密，时而疏疏朗朗，像烟雾，像蚕丝，像珠帘，不断地变换着，带着"飒飒"的尾音洒向大地。落在湖上，泛起一圈圈涟漪，前面的涟漪被后面的涟漪淹没，中间的涟漪被四周的涟漪拉扯，水珠你推我挤，河水就慢慢地见涨；滴在地上，汪起一洼洼水泡，水泡一个一个汇成一片就形成水流，涌入沟渠，注入大河；掉在房上，笼起一缕缕薄烟，水滴从瓦沟流出，忽而变成水线，砸到墙根就溅起一朵朵水花；下在树上、草上、花上，那树叶就绿得发亮，那小草就青得耀眼，那花瓣就艳得诱人。谁说雨下多了？农人还说：春雨贵如油，庄稼渴望着呢。

春雨万物竞风流。它轻轻地唤醒大地，悄悄地带走寒冬，慢慢地抚慰树木上严冬的创伤。万物在春风的吹拂下醒来了，在春雨的滋润下生长了。

夏天的雨就不像春雨那样情意绵绵，私语窃窃，卿卿我我，磨磨唧唧。它来得猛，去得急，一阵狂风瀑布，酣畅淋漓，给人消暑、解旱、洗尘、清心，那才叫一个痛快。

夏雨尽管来得急，但还是有前奏的。先是从天边扯起一块黑幕，黑幕迅速上升、扩展，铺天盖地，席卷而来。骄阳顿时失去光辉。黑幕快到头顶的时候，狂风呼啸而至，带动门窗、屋顶、牛棚、大树、庄稼……同时发出令人恐怖心悸的声音，像许多怪兽的吼叫，像无数人同时猛劲地吹着口哨，还像飞机突袭的轰炸声。随着一束束闪电和几声炸雷，暴雨倾盆，银河倒泻，山摇地动，万物哆嗦。平时温顺的小溪也露出狰狞的面目，暴涨的溪水如野马脱缰，挟裹着许多杂物、垃圾，狂躁地向前奔去。

渐渐地，老天累了，一切又平和下来。雷声早已远去了，在天际隐约还有点余音；暴雨也已平息，由大雨变成中雨，中雨变成小雨，小雨变成毛毛雨，一会儿就没了；风收敛了野性，轻轻地抚摸人们的脸颊和手臂，好像在说：对不起，刚才不该发那么大的脾气。天边就挂起了一道弯弯的彩虹，太阳也露出笑脸，空气就凉爽、湿润了许多。

秋雨和冬雨又不一样，软绵绵，凉习习，尤其是深秋以后，更是冷飕飕的。"秋风秋雨愁煞人。"一场仲秋之雨，小草就躲进土里，睡觉去了；花朵姐妹分开，各自逃生；树木把叶子献给泥土，让其落叶归根。大自然演绎"流水落花春去也"的情景剧。我也不喜欢冬雨，扎手、刺骨，不好玩。

无论春天，还是夏天，雨后都是小孩放飞梦想，收获果实的时候。初春的雷声一响，甘霖过后，一个晚上山坡上，草地里都长满了黑色的草皮菌。一早，我们就提着篮子，拿着筷子到野外捡草皮菌，有时在山上还能采到松树菇。奶奶加辣椒一炒或小葱凉拌，就是一道鲜美的佳肴。从春到夏，暴雨之后，溪流奔涌，就有鱼儿逆流而上产卵或嬉戏，我们就带着箦子、笼子、网子去捉鱼，没有工具就用棍子戳，用石头砸，也能有所收获。我经常在雨后放学回家的路上经过溪流时，会抓上一两条鱼带回家。

从小到大，我最喜欢雨后垂钓。尤其是夏天，当太阳照得闷热难消时，一场暴雨降至，空气顿时凉爽，水面温度下降，水中氧气充足，雨水把地面各种微生物带入水中，鱼儿抢食非常活跃。此刻正是垂钓时。

前些年，我在八里湖雨后垂钓，连续斩获两条大鱼：一条38斤的青鱼，一条21斤的鳙鱼，打破了我垂钓单尾重量的最高纪录。

时光荏苒。随着阅历的增长和阅读的增多，我对雨景的欣赏更加诗意化、浪漫化。"少年听雨歌楼上，壮年听雨客船中，而今听雨僧庐下。"宋代词人蒋捷五百年前好像预测到我观雨的心境和状态，他说的不错，我观赏雨景，易受时间、空间和情绪的影响。高兴时，就憧憬"土膏欲动雨催频，万草千花一晌开"的美景，如临"水光潋滟晴方好，山色空蒙雨亦奇"的西湖其境；失意时，便心情黯然，"犹恨东风无意思，更吹烟雨暗黄昏，"感叹"世情薄，人情恶，雨送黄昏花易落"；在家时，常想着"兰溪三日桃花雨，半夜鲤鱼来上滩"，也喜欢"枕上诗书闲处好，门前风景雨来佳"；出差时，不免会沉浸在"望阙云遮眼，思乡雨滴心"和"何当共剪西窗烛，却话巴山夜雨时"的幽远意境中。工作几十年，很少像高尔基笔下"让暴风雨来得更猛烈一些吧"那分豪情。我听雨观雨，多少带点"小资情调"。

忧国忧民的心情还是有的。特别是进入中老年以后，随着思想的成熟，观雨的心态更加理性化，多了些来自心底的担忧。当天干气燥时，看到人们在炎炎烈日下抗旱，我从心里盼望"好雨知时节，当春乃发生"；出现洪涝时，看到农民的庄稼地一片汪洋，城市里的马路可以行舟，乡下的木屋滴答漏水，我就担忧"床头屋漏无干处，雨脚如麻未断绝"，叹息"夜来雨横与风狂，断送西园满地香。"我曾经目睹和经历过1998年洪涝肆虐和抗洪艰辛，深知洪水对人类的利害关系。那一年，我负责教育系统抗洪抢险工作，每天带领一千多名教师奋战在大坝上。原来骨折过的左脚再次创伤，以后每遇阴雨天气脚就酸痛。阴雨到来脚先知，比天气预报还准。我盼望科技发展，人类能够呼风唤雨，变水害为水利，更好地为天下苍生服务。

雨渐渐小下来了。一阵清风吹来，把我从记忆中拉回到现实。我喝了一口云雾茶，大脑愈加兴奋，听雨多好啊！那是听灵魂的对话，听真情的奔泻，听岁月的流淌。雨，你别停，我愿意静静地听下去。

　　人啊，美在沐雨中，醉在听雨时。

雪

好多年没有下过这么大的雪！

连着两天的风卷鹅毛，大地就臃肿了，膨胀了。

苍穹之下，银装素裹，冰清玉洁。山峦、田野、沟壑、房屋、道路全都盖上了一层厚厚的绒被，那些七桠八杈的树枝，也都披上了"坎肩"或"围巾"。连热得冒烟的摩托、四轮、汽车也都披着雪被，边跑边哆嗦，发出"咇、咇、咇、咇"生冷的声音。小草、麦苗、青菜全都躲在绒被下睡大觉。树木身强体壮，一点也不怕冷，裸露着身躯、臂膀在风雪中抖擞精神，不时把几片枯叶和几坨雪团扔向行人。有人捂着头，缩着脖赶快逃离，树就发出"哗啦啦"的怪笑声："和你开玩笑呢。"绿叶就礼貌多了，它上着白褂，下套青衫，在风中向人招手："走好！"

河流、湖泊还是我行我素，不温不狂，不喜不怒。它对雪是持欢迎态度的，视为天上来客，贵宾临门，对雪粒、雪花、雪片一视同仁，全部拥入怀抱，并以美酒款待。雪儿都醉了，全身心融入河流、湖泊之中，湖水就变得墨绿鲜亮。天空把湛蓝也都给了湖水，自己倒显得有些苍白。湖面氤氲着清润的水汽，蒸腾上升。赠我轻纱，还你清韵，这是水对雪的反馈与回报。

花儿蔫了。冬天野外是很少见到花的，唯有院子里十几盆花草还挂红着绿，分外诱人。可一夜风雪，基本都趴下去了。冬青、兰花、绿萝、滴水观音的茎叶像水煮过似的，由翠绿变为青黄，叶子冻烂了，一摸有细碎的冰凌，一捏连叶带冰都成碎片。月季、山茶仍然挺立，但花儿萎了，前几天茶花开得又红又艳，把雪掸去之后，花瓣缩在一起，瓣尖和边缘都发黑，像浸湿了的纸巾，失去鲜亮。"茶花女"冬天戴什么花？是不是还有更耐寒的茶花品种？真想给小仲马发条微信问一问。听说蜡梅傲雪挺立，"梅花香自苦寒来"，可惜我没有栽种梅花，也就难以欣赏它的雪中风采。

鸟儿乖了。成天满世界叽叽喳喳吵闹的麻雀，不见踪影了。喜鹊窝在巢中，一动不动用翅膀护着小雏，若不是两颗黑豆般的眼珠偶尔闪眨一下，还以为是实验室的生物标本呢。榆树落光了叶子，把鹊巢裸露在树梢上，无遮无拦，任凭风吹雪压。忽然，远处传来"喳喳"叫声，一只雄性喜鹊不知从哪里叼来一只虫子，送进鹊窝，"标本"活动了，鹊巢喧闹了，树有生机了，空气灵动了，世界苏醒了。

还是人行！男的女的，大的小的，老的少的，雪不停，人也不停；雪停了，人还不停。他们见雪而欢，随雪而动，与雪共舞。晨练一族穿着运动服，戴着风帽，一早就在雪中跑步，据说还要跑雪地马拉松，真行！快递小哥、流动小贩照常骑着三轮，推着小车把雪碾压出一道道深深的车辙。还有那些红男绿女，帅哥靓妹，拿着手机或照相机，在雪中翘首弄姿，摆态作秀，拍出万种风情。有一个一个照的，有几个人一起照的。更有青少小儿不怕寒冷，在球场、路旁、院子里滚雪球，堆雪人，打雪仗，不把积雪整出点名堂来，誓不罢休。那边还有奶奶带着孙子，背着书包不知上什么补习班，小儿兴冲冲地前面走，忽然一个趔趄，滑到在地，后面的老者叫着"不要哭，奶奶来……"话没说完，"噗哧"一声，来了个"祖孙双双啃雪泥"。

抬眼向东南望去，那是平日清晰可见的翠郁葱茏的庐山牯岭，此时只见白茫茫一片空灵。是云遮着山，还是山钻入云，啥也分不清。

我开始怀疑"不识庐山真面目，只缘身在此山中"，我现在站在离庐山二十里外的二十层楼上，也没见着庐山的行云流水，红瓦灰墙，山中景致，车辆游人。此时，我更相信唐代诗人吕岩"岘山一夜玉龙寒，凤林千树梨花老"，元稹"千峰笋石千株玉，万树松萝万朵云"，及杜甫"乱云低薄暮，急雪舞回风"的说法。其实，雪中看景就像雾中看花一样，你就不要太精致，太精明了，非得弄清"真面目"不可。朦胧一些，糊涂一些，宽松一些，留些空间给思想，让想象自由放飞，才会赏心悦目，直达意境。

我没有那份闲情逸致，当然也不会去拍雪景，堆雪人，打雪仗。我站在窗前，默默地看着那一缕缕婉兮飞扬的轻雪，从深邃的苍穹悠然飘来，不知这雪经过了多少岁月的洗礼，饱受了多少日月的煎熬，才凝聚成这季节的精灵，来到人间，赐予尘世。不为繁华似锦，只为落叶飘零；不去争鲜斗艳，只给人们留下一个"瑞雪兆丰年"的好的兆头和盼头。

雪，是水的身体；水，是雪的血液。所以，瑞雪才能召唤丰年！

我想起鲁迅那句话：雪是雨的精魂，是雨的升华。愿今晚的雪，下得再大些！

辑二

乡

韵

　　经过岁月的沉淀，乡韵犹如轻歌，在故乡的天空悠扬婉转，余音绕梁；又似曼舞，在游子的梦里婆娑弄影，姿态万千。它常使我在现实与梦幻中纠结，在过去与未来中徘徊。

　　乡韵是驱不走的美丽，乡韵是留不住的回声。

消逝的乡景

生活中，许多曾经和我们形影不离，习以为常的东西，渐渐地离我们远去了，生疏了，罕见了，甚至绝迹了。

可记忆的电波没有消失，也没有消停。它还在传递信息，不时发出或强或弱的信号，从久远的岁月传来。阻挡也没用，干扰也不行，它注定要成为一道"永不消失的电波"。

朋友，你还记得代号"人间烟火"的电波吗？它又出现了，发出了一组并不遥远的信号。

炊 烟

学校放学铃声一响，我背起书包，疾走在山村小路上。

上一道岭，便是村庄，首先映入眼帘的，是那一柱柱袅袅升起的灰白色或淡黑色的炊烟。

这炊烟，太熟悉了，也太渴望了。

熟悉，不仅是我知道它的形：袅袅娜娜、丝丝缕缕、缥缥缈缈、雾雾蒙蒙，还了解它的味：淡淡的稻草烟味，清新的麦秸秆味，浓浓的松树枝味，还有扑鼻的饭菜香味，还有烧锅巴的煳味。那味儿，沁人心肺，早渗入到骨子里去了。

渴望，是因为我对它非常期盼。它会带给我一日三餐，它会满足我的味蕾，它会充裹我的饥腹。

炊烟来自老屋的灶膛，来自奶奶的辛勤忙碌。

清晨，奶奶划出的第一根火柴，就是点燃一把茅草，往灶膛里一塞，火焰冲向锅底，窜出灶口，映得奶奶脸上红扑扑的，眼睛被烟熏得有些睁不开，还呛得咳嗽。奶奶随手又塞进一把硬柴，如棉花秆、松树枝，再用吹火棍一吹，那火就旺来，烟由黑变灰，由浓变淡，火由小变大，由红变白。灶膛旺起来了，奶奶在围裙上擦一下手，就往锅里倒水下米，再切菜剁薯，有条不紊地劳作。当我起床，一大桶稀粥已经煮好，就着几碟咸菜，开始了幸福的早餐。

村中的炊烟就从一家家的瓦屋缝中冒出，仿佛墙角边露出孩子的脸，四周张望，做个鬼脸，身子一扭，成片的烟幕拉开。它们并肩搭背，拉拉扯扯，还与晨雾、朝霞、山岚、树影化为一体，渐渐地扩散、翻腾、上升，最后心甘情愿地融化在清晨的旭日中。

那时，农村还没有煤、电、气，烧柴几乎和吃粮一样紧张。柴草仅靠庄稼秸秆是不够的，还要上山砍柴，下地割草。砍柴，是我儿时投入大自然的第一课，每到星期天或寒暑假，经常背着竹篓上山下地，茅草、荆棘、树枝都是我收获的对象。夏天，顶着烈日，在田埂地坎上砍野草。麦收后，再去锄麦秆根，把它扒到地头晒干，再用竹篓背回家。秋天，高粱、棉花拔秆后，我再去拾捡没有收干净的秸秆。甚至，我还漫山遍野捡过牛粪，晾干后，码成垛，冬天当柴烧。

奶奶烧柴更是精打细算，一火多用。做饭时，用一个小砂罐，装上米和水，加上一片咸鱼或咸肉，放在灶膛里煨，做出的饭菜又香又软，特别适合幼儿或老人吃。在灶口上方挂一个铁鼎，用窜出的余火烧水，饭做好了，鼎中的水也开了，可以泡茶饮用。冬天杀了年猪，就挂在灶头熏猪头猪肉。一个整猪头，烟熏火燎，直往下滴油，肉色暗红，香气四溢，随着炊烟飘向村庄上空，村子香了，村人醉了。

我伴着升腾的炊烟慢慢地长大。每当放学回家，或参加工作后回乡，总是渴望那缕缕炊烟，见到炊烟就像尝到了美味。炊烟，是老屋升起来的云朵，是柴草燃化成的幽灵，是村庄呼吸出来的气息。

我常在梦中，见到那宁静、纯洁、轻盈、缥缈的炊烟。在有风的日子里，它随风飘摇，急骤升腾，匆匆而散；在无风的日子里，它袅袅娜娜，和颜悦色，清淡疏朗。在下雨的日子里，若是毛毛细雨，斜织的雨丝和升腾的炊烟你拥我抱，若雾若丝，宛如山岚依依，云霓悠悠；若是倾盆大雨，你压我冲，不知是雨淋湿了烟，还是烟熏黑了雨，犹如马踏沙场，灰蒙蒙一片。而在无云的日子里，它就是天空中漂浮着的最贴近人们的不事张扬的淡淡的云彩。

"暖暖远人村，依依墟里烟。"不知从什么时候起，村人做饭改用煤，后来又改用电和液化气。那遍野的柴草，满山的树枝无人问津，任其肆意疯长，当然也就见不到那氤氲着柴草味的炊烟。人间烟火变为人间电气。

"又见炊烟升起，暮色照大地……"邓丽君的那首《又见炊烟》歌曲就成了我的喜爱。在音乐声中，仿佛眼前又有缕缕炊烟在袅袅飘荡……

犬　吠

在城市早晚散步，总会碰到一些人遛狗。那狗或穿衣服，或不穿衣服；或卷毛，或顺毛；或高大威猛，或小巧玲珑。人们把狗当作宠物关爱有加，以"儿子""孙子"相称。

我在村子里住了几个晚上，连狗的影子也没有见着，更别说鸡鸣狗吠。便问当村干部的侄子："你们又把狗打光了？"

记得十几年前，乡下闹狂犬病，各村组织"打狗队"，几天就把狗消灭尽了。

"还打什么狗，你看村上有人吗？十楼九空，哪有人去养狗？"侄子又说，"现在狗矜贵着呢！"

村上青壮男女都外出打工，过去老幼还留在村里，现在老人也到城里去陪读了。我忘了农村已成为"空心村"这个现实。

我家前后左右有六七栋楼房，大部分时间都是空着。只有母亲和叔父、叔母偶尔住在村里。母亲在城市住一段时间，就吵着要回乡下，说城里满街都是汽车，路都不好走，也没有个人聊天，要闷死人。

一到春暖花开，我就把母亲送到乡下。老人自己照顾自己，住在邻村的妹妹时常去看望。母亲还种了一点菜地，不时捎点瓜果蔬菜给我们。

母亲在乡下打发孤独的办法，就是养狗。前些年，她至少养了四五只狗，给狗起名都是大号：大黄、大黑、大花。开始是以狗的颜色命名，后来更加亲昵：大宝、大贝。母亲在城里待不住，还有一个原因，就是惦记她的狗，总是唠叨：没有人喂狗啦，狗没东西吃啦。过去出来就托邻居照看一下，慢慢地邻居也没有了，狗就成了"孤儿"，到处流浪。

有时我送母亲回乡下，那只大黄狗不知从哪里就跑回来了，骨瘦嶙峋，毛发倒竖，走路摇晃。母亲心痛得不得了，就把我们给她买的香肠、点心拿出来给狗吃。有时我送她回家，再没有狗出现，那些大宝、大贝也不知道跑哪儿去了。听说城里有人专门到乡下抓狗，先用麻醉枪射击，然后用布袋一装，往摩托车上一放就溜了，动作非常快。母亲养的狗是不是被城里人偷走，不得而知。

小时候几乎家家都养狗，有的养二三只，也不是专门喂养，乡下的狗都是自生自长。一到吃饭的时候，几条狗围在饭桌底下，转来转去，偶尔为一块骨头或鱼刺争抢起来，互相撕咬。小孩拉屎还没站起来，狗就拱到屁股底下清理了，有时还把小孩顶翻。一脚踢过去，狗夹着尾巴汪汪地叫着跑了，一会又跑回来，故伎重演。

每到晚上或来了一个陌生人，可就热闹了。狗冲着生人，汪汪乱叫；一只狗叫，其他狗也跟着叫。特别是晚上，这边狗吠，那边犬哮，全村的狗都叫了起来，此起彼伏，南北呼应，在乡村寂静的夜空，形成狗声大合唱。并且带动牛、羊"哞哞""咩咩"地叫起来；吓得睡得正香的猪，也莫名其妙地"哄哄唧唧"；惊得林子里的鸟也不得安生，"叽叽喳喳"扑棱棱地飞起来。村子虚惊一场，又复归平静。

我劝母亲，你这么大年纪，就别养狗了。母亲瞪着眼睛，很不理解地看着我："没有狗，村子哪来灵性！狗叫，人就醒着，村子就活着。"

我没有想到从没读书过的母亲竟会发出如此高论！一想觉得很有道理：狗的叫声，是村庄的歌，是人间的吵，一个村庄有了狗叫声，这个村庄就还活着，不至于寂寞。

我终于明白了，母亲养狗，并不完全是看家护院，更不是为杀了吃肉，而是想听到狗叫声，那是深入到骨子里的天籁之音，也是大地灵醒的一个标志。

"柴门闻犬吠，风雪夜归人。"曾经的农家田园风景，在不经意中，也慢慢地远去了。要听犬吠鸡鸣，只能到唐诗宋词的古韵里去寻找，或者去更远更偏的深山僻壤人家，或许能听到一两声"汪汪"或"咯咯"。

讲　古

晚霞撞到斗牛山，便散发出橘红色的光辉，把村庄映照得如美人卸妆，素雅红润，娇羞动人。村人们伴着百鸟还巢，牧童放归，渔舟晚唱，扛着锄头或挑着箩筐回到家中。晚餐自然是一天最丰盛的宴席。虽然是粗茶淡饭，抑或是菜煮粥，薯拌饭，就着几个咸菜，一家人围在一起，也还吃得津津有味，不亚于人间神仙。

饭罢茶毕，天就黑下来了。"神仙们"叼着烟袋，聚到一起，听人讲古。

讲古就是讲故事。村上有两个半故事大王。一个是住在村子北边的有义，民国时期读过几年学堂，他读过不少古书，如《施公案》《包公案》《三侠五义》《杨家将》等，讲起来都是一套一套的，就像现在的电视连续剧，一集接一集，没完没了，特别吸引年轻人。再一个是住在村子南边的达旺，只读过一年私塾，识字不多，但对古装戏剧特别爱好，过目不忘。他讲的故事，都是戏台上的剧目，大家都比较熟悉，但经他一加工，一描述，讲出来就绘声绘色，格外动听。老年人基本都是他的"粉丝"。那半个就是住在村子中间的眉乌，一天书也没读，但在旧社会走南闯北，见多识广，他讲的都是道听途说来的鬼怪故事。我长大后回忆，好像都是《聊斋》上贩来的。听他讲故事的多半是村上的光棍汉，他们喜欢刺激的内容。眉乌讲古一般在有义和达旺因事不讲的时候，他才开场，所以称半个故事大王。

农闲的时候，特别是深秋和冬天的夜晚，村上男人们都往这三个地方凑。北边讲《施公案》，南边讲《打龙袍》，中间可能在讲"狐狸精"。村庄就弥漫在古典风韵的气息之中。

我一直感到惊叹，乡村很多人，尤其是年龄稍长的人，不仅对古代流传下来的故事和传说有着极其浓厚的兴趣，爱听、爱说，而且能从中吸收许多正能量的精神内涵和道德情怀，对乡风乡俗建设产生积极的作用。他们从忠奸贤愚的故事中，确定了崇忠尚贤的价值判断和是非标准；从古人以身殉国的故事中，认清了生命的意义和人生的价值取向；从男女相亲相爱的故事中，树立了对和谐婚姻家庭的追求和对背叛者的批判；甚至神灵鬼怪的故事，也表达了他们对世界神秘感的推崇。他们崇尚花木兰、杨家将、岳家军；崇拜包公、施公、海瑞这样的忠臣明吏；憎恨秦桧、严嵩、陈世美这样的奸臣和小人。传统故事和传说中也存在不少糟粕，但乡村文化却有着一定的避恶趋善的能力。

更有意思的是，历史上的故事，常常被套用在现实生活中，作为评论和判断是非的标准。村上有一个青年，当了工人后，便与乡下的妻子离婚，被村人骂为"陈世美"，并遭唾弃。有儿女对父母不孝顺，就用"黄香温席"和因果报应来劝说。有两口子因生活困难闹矛盾，就用王宝钏苦守寒窑十八年和牛郎织女的故事来开导。生活中每一种现象发生，村人都可以毫不费劲地从那些久远的故事中找到对症药方，让其产生教化功能。讲古，既是文化生活尚不发达时农村的娱乐活动，又是现实生活中的生动教材。

饭罢茶毕，夜幕降临。村人又叼着烟袋去听讲古。

喝　彩

在"噼噼啪啪"的鞭炮声中，舅舅羞涩地把头戴纱罩、身穿红袄的舅妈从枣红马上抱下来，孩子们就簇拥着来到中堂。喇叭吹奏喜乐，新郎新娘一拜天地，二拜高堂，夫妻对拜过后，司仪达旺就亮着大嗓门唱起"喇叭诗"，也叫"贺词"，众人跟着喝彩。

"一脚踏入新娘房，新人双双喜洋洋。"

众人喊："好！"

"牛郎织女鹊桥会，和谐相处百年长。"

众人喊："好！"

"荣华富贵进房中，两朵牡丹值千金。"

众人喊："好！"

"郎才女貌成鸳鸯，生出一对状元郎。"

众人和："好，状元郎。"

在"好、好"的和声中，大家笑着、闹着，脸上泛着红晕，就像夏天菜园子里的红番茄。

小孩子眼睛盯着竹筛子里五颜六色的糖果，大人们则用手指着托盘里的香烟，等着新郎撒喜烟喜糖。

舅舅先把喜糖一把一把地向人群中撒去。大家就欢天喜地地争抢，孩子们在大人身边窜来挤去，大呼小叫。香烟不好抛撒，一边的伴郎伴娘就端着托盘发给人们，但还是在嘻嘻哈哈的笑声中被抢光。大家抢到的仿佛不是几角钱的烟糖，而是一年的好运。

新人结婚，全家高兴，全村欢腾。村子就像一座山林，突然飞来一只凤凰，引来百鸟朝凤，叽叽喳喳，扑扑棱棱，一片沸腾。

舅舅的婚礼在喝彩声中达到高潮。喝彩是婚礼必不可少的一道程序。掌彩者就像现在的婚礼主持人，有着娴熟的专业、良好的口才和洪亮的嗓音。有时还要根据现场情况，现编现唱，把婚礼搞得热热闹闹，喜气洋洋。

除了结婚，就是上梁，喝彩都是必不可少的。那时，乡下造一栋房子不容易，村人有了房子，娶妻生子便有了底气。一家造屋，众人帮工，到了上梁那天，男女老少都来助兴。

上梁就是安装屋顶最高的一根中梁。上梁要选定良辰吉日，在隆重的仪式中进行。主人要准备米酒、米粑、喜蛋，在喝彩声中向人群撒粑，还要请人喝酒，吃喜蛋。木匠师傅亲自掌彩，他手执斧子，敲一下木梁，便开始喝彩，大梁徐徐上升，众人阵阵叫好！

民间那喝彩歌谣，都是大吉大利之词：

斧头一响天门开，
我把仙师请进来；
东家今日做新屋，
上梁大吉遍地财。

接着，木匠师傅端着一碗米，一边撒，一边继续唱：

一把稻米撒在东，子子孙孙在朝中；
二把稻米撒在西，子子孙孙穿朝衣；
三把稻米撒在南，子子孙孙考状元；
四把稻米撒在北，子子孙孙好光彩。

每唱一句，众人便跟着呼"好"！

主人就起劲地向人群抛米粑，人群愈加兴奋。拴着红布的大梁在一片欢腾声中升到了顶端。这时鞭炮齐鸣，木匠"乒乒乒乒"一阵锤子斧子敲击声，大梁被固定。

我小时候，经历过许多上梁的场面，也跟着一起喝彩，喊得又响亮又激昂，像参加一场特殊的游戏。特别是抢到米粑以后，显得格外兴奋，就盼着别人家天天上梁。

现在，我有时还参加农村的婚礼，参加乡下的上梁酒宴。但是再也听不到喝彩声，只是单纯的喝喜酒。新娘娶来了，放个鞭炮就开席。农村如今都是盖楼房，钢筋水泥取代了木料，但"上梁席"还要摆，甚至在城里买了商品房，还要设"上梁席"。没有仪式感，只剩喝酒了。

在醉意微醺时，我仿佛又听到了那远去的喝彩声。

饭　场

不知是有事相商，还是凑在一起就饭甜菜香，每到吃饭的时候，村人就端着大海碗，不约而同地来到老井旁边——这里有半亩大的空地，一棵老榆树，一盘碾台。久而久之，这里就成了村子里的饭场。

早餐第一个来饭场的，依然是老肖。老肖并不姓肖，姓黄名福留。他年轻时会熬硝，人们把他的营生称作他的名字。老肖有一儿一女，儿子结婚后，与父母分开过，女儿已出嫁。老两口也没有多少家务，所以吃饭就早，也就最先到饭场。

老肖左手托着盛满菜稀饭的紫砂钵，右手夹着一块红薯，蹲在碾台边，呼啦几口稀粥，咬一口红薯。那"嗖嗖"的喝粥声，就像集合的哨音，把端着大碗的男女老少都召集过来了。他们或坐或站，有的脱掉鞋子，圪蹴在地上。这时，老肖的儿子仁棍从碗里拨拉一些萝卜给父亲。仁棍总是这样，家里炒了什么新鲜菜，都会多盛一些，在饭场上带给父亲吃。

人们就夸仁棍孝顺，有的就在他碗里也夹一筷子。又说某某人不孝，父母病了也不管。扯着扯着，天南地北，家长里短，鸡零狗碎，针头线垴，都是饭场的话题。没有开头的，也没有收尾的，说到哪算哪，只图嘴巴痛快。

正说着，麻雀大婶就端着碗过来了，她一边吸溜稀粥，一边大声喊着："女劳力上午都到班儿垱摘棉花！"

麻雀大婶是生产队妇女队长。她二十多岁时，丈夫病逝，带着两个儿子辛苦度日。一天到晚，忙完队里忙家里，忙完地里忙屋里，所以她吃饭比人家要晚半个时辰。每天给女社员派活，都是趁吃饭的时候分派下去。麻雀大婶家住在村子北边，距老井二百来米。她端着饭碗，从左边路上喊过来，在饭场待一会儿，吃完了拿着空碗，再从右边路上喊过去，一天的活计就分派下去了。队长仁征也是这样，生产队大部分活计，都是在饭场上安排的。

人们吃完早饭，顺便喝一碗刚提出来的井水，便离开饭场，准备上工。

饭场就像一个大磁场，每天吸引着村人。人们在这里谈天说地，交流信息；胡聊海侃，尽情小憩；互品饭菜，切磋厨艺。那时，大家吃的都差不多，没有什么藏着掖着的，但却有巧妇做出多样之炊。如同样是炒辣椒，我奶奶总是把辣椒切得很细，把籽去掉，炒出来晶莹透亮，香辣扑鼻；老肖家的辣椒从来不切，整个放在小盆里捣碎，和豆豉、蒜泥拌在一起，炒出来糊泥稀软，香辣醇朴；麻雀大婶大概是没有时间，炒辣椒则和茄子、豆角、蒜苗等混在一起，做出来也青紫微辣，清香爽口。各家做出来的菜蔬也是五花八门：有的从野地里揪来马齿菜，用开水一烫，放点豆酱，味道鲜美；有的从沟渠里整来水芹菜、野蒜苗，放辣椒一炒，一样可口；有的摘来香椿叶、洋槐叶，做个凉拌，更是勾人味蕾。饭场就是乡村厨艺大晒台，四邻八舍互相品着、尝着、评着，在一片"啧啧"的赞扬声、"吧吧"的咀嚼声、"咯咯"的嬉笑声中，度过乡村快乐的时光。

岁月悠悠。现在想起来，那时候虽然吃的是粗茶淡饭，但每天聚在一起，却非常开心，没有经历过那场景的人，是很难体会到其中的愉悦和惬意。真的，我非常怀念那个时代人与人之间的淳朴情感和浓郁的乡土氛围，还有那温馨、有趣、热闹的场面，怀念故乡那片心驰神往的土地。

布谷声声

"快割快割，收麦栽禾……"

每到春末夏初时节，无论在乡间的田野上，庭院中，还是在城市的公园里，小巷处，都能听到这种"夸哥"鸟从空中传来的悦耳的啼鸣。它在提醒庄稼人：麦子熟了，快快收割；夏至到来，快快栽禾。于是，就把在城市待了几十年的我，又唤回到曾经生活和劳作过的故乡广袤的田野，记忆里尽是铺天盖地的麦浪、稻田、山林和从村庄袅袅升起的炊烟，以及在山野劳作的农人的身影。

"夸哥"鸟学名叫布谷。家乡人叫它"夸哥"，不知是根据它鸣叫的谐音，还是认为它确实在夸赞农人的苦干。"夸哥"鸟是我所能叫出名和叫不出名的鸟类中，最喜欢的一种小鸟。它藏在浓密的树梢枝头，平时很难见到它的身影，它的啼鸣一定是在飞翔的时候，当它从葱郁的杨树、柳树或樟树的枝间跃起时，便有了那空灵的歌唱——"快割快割，收麦栽禾"。这声音悠扬婉转，明明是在你头顶的枝头上发出的，听起来仿佛是来自遥远的无人能抵达的茂密森林；有时明明就在远处，听起来仿佛就是在你的头顶或脚下大地深处穿越而来的叫声。

"夸哥"鸟的啼声，是农人的动员令，是农活的报时器，因而也就成了农家的吉祥鸟。有什么比播种和收获更让农人兴奋？这大概也是我特别喜欢"夸哥"鸟的原因。

其实，麦子黄了就收割，夏至到了就插秧，这是农人的基本常识，谁也用不着"夸哥"鸟在空中提醒。然而，人们对"快割快割，收麦栽禾"的啼鸣和"夸哥"鸟的亲切感,在于它传达水稻插秧的信息和小麦成熟的喜讯,对于处于青黄不接,一个冬天又一个春天靠红薯、苞谷、青菜和大米掺在一起果腹的庄稼人,却是绝好的兆头和消息,尤其是日子过得紧巴,吃了上顿愁下顿的人家,眼睁睁地盼着麦子接茬,听到"夸哥"鸟叫,能不高兴吗?

在儿时的印象里及后来务农的经历中,我还清楚地记得"清明下种,谷雨下泥,夏至插秧,芒种收麦"的农谚。家乡的农民祖祖辈辈都是按照季节的变化从事不同的农事,日出而作,日落而息。特别是麦黄的时候,没日没夜地抓紧抢收,要不然遇上骤雨就会毁掉一年的收成。当然,小时候的我还不知道麦收时间的紧迫感,而是麦收后新麦磨出面粉做出来的发粑(馒头)、面条和煎饼,对我有着巨大的诱惑,那香甜的美味已渗入到骨子里,终生难忘。

收完麦子,就是端午节。母亲、伯母、叔母就在家里的石磨上磨小麦,那磨杆推着石磨转出的"隆隆"声,好似飞机空中传来的轰鸣声,我们就盼着它快飞过来。奶奶在一边用粗细不同的筛子筛面粉,磨坊里弥漫粉尘,奶奶的头上、身上、手上一层白灰,不时用袖子擦把脸。袖子也是白的,擦过后,面粉和着汗水,脸上就出现深一道浅一道的擦痕,有点像戏台上的花脸,但奶奶自己不觉得。新麦至少要磨两遍,分别筛出头粉、二粉和麸子。为了让急不可耐的孩子们解个馋,奶奶会舀出一两碗面粉,和上水擀成面条或面片,再割点韭菜,在锅里煮上。我和弟弟妹妹就趴在灶台边,看着锅里"咕嘟咕嘟"冒出的热气和水雾,闻着新面和韭菜的清香,嘴里就咽着口水。不一会,奶奶给我们每人盛出一小碗面条,我迫不及待用筷子往嘴里扒,烫得舌头连连吹冷气。奶奶就说:"莫急,没人和你抢。"但我的嘴还是和碗抢起来了。

农历五月初四,也就是端午节前一天,家里就开始做发粑、包粽子，用一大缸糯米酒水发面，分别做出头粉、二粉和麸子三种发粑。头粉粑走亲戚，待客人，二粉粑家里吃，麸子粑和部分二粉粑晒干或烘干留作零食吃。做粑时，我也会抓些揉好的二粉面，把它搓成长条，再从两头对卷过来，用筷子在中间一夹，就是一只"蝴蝶"。也会拿出玩泥巴的本事，捏些小鱼、小鸭、小猪。蒸熟后，先尝自己的"作品"，当然也会吃些头粉粑，那味道，又柔又软，又细又香，和二粉粑、麸子粑就是不一样。头粉粑蒸熟后，奶奶还要给它"化妆"：抹上红的和绿的花印，像个白胖娃娃，点红缀绿，分外好看。我对"快割快割，收麦栽禾"啼鸣声的好感，就是从嗅觉、味觉开始的，后来感染到听觉、视觉，最后在意识中打下烙印：只要空中传来"夸哥"鸟的叫声，脑海中尽是那新麦面条的清香、头粉粑的美味，还有童年的处女作——面制的蝴蝶、小鱼、小鸭、小猪……

稍大些，吃粑就要付出劳动——捡麦穗。在麦收那段日子，天一亮，母亲就会在我屁股上抽一巴掌："趁天凉，快去捡麦穗。"我睡眼蒙眬，一骨碌爬起来，脸也不洗，挎上竹篮，拿着竹扒，就到收割过的麦地去。社员们刚把麦捆挑走，我们这些小孩子就手眼并用，麻利地捡着散落的麦子，用竹扒把麦穗、麦秆及干草都笆到地头，然后理出麦穗放进竹篮。活儿并不重，也谈不上累，就是太阳出来后，天上晒，地上蒸，身上就流油。男孩子光着头，赤着膊，幼嫩的皮肤在阳光炙烤下由白变红，由红变黑，脱下一层皮，几天下来变成了"小黑人"。一季麦收，至少要捡二三十斤麦子。有了这么大的收获，在我小时候的认知里，黑一点并不觉得难看，反而是一种骄傲。

当我"上山下乡"后，"夸哥"鸟再鸣叫时，我就由捡麦穗的孩子变为割麦子运麦子打麦子的社员了。天不亮，就披星戴月，踏着晨露去麦地。白天烈日晒烤，衣服干了又湿，湿了又干，薄薄的衬衫，被汗水和麦芒、叶屑、灰尘黏糊得像盔甲一样挂在身上。割倒的麦子要一担一担往禾场上挑，肩膀磨破了皮，渗出一道道血丝。晚上还要趁着月色打场、扬场、收场。麦子脱粒了，进仓了，地净场光，一颗心才放下来，人才轻松一些。这样的劳作要持续七八天。但看到金黄的麦子堆满粮仓，再苦再累，也心甘情愿。

若干年后，我读到宋代王令的诗句："子规夜半犹啼血，不信东风唤不回"，知道了"子规啼血"的故事，知道"夸哥"鸟除了叫"布谷"之外，还有一个美丽的名字，叫"杜鹃"。传说古代蜀国杜宇当了皇帝后，很爱他的百姓，死后变为一只杜鹃鸟，每年春季，就叫唤人们"快快布谷！快快布谷！"嘴里啼得流出了血，染红了漫山的杜鹃花。杜鹃鸟，这种体恤黎民，珍惜春天，顽强进取，追求美好的坚定信念和执着精神，让我肃然起敬！夸哥——布谷——杜鹃，一种多么美丽可爱富有灵性和神奇传说的益鸟啊！我更加打心眼里喜欢这一大地上的精灵，喜欢它那美丽悠扬的歌声：

"快割快割，收麦栽禾……"

故乡岁月静好

我爱故乡！

对于故乡，我写过一些文章，发自内心讴歌家乡的美丽风光，那里山清水秀，景色宜人，风水养人。我常以此为荣、为傲。

与这些自然风光相媲美的，还有那美丽的精神家园。村人那些习以为常的人情之美、人性之美、人心之美，也是非常珍贵的。只是随着时代的变化，时光的远去，有的已被人们渐渐地遗忘了、淡化了、丢失了；有的即使存在，也少有原来的味道，多少被铜臭沾染；有的随着社会的发展，人们生活水平的提高、生活方式的改变，自然离人们远去了、消失了。

我却，常常恋念，每每难忘。

就想写些文字，以飨家乡后人。我们曾经是这样生活的：贫穷也好，富贵也罢，人们其乐融融，其情浓浓，其风清清；日子虽然过得平平淡淡，甚至紧紧巴巴，但却浅笑安然，时光安然，我心安然。

送豆渣

鸡叫头一遍的时候，奶奶、伯母、母亲就起床磨豆腐。房梁上系着石磨推把的绳子发出的"吱吱"声，石磨摩擦的"隆隆"声，豆浆流出来的"哗哗"声，在寂静的清晨，混合成美妙的乡村晨曲，把我从睡梦中唤醒。"今天有豆腐吃了"，一种兴奋涌上心头。

直到晌午，奶奶才忙完一道道烦琐的工序：洗磨、煮豆浆、过滤、点卤、沥水，豆腐才被纱布裹着压在木板上。过滤后的豆渣被奶奶揉成七八个碗大的团子，放在木盆里。豆渣冒着热气。

农家平时做豆腐，主要不是为了吃新鲜豆腐，而是为了霉豆乳以解决一年的咸菜，这时真正吃到嘴的是豆渣，而且还不是全部留着自己吃，左邻右舍要送出一大半。那七八个豆渣团子，就是一会儿要送到邻居家的。

在物质生活还不富裕的情况下，豆渣不是珍贵的东西，但也不是拿不出手的礼物。村人还是很看重的，用辣椒一炒或小葱一拌，也算是一道佳肴。就像现在吃惯了大鱼大肉，到饭馆来一盘炒豆渣一样受欢迎。

我捧着一个个热乎乎的豆渣团子送出去，从邻居家带回一句句热情的道谢，心里就非常温暖、惬意。我家也不时受到邻居家的馈赠，如一碗豆渣、一个南瓜、一把青菜、一盘鱼虾……村上邻里之间的关系就在这一个个豆渣团子或一碗时鲜蔬菜的互相传递、赠送中，变得亲亲密密，甜甜蜜蜜，人间烟火、人间真情、人间礼节得以延续、传承、兴旺。

它是农耕社会生产关系的一个缩影：情重于物、礼大于天。

讨　奶

王家新媳妇生孩子，几天没有来奶水，婴儿又哭又闹。小媳妇急得掉眼泪。

没关系，孩子饿不着。张家、李家、陈家还有哺乳妇女。王家婆婆就抱着月子中的孙子进张家、出李家、走陈家。"给我毛毛讨口奶"，人还没进门，声音早传到屋里。主人家媳妇哪怕正在奶孩子，也会把自己的孩子放在一边，先让王家的孩子吃饱。小客人吃好了，嘴边都溢出奶水，眼睛也睁开了，望着陌生的世界，两手乱打招呼。在主人一家的夸奖下，王家婆婆抱着孙子乐滋滋地回家去。下一顿，可能是这一家，也可能是另一家。

那时，农村还没有牛奶、羊奶，也没有条件买牛奶、羊奶。产妇没有奶水，就互相"讨奶"或喂些米汤，有些哺乳妇女也会主动去给没有奶水的孩子喂奶。这种"讨奶"现象习以为常。我小时候就是吃伯母的奶水长大的。我出生不久，母亲因怀妹妹断了奶水。此时，伯母也生了一个小孩，后来夭折，我就一直吃伯母的奶水。小时候大人逗我，说我是伯母生的，搞得我信以为真。有时人家问我："宝宝，你是谁生的？""大妈生的。"在场的人就哈哈笑起来。母亲说："是啊，你是吃大妈的奶长大的，就和大妈生的一样。"大妈笑得嘴都合不拢，付出再多，也心甘情愿。

由于种种原因，那时农村喂"百家奶"，吃"百家饭"，穿"百家衣"的孩子并不罕见。我在部队工作时的一位同事，三岁时父母双亡，他就是在村上各家各户轮流吃饭长大的。他经常和我说："生我父母，养我乡亲。"有一次填写个人履历表，在父母姓名一栏，他干脆写上"父老乡亲"。机关的同志说："这样写不行。"他坚持着："我就是这种情况。"机关的同志也就作罢了。

> 一口奶水一分情，
> 点点滴滴养育恩。
> 乡亲乡情乡间事，
> 千丝万缕理不清。

谁说不是这样呢！

借风车

天刚蒙蒙亮，我就被一阵对话声吵醒。

"婶子，我借你家的风车用。"这是一个本家叔叔的大嗓门。

"抬去吧。"奶奶接话。

接着，一阵脚步声和风车与门框的碰撞声渐渐远去。

那时，农村相互借钱的少，一般家庭也没有多余的钱借，但借物的，互通有无，共享共用，十分普遍。大型农具和耕牛由生产队统一购置，居家用具及小型农具需各家置办。如风车、石磨、碓臼、场席、晒筐、梯子、高凳、墙板、锯子、杀猪盆、泥盒子……林林总总，有几十样。这些家什，家家都会用到，并不是家家都能置办，谁家也很难置办得那么齐全，尤其是风车、墙板、石磨这些大的家什，只能互借共享。

我家有一部风车和一台石磨，这是居家常用家具，说是我家的，也是大家的。从我记事起，几乎天天都有人使用，特别是那部风车，今天入东家，明天进西家，在我家待的时间很少。有时我家碾米了，奶奶说："去看看，风车在谁家？"我跑一趟找着了，就说"我家要碾米"，人家就送回来了。我家那台石磨，使用率也很高，平时村人磨米粉，磨豆腐，磨小麦都使用它，甚至都不需要打招呼，随时把米或豆端过来，自己动手操作，磨完了也会收拾干净，弄坏了也会修好。当然，我家也会经常到邻居家借用这样那样的家什。我借的最多的是锯子，有时是家里锯木柴用，有时是我自己要做陀螺，拿着锯子到林子里找树木。

不管谁家来借或去借谁家的，一般没有不给借的；哪家有什么家什，哪家的家什好使用，也都一清二楚；有的家什是自己的，但别人使用要比自家使用还要多。

带孩子

生产队上工的钟声一响，奶奶就像幼儿园的阿姨一样，忙着迎接小孩。有妇女把小孩牵来的，有把摇篮或箩窝（冬天婴儿使用的家具）搬来的。小孩多的时候三四个，少的时候一二个。

有些妇女孩子很小，家里又没有老人，自己上工后，就把孩子托付给邻家老人，因此许多老奶奶们都或多或少担负着看护小孩的任务。小孩渴了，给点水喝；哭了，就哄一哄；拉屎撒尿了，帮擦一擦。这些都是义务的，没有报酬，孩子的父母给几句感谢话，她们就心满意足。

小时候，我喜欢在一边帮助推摇篮，摇箩窝，一摇一摇挺好玩的。躺在摇篮或箩窝里的小孩，都是一岁左右，他们哭了，我去摇；不哭，我也摇。有时劲用大了，把箩窝掀翻了，我也倒在地下，这时奶奶就赶忙过来把箩窝扶过来，看小孩摔着了没有，又是摸又是揉。我从地上爬起来，站在一边发愣，奶奶看着我说："箩窝要轻轻摇，用那么大的劲干什么？摔痛没有？"我拍拍身上的土，就跑到一边玩去了。

现在回想起来，我还记得当时家里摆着三四个箩窝，一会儿这个哭，一会儿那个闹，奶奶忙前跑后的情景。带自家的小孩，多了都嫌烦，何况义务帮别人家带小孩，我不知道我奶奶及别的奶奶们当时是怎么想的。如果嫌烦可以不带，但她们没有拒绝，都带得不亦乐乎。现在的"中国大妈"们能做到吗？

那人性至善，人情至亲，人心至慈，真是"中国的好奶奶"。

摘　菜

村上家家都会种蔬菜，房前屋后，自留地里，不是茄子辣椒、南瓜豆角，就是大蒜莴笋、萝卜白菜，品种也都差不多，平时能自给，旺季还富余。但由于种植技术、管理经验及种植数量的区别，有的家庭蔬菜吃不完，有的人家蔬菜不够吃。村上也会出现没菜吃或不够吃的人家。

仅仅自己不够吃还好些，如果家里来客人，或雇师傅（请木工、裁缝等手艺人干活），没有菜是很难堪的。平时村人除了买鱼买肉，一般是不会买蔬菜的，一是没有多余的钱，二是嫌丢人。每到这种时候，缺菜的人家就会到其他人家菜园里摘点菜。事先都会打个招呼，老远就喊二叔、三婶，或大猴、细狗，直呼其名，"我到你园子里摘点菜啊"。于是根据所需，摘些蔬菜带回去。主人家都会同意，即使没打招呼，摘点菜也不认为是偷。有些人家菜吃不完,也会主动给左邻右舍送一些。

摘也好，送也好，都不存在买卖关系。那时，村前斗牛山湖经常有外地渔民来打鱼，渔民要向村民买点辣椒和蔬菜，村民大大咧咧："买什么买呀，摘点去呗。"渔民觉得过意不去，有时回送一二条鱼，村民也会接受，互相都会说："多谢啦！"至于谁多谁少，谁也没有去计较。

帮　工

太阳已经下山，天边的晚霞给村庄抹上一片淡红。给老王家建房打墙的几名壮汉正在收工。他们卸下墙板，放好杵杆，拍打着身上的灰尘。这时，老王笑脸过来："几位，明天请你们再帮一天工吧，把墙杵完。"大家回道："好勒，好勒，明天来。"

村里人做屋建房，红白喜事，常常会请人帮工，特别是做屋杵墙，要请七八个壮劳力干三四天。那时，村民盖房都是"干打垒"，先把黄土捣碎碾细，再泼点水让它湿润，然后放进墙板里，几个汉子在两边用木杵杵，一边倒土一边杵压。墙杵牢实了，能管用几十年，杵不扎实，几场风雨冲刷，几年就会垮塌。这是一项费劲费时，技术要求又高的苦活，而且是义务出工，没有报酬，也不换工，主人家里只管三顿饭。主人请到谁，如无特殊情况，都不会推卸。

村人帮工，有的是可以换工的，如挖粪窖、干零活或其他应急之事，自己忙不过来，请人帮工一二天，以后再给人家干一二天或从生产队给人拨相应的工分，作为补偿。但做屋、结婚、办丧事是不需补偿的。有的人一辈子没有做屋，却年年给人家杵墙，并无怨言，也不觉得吃亏。这些做法并无定规，只是既定俗成，相沿成习，形成风气。

看　家

村人因事出远门，离家一二天或出工一整天，家里无人照料，一般都会给邻居打个招呼："请帮我看看家门啊。"

家门怎么看？既没有上锁，也未系扣，只是把门合上了，主人就那么放心，出去一天或几天。所谓"看家"，也就是防止猪狗进屋拉屎拉尿或风把门吹开，并无防贼防盗之意。

现在常听人讲，那时候夜不闭户，是因为家徒四壁，穷得叮当响，有什么偷的呀。作为过来人，我一直不赞成这种说法。那时再穷，谁家没有几斗米、几件衣、几床被？何况不少农家都有些金银细软首饰。

这些都是人们所需要的。之所以夜不闭户，主要是社会风气整体比较好。做贼是很丑恶的，谁家也丢不起这个人，输不起这个面子，绝不会出现公路上翻车，全村人不去救人去抢物的事情。其次，那时对丑恶现象打击比较严厉，对群众有一定威摄力。

看家，只是个形式和礼节，邻居不会老去巡视看护，更不会到家里去检查，只是偶尔看看屋门有没有被风吹开，被猪拱开，被小孩推开。门开了，弄明情况，再去关上，仅此而已。真有人去偷，就是安装防盗网、防盗门也守不住。

杀年猪

"今天我家杀年猪啦。"黄家主妇一边和人打招呼，一边端着几块凝固的猪血，分送到邻居家。

杀年猪，是农家的一件大事，年景好时，光景不错的人家都会杀一头猪。猪肉一部分卖给村人，其余的和猪头、猪脚、猪尾及内脏一起腌制起来，留作春节时享用。猪血分送给邻居家。同时，还要请家亲来吃一顿饭。所谓"家亲"，即未出五服的本族家人，每家来一个代表，有年长者另外请坐上席，一般会有二三桌。请客人有四个菜：一盘红烧肉，一盘猪内脏，两个素菜，主要是尝尝荤。我不知道乡村为什么会有这个习俗，大概是生活比较贫穷，猪肉吃得少，所以家亲之间，适当改善伙食。邻居杀年猪，小孩都很兴奋，至少可以喝一碗猪血烧汤。

每到农历腊月，村上经常响起肥猪的嘶叫声，准是谁家在杀年猪。伴随着小孩的嬉闹，大人的谈笑，做粑的欢乐，鱼肉的飘香，春节就到了，村上就蒸腾一片祥和热闹的气氛，鞭炮就噼里啪啦响个不停。旧的一年过去了，新的一年开始了，农民们就这样一年又一年演绎着乡村春秋的故事。

　　乡风村俗，当然不止这些。择其几束，展现故乡人文景观，虽然都是些鸡零狗碎、针头线脑的事情，却也透露和展示着人们的精神面貌、道德情操和社会风尚。记录和展示这些，不是要恢复和重复过去的生活方式，而是提醒，给孩子洗澡，泼脏水时千万别把孩子一起倒掉。

　　历史的车轮驶过农耕文明的驿站，把人们带到一个全新的天地，现代化的光芒让人眼花缭乱，目不暇接，市场规律这只"无形的手"推得人们晕头转向，心中恍惚。历史转型中的故乡，正在经历经济改革大潮的洗礼，难免泥沙俱下，鱼龙混杂。同时，也在大浪淘沙，披沙拣金。人们相知相遇、相亲相爱、相帮相助、相辅相成的美好风尚永远不会过时，过去需要，现在需要，将来也会需要；贫穷时珍贵，小康时亦珍贵，富裕了仍然珍贵。

　　愿人们留住真金，荡尽污泥！

　　愿故乡岁月静好，安然若泰！

戏韵乡情

村前的锣鼓一敲响，我就围着奶奶嚷开了："快走呀，戏要开演了。"奶奶总是不急不忙，笑着说："这是打抄台，还早呢，等刷完锅碗再去。"

奶奶把厨房收拾完毕，我们就向村前的戏台走去。

"打抄台"是戏班子演出前的热身锣鼓，也叫开场锣鼓。一般演出前要打三遍"抄台"：头一遍是开演前约一个小时，锣鼓打的时间比较长，鼓点较平缓，是告诉演员要做好演出准备，化妆、补妆、润嗓、走台，活动手脚，道具到位，同时也告诉观众可以入场了；第二遍是距演出前约二十分钟，锣鼓打的时间短一些，鼓点也比较急，是催促观众赶快入场；最后一遍就是演出马上就要开始了。

催人的锣鼓一阵响作一阵，闹得吃饭的人越发紧张，有的不等吃饱就往戏台跑去。但有经验的观众都是打完第二遍抄台后才入场。

公社业余赣剧团到村上演出，是大家盼望已久的事。小孩子像过年一样，高兴得手舞足蹈，从头一天搭戏台开始，就在边上围着凑热闹。下午我和堂哥就把板凳搬到戏台前占好位置，为了防止被人挤占，前面和左右两边还摆了几块石头。只是锣鼓一响，把我敲得心急意乱，生怕去晚了被人家把位置给占了。

赣剧是江西本土剧种，其前身为弋阳腔，是著名的古代四大声腔之一，距今有四百多年的历史。弋阳腔分为饶河班、信河班两大流派，后经组合成为赣剧，几经发展变革，又分为饶河腔、信河腔、青阳腔。鄱阳旧称饶州府，流行饶河腔唱法，它以高腔为主，融合昆曲，乱弹腔于一体，配以唢呐、喇叭、锣鼓及丝竹管弦等乐器，气氛热烈，高亢激越，粗犷豪放，明快流利，深受赣东北地区群众欢迎。乡下人喜欢听赣剧，许多赣剧爱好者平时曲不离口，走到哪里都要"咿咿呀呀"吼几嗓子。特别是那些戏迷们，朝也唱，暮也唱，一天不当上几回文臣武将，不唱上几曲西皮二黄，就像酒鬼没有干上几碗老窖硬不过瘾，茶痴没有喝上一壶浓酽总不解渴。这天剧团演出《秦香莲》，奶奶很喜欢看包公故事的戏。

我对赣剧一开始并不是觉得它有多么好听，儿时也听不明，看不懂。但那时候戏台上唱的，人们嘴上哼的，奶奶常与人聊的都是赣戏赣曲。你走到田间地头，或到邻居家里，或在村头巷口，只要有唱曲的，百分之百是赣剧。久而久之，耳濡目染，赣剧就化为儿时的乡音乡味，乡情乡俗，入心入脑，入骨入髓，就打下烙印，形成底色，有意无意，也能哼唱几句。赣剧成了自己童年的旋律，童年的乡韵，童年的雅趣。

我最初看赣剧，还不是戏台上的演出，而是民间的"打串堂"。那时，不少村庄都有"串堂"班子，即七八个赣剧爱好者组成一个临时戏班子，每个人既是乐手，又是演员，且能担任两个以上角色，如老生、小生、大花、二花、正旦、小旦等。"打串堂"一般都唱折子戏，或某个剧目的选段，道白少，唱腔多，不着戏袍，也不化妆。他们一般在农历腊月、正月农闲的时候，挨村挨户演出。每到一村或一户，主人都要先放鞭炮，再上茶水点心，然后坐在堂前演唱。如"演员"和哪一家有亲戚关系，主人还要放鞭炮打彩，买一块布料或被面，披在这个"演员"身上。我们这些小孩就跟着"串堂"走村串户听唱戏。

上世纪六十年代初，公社为改善乡村文化生活，成立了一个业余赣剧团，从全公社挑选了二十多名青年男女，又从县赣剧团聘请了几名专业演员，经过一段时间培训，采取师傅带徒弟的办法，常年在各大队巡演。随着演出水平的提高，剧团的知名度也不断扩大，不仅在本公社演出，还到其他公社和外县去演出。业余剧团慢慢变为"专业剧团"。公社给演员每月发十几元补助，当时生产队一个工普遍才四五角钱，演员的收入还是要高于农村劳动力。这支农民剧团一直活跃在山村水乡，直到"文革"时才解散。

为了方便农民看戏，公社在离我们村五里远的刘家村，专门腾出公社木器厂一栋厂房作为临时剧场，里面有戏台和十几排长板凳。剧团不下村演出时，就在临时剧场演出，以满足戏迷们的需求。

我曾和奶奶及村上另外两位老人到刘家剧院看过一次戏。那是中秋节后的一个晚上，月明如昼，有一个本家堂哥在剧团当演员，把我们安排到前面就座。那天演出的又是《秦香莲》，剧情滚瓜烂熟。在回家的路上，奶奶她们还是津津乐道，重复着剧情中的故事。我说："这个戏都看过好几遍了，怎么还要来看？"奶奶说了一句让我摸不着头脑的话："看戏就是看人，人生在世一场戏，酸甜苦辣戏文中，所以越看越品就越有味道。"这话很长时间在我心中一直是朦朦胧胧，不明真谛。

每到农闲或逢年过节，大队干部就商量请剧团来村上演出的事。那时演戏没有演出费，只是管几顿饭，全公社三十多个大队，想请剧团还要排队。于是我们在本村或外村，就能看到舞台上演出的赣剧，剧团演到哪里，我们就跟到哪里，很多剧目看过多遍，还是百看不厌。

初算起来，我看过公社剧团演出的剧目十几部，最喜欢的是整版连台戏《岳飞传》。它分上中下三集，每集两个多小时，分别在上午、下午、晚上连续演出，一天才能看完。上午演《水泛汤阴县》，岳飞母子被洪水冲到内黄县，被王员外收留，岳飞在异乡读书、学艺、成长；下午演《太行山》，岳飞与梁王打擂，历经曲折，后被朝廷任用抗击金兵；晚上演《风波亭》，岳飞尽忠报国却遭秦桧陷害。因为上学后我看过不少岳飞故事的连环画及《说岳全传》，对岳飞非常崇拜，也就特别爱看这部连台戏，甚至不去学校上课也要把它看完。这部戏少说也看了五六遍，只要附近村庄上演，我都场场不落。

那时乡村看戏条件很简陋，都是露天演出，戏台是临时用木板搭建的，走在上面嘎吱嘎吱响，还会晃动。没有电灯，前台挂两盏汽灯，后台点两盏马灯。汽灯"嗞嗞"地响着，明晃晃的，照亮半个村庄。一层厚厚的飞蛾、虫子围着转，有时一只蛾子"啪"地一下掉到演员脸上。没有扩音设备，全靠演员亮着嗓子唱，后面观众很难听清词曲，只见演员嘴唇翕动，手脚舞动，像是在看哑剧。观众大多是站着看戏，后面的人要站在凳子上才能看到。几乎每场演出都会发生"拥台"，即后面的人拼命向前面挤，前面的人用身体向后拱，人群一起一伏，前仰后合，发出巨大的喝喝声，这时台上演员也不唱了，乐器也不响了，都看着台下人潮起伏。一拥台，三四分钟才能平静下来，都是青壮年在拥挤，老人小孩是吃不消的。

我喜欢攀爬在台角上看戏。一般剧团演出，公社和大队干部都会坐在戏台两边角上，台角好像是既定俗成的"贵宾席"。我们这些小孩也会爬到台角上去，爬的人多了，管理人员就过来轰赶，我们赶快下来，管理人员走了，我们又悄悄爬上来。爬台角看得清，演员从头到脚一举一动都瞧得清清楚楚；听得清，唱词道白，甚至咳嗽吐痰都逃不过我们的耳目。有一次，我蹭到后台，看演员在后台的活动。演员在台前是敌我，相互打仗，到台后就有说有笑，关系很好，我就看到穆桂英和辽将非常亲热，可能是恋人，也可能是夫妻。演员身上的戏袍远处看耀眼夺目，描龙绣凤，近处一看，脏不啦叽，好多污垢，还有擦鼻涕的痕迹。那些刀枪原来也是塑料片做的，只是在上面涂了一层银粉。这一看不打紧，让我对演戏的神秘感，对演员的敬重感都大打折扣。

于是，有时候我们就搞点恶作剧。戏台离地面有一米多高，台面是用大小不一的木板铺成的，有的地方缝隙比较大，我们在戏台底下，能看到演员脚步的移动。就用一根小木棍，从缝隙处捅演员的脚板。有时把演员捅急了，他们就下来追，我们就拼命地跑，在人群中七弯八拐或干脆跑到野地去。他们是追不着的，也没有时间追，因为台上还等着他出场演戏呢。

随着年龄的增长，我们也从不懂戏曲慢慢变成赣剧迷了，对赣剧中的高腔、二黄、西皮、昆曲、乱弹等唱法和曲牌也略知一二，时不时也随口来上几句。高兴了，就吼一通："本帅坐定中军帐，喝声左右来听令！"不高兴时，就长叹一声："我苦命的儿啊……"但我经常唱的，还是那段西皮流水。剧名已忘记了，唱词还记得一些：

> 天有道，下的是甘露细雨，
> 地有道，长的是五谷苗根，
> 人有道，行的是仁信孝义。
> ……

这段唱腔，不仅欢畅明快，琅琅上口，而且愿景美好，和谐太平，也暗合了我对社会、对人生的一种朦胧的追求。有一天，我又在哼唱"天有道"，叔父突然问我："道是什么？"我还真没有想过。于是望文生义，道应该是道理、道德、道路吧，讲道理、守道德、走正道，就会风调雨顺，五谷丰登，天下太平。但又觉得不妥，天与地怎么能和人一样讲道理，守道德，走正道呢？我便问语文老师："什么是道？"语文老师是一个饱学四书五经的老学究，他慢慢吞吞地解释："道是万物宇宙的本源，一阴一阳之谓道……"老师讲了许久，我还是不得要领，似懂非懂，若明若暗。九十年代，朋友送我一本《道德经》，我借助《辞海》《辞源》细品慢嚼，才知道那么一点意思。这是后话。

还是说看戏吧。若是县赣剧团下乡演出，那可就惊天动地，全公社的人都会倾巢出动，演出场面用人山人海、万头攒动来形容，有点陈词滥调，但一点不过分。在我十六岁离开家乡之前，我只经历过一次县剧团下乡演出的盛况。那次恰好在我读高小学校所在地扇子山村演出，戏台搭在一个山洼处，观众就着平缓的山坡看戏。县剧团下来之前，早就传得沸沸扬扬，扇子山村人提前一天把亲朋好友接到家里来了。学校也放假一天。奶奶还给了我两角钱，让我看戏时买点东西吃。演出时整个山坡都站满了人，路边也被卖油条、甘蔗、茶水的小摊占满了，我和几个同学根本就挤不进去。只好到离戏台一百多米远的山顶上，既听不清台词，也看不清面容。但也没关系，那次演出的是《岳飞传》连台戏，内容、剧情都知道，就是图个热闹。白天看完，晚上接着看，肚子也饿了，我就想起奶奶给的两角钱，准备去买几根油条，可是衣服翻遍了，怎么也找不着，不知什么时候给挤掉了，心里好一阵懊丧。

县剧团有一名角，叫胡瑞华，国家一级演员，在全省都很有名气。"瑞"在我们那里读作"水"，"华"和"花"也是谐音，乡下人就读着"胡水花"，又柔又美，是一个很时尚的女性名字。她的噪音高亢、圆润、婉转、优美，一开口就牵魂摄魄，一片喝彩。鄱阳人都爱听胡水花唱戏，无论在县城，还是在乡下，只要她出演，都场场爆满，一片倾倒，观众的热情丝毫不亚于现在的追星族那股狂热。我的长辈们都喜欢看戏，都以能听到胡水花的唱腔而自豪。村里的戏迷们，开口闭嘴都是胡水花唱得怎么怎么好。这次县剧团下乡演出，胡水花也带来了折子戏，怪不得挤得水泄不通。

我也很爱听胡水花的戏,但都是从收音机或公社广播里面听到的。前几年,在县城工作的一个老同学在微信上给我发来一段赣剧视频,说这是鄱阳赣剧团老艺术家胡瑞华的唱腔。我说:"胡瑞华是谁?"老同学说:"全鄱阳人都知道,你怎么不知,小时候就听她的戏!"我说:"那是胡水花呀!"老同学一解释,我才明白,此胡瑞华就是彼胡水花。半个多世纪听其曲,闻其名,最后还是记着一个假名字。

　　戏一旦看进去了,就容易着迷,常常被戏中剧情和戏曲艺术所感染,不知不觉地把自己幻化进去,激动不已。赣剧《珍珠记》就对我产生了这样的效果。这出戏带有古朴厚实,亲切逼真的赣地风格,表演夸张、强烈、凝练、细致。剧中歌舞结合,歌启舞动,舞在歌中,丝丝入扣,生动地表现了男女主人公夫妻恩爱如胶似漆依依惜别之情,特别是那段"三春锦犯"的女声小合唱,更是细腻生动:

　　　　人儿去,鸟儿飞,
　　　　花间人在柳烟迷。
　　　　欲抬望眼无高处,
　　　　立尽斜阳不忍归。

　　谁听了能不如痴如醉,为之动容!

　　由此,我忽然领悟到,为什么家乡人对赣剧如此钟情。赣剧是家乡的土地,是家乡的春雨,是家乡的山风。在这块土地上,生长出丰富的精神食粮,它和从家乡的土地上生长出的稻谷、麦子、玉米、红薯、蔬菜一样,哺育着一代又一代赣鄱人。离开五谷杂粮,人的生命就无法维持和延续,离开赣戏赣曲,人的精神就会萎缩消殆,生活就淡然无味,情感就枯索无趣。赣戏成了农人劳作间隙的一杯浓茶,浸泡着人生沧桑和苦乐年华；成了农耕文化漫途的一座凉亭，礼义廉耻忠奸善恶都在念唱中一一展现；成了村人情感表达的一条通道，生活中的酸甜苦辣喜怒哀乐都能从那一嗓子中宣泄出来。因此，在文化生活尚不发达时，看戏唱戏就成了重要的也是最高的精神享受。它冲淡了人们一天的劳作之累，化解了生活的窘迫之苦，消除了精神的寂寞之茫，忘却了岁月的沧桑之忧。特别是那些成年累月"口朝黄土背朝天"的老者，我更能从他们满脸皱纹的面容，弓腰曲背的身影，苦戚无奈的表情上，看到赣曲对他们的撞击、震撼、麻醉、解脱。难怪一曲高腔、一声长调、一丝琴音就能伴随他们度过日日夜夜，走过年年岁岁！赣剧戏曲滋润着无数的赣都生灵，赣都大地衍生出美妙的赣戏乡韵。

这些年，每次回到鄱阳，只要有机会，我都要看一场赣剧或听一段赣曲。我买了四十多张赣剧光盘，有饶河腔、有信河腔，还有青阳腔，分别是由鄱阳、万年、湖口等地剧团演出和录制的，平时也播放看一看。我们原公社业余赣剧团那些老演员，在上世纪九十年代，还自动组织起来，重操旧业，到乡村演出，或自娱自乐。赶上这样的机会，我也会站在一边，看得兴高采烈。

人生如戏，戏如人生，我又想起奶奶那几句话，现在似乎明白了许多。我们的一生，在锣鼓声中登场，在锣鼓声中行进，在锣鼓声中结束。我们现在还行进在锣鼓声中，在这喧嚣的世界里，我们要演好自己的戏，看好人家的戏。在人生这场大戏中，有正剧、喜剧、闹剧、丑剧、悲剧。如果能够选择，我愿意多看多演正剧、喜剧，不愿意看到闹剧、丑剧。如遇到悲剧，也会像剧中人物一样，从容对待，择善而行。对于个人不可抗拒的因素，就听天由命吧。

敲得正欢的锣鼓戛然而止，帷幕徐徐拉开，今晚的大戏正式开演了……

"双抢"的日子

稻谷熟了！

每当小暑南风将清新的稻香送进人们的鼻息，农村的"双抢"（抢收抢种）就拉开帷幕了。

双丰圩那一望无际的稻田，就像珍藏已久的画卷，在脑海中徐徐展开，刻骨铭心般深烙在我的梦魂里，厚厚实实地铺展在家乡的土地上。历经半个世纪，依然清晰。

画面上稻谷金黄，稻浪翻滚。我和稻田中那些此起彼伏的草帽、头巾，来往穿梭的谷箩、禾桶，都和稻子混在一起，被大地结结实实地拥在怀里。三伏天气，骄阳似火。庄稼人像被装进一个大蒸笼里，任凭热浪炙烤。农民要在大暑之前把早稻抢收回来，把晚稻抢种下去，在没有机械化的时代，只有没日没夜，拼死拼活地干着和牛一样繁重的活计。"人到'双抢'脱层皮"，农民总是这样叹息。

"双抢"是农民一年中最辛苦的时候，又是最幸福的时刻。因为那是收获的季节，也是播种的季节。在农民心里，还有什么比收获果实，播种希望更令人兴奋呢？因此再苦再累也心甘情愿。农民把"双抢"叫作"打仗"。我16岁那年，自始至终全程参加了这一战斗，也是我"上山下乡"后，第一次和土地"打仗"。

清晨，迷迷糊糊地就被母亲叫醒："快起来，割稻子啦！"我睁开眼，院子上空，依稀的星星眨着疲倦的眼睛，半个月亮还弯在天边，身上的单被也被露水湿润。我到水缸里舀了一瓢水，胡乱地嗽了几下口，就挑着谷箩，带上镰刀和母亲一起匆匆赶往双丰圩。

踏着野草上的晨露，伴着青蛙和昆虫的鸣唱，豆光的星星照耀我们在田埂地畔上前行。几个汉子在我前面搬运硕大的禾桶。禾桶五尺见方，百十斤重，两个人一前一后用肩扛着，深一脚浅一脚往前走。我后面是一群妇女和十来岁的儿童，叽叽喳喳的声音，吵醒了夜空。

七八里路程恍惚就到了。附近的村庄已经开镰。各村的稻田都是紧挨着的，宽五六十米，长约三千多米，从圩堤脚下，一直往前伸去。我们摆开阵形：女劳力在前面割稻子，男劳力在后面打谷、运谷，儿童抱禾棵、捡谷穗。

我在打谷的队伍中。四个男人围着一台禾桶，抓起割好的稻子，在桶边甩打起来。第一次打谷，感到很新鲜、有趣。我学着老农的样子，双手握紧一把稻秆，从肩后越过头顶往桶壁上一甩，"嗵"的一声，然后把稻秆一抖，"唰"，谷粒就掉落到禾桶里。连续甩三次，抖三次，再把稻秆翻过来，甩三次，抖三次，稻谷就打干净了。每隔十几分钟，就要取一次谷。先用手在谷桶里梳一下，把稻叶捞出来，再把稻谷装进谷箩运走。取了两次谷，天才放亮。我的头上、手上、身上全是稻屑、谷芒、土尘，汗水一流，都粘在一起。越擦越脏，越挠越痒。

打谷是个力气活，时间一长，臂膀就发酸，手也没有劲，稻秆甩下去，轻飘飘的。别人甩出"嗵嗵"声，我甩出"卟卟"声。劲用小了谷粒就脱不干净，仍附在稻草上。太阳爬上头顶，气温骤升，浑身又热又痒，又累又酸。双抢伊始就给了我一个下马威！旁边的福胜哥就说："你力气小，多甩几下，慢就慢一点，不要浪费稻谷。"我咬牙坚持着，每次少抓一点稻秆。

福胜哥三十多岁，常年风吹日晒让古铜色的脸上过早地爬上了粗密的皱纹。黝黑的手臂一起一落，把禾桶震得一颤一抖，桶里的谷粒就往上漫。他一边打谷，一边"唷嗬嗬……"吆喝起来，不知是为了消除身上的倦意，还是抒发收获的喜悦，或是呼喊风的到来。乡村有这样的传说，天气闷热难耐时，就"唷嗬嗬……"长吆一声，风就会轻轻地刮过来。我不知这有没有科学根据，也许是通过人的声波和气息，在空气中产生"蝴蝶效应"吧。福胜哥这么一喊，还真有一阵微风吹来，大家就都跟着一起吆喝起来，有几个割稻子的妇女，也跟着凑热闹，一齐发出尖叫声。顿时，镰刀的"唰唰"声，打谷的"嗵嗵"声，人们的吆喝声，飞鸟的啼鸣声，混合成一曲天籁之音，在稻田上空回荡，给闷热的天气带来一些快意。

"来比赛吧！"旁边一台禾桶的几个年轻人冲我们叫唤。福胜哥当然不会示弱，我们几个"嗵嗵嗵"甩得更欢，一边甩，一边嚷，灰尘、稻叶、谷屑迷漫空中，汗水顺着脸颊、下巴往下掉。我实在没有多大劲了。但青春期的男孩这时长大成人的表现欲，爱面子的虚荣心，争强好胜的上进心都在支撑着我无论如何不能败下阵来，也就跟着虚张声势地吆喝，面前打下的稻谷并不见满。

振奋人心的是队上送来早饭。每到"双抢"都是生产队集体做饭，可以放开肚皮吃饱。碗筷和菜都是自己带来的。母亲昨晚就炒了一个辣椒茄子，多放了一些油，并把平时舍不得吃的豆腐乳也带来了。我往田头的水沟跑去，水沟边小草青翠欲滴，不知名的野花散发出淡淡的清香，还有小鱼、小虾在水中游动。我把手和脸都浸在水里，水也晒热了，就胡乱洗了一通，鼻孔里抠出一团黑乎乎的东西，沟里的水就变浑，慢慢往前流去。一阵舒爽随风袭来。

我盛了一碗米饭，坐在田埂上，头也不抬直往嘴里扒，不一会就见碗底。母亲说："你怎么不吃菜呀。"我这才抬起头来，看着面前的辣椒茄子和豆乳，就夹了些辣椒吃。再盛第二碗饭，拨了一半炒菜，一块豆乳，和饭搅拌在一起，一会儿又吃完了。母亲心痛地说："慢点吃，别噎着。"不知是饿乏的原因，还是野炊的浪漫，我觉得从来没有吃过这么香的饭菜，一直香到魂魄里。那顿早饭，我破天荒吃了一斤多米。后来我到城市工作，下过许多饭店，无论是吃中餐、吃西餐、吃山珍海味，也没觉出有当初"双抢"时吃的辣椒茄子和豆腐乳拌饭那么解馋，那么香甜！

肚子饱了，可胳膊的酸痛并没有缓解，反而明显了。我躺在稻草上，太阳毫不留情照射下来，脸上火辣辣的。所有的期盼和舒爽都随着一顿早饭结束。队长考虑到我年龄还小，加之割禾的进度跟不上，就让我和妇女一起割稻子。

我来到割稻子的行列。只见母亲和其他妇女的腰弯得像虾米，起起伏伏，一遍遍向大地虔诚地祭拜。母亲黑红的脸颊上灰汗混杂，低头的时候，那污浊的汗水流下额头，奔向眼睛，抬起头来便顺着下巴摔落，掉在土里，"嗞"的一声被土地吸干。

母亲好像已经习以为常，等那浊汗流进眼里时，只是随意用袖子一抹。接着探下身来，左手揽着一丛丛稻子，右手往前一伸，在稻根上顺势一拉，稻子就被放倒。母亲割着四行稻子，先从左到右，再从右到左，稻子在她面前一把把整齐地倒在左边。就这样不停留地一直往前割去。

我学着母亲的样子，在后面追赶。可镰刀在我手里，却不是很听使唤。虽然用了很大力气，稻子却很零乱，稻茬也高低不齐。稻穗不时扎在脸上，刺得生痛。割了几个小时，腰就酸痛，直起来了就不想弯下，弯下去就很难直起来。热浪蒸得头发晕。就在我右手上抬准备擦汗时，左手指被镰刀拉了一下，血往外冒，手上的稻子就染红了。母亲赶过来，咬着衣襟撕下一块布条，给我包扎起来。望着没有尽头的稻田，我沮丧地蹲在地上，握紧手指止血。

有年龄大的妇女劝我："割稻子要慢慢来，不能着急，日子长着呢，够干的。"手指上的血凝固了，我和几个老太婆在后面慢慢割着。

可是，慢慢割也不行。我一拿镰刀，心里就条件反射，左手不敢去握稻秆。我骂自己没出息，骂也不行，一抓稻子就好像看到鲜血。

于是，我挑谷去了。

挑谷都是二三十岁的青壮劳力。一担刚打下来的湿润的稻谷，一百二十斤左右，装得谷箩冒尖，有一百四十多斤。社员们照顾我，我挑的担子，谷箩里的稻谷都是平的。

生产队有一只载重五十多吨的帆船，停在圩堤外侧的鄱阳湖里。我们挑着稻谷，越过圩堤，挑到船上再倒进船舱。早晨挑谷距离只有一百来米，晌午就有三四百米，越往后路途越远。开始扁担在肩上一晃一悠，感觉很潇洒。可是几担下来，肩上就红肿了，后来就磨破了皮，有血迹渗出，火辣辣的痛。每当换肩时，就要用两手把扁担往上托住，以减轻扁担与皮肤的摩擦。早餐一斤多米饭转换成的力气早就稀释了，只能咬牙靠意志来拼。从稻田挑到圩堤下，要歇一两次。从堤下往堤上挑，十多米的高度，就拼着命往上挪。我光着脚丫，踩着丁字步，一步一步斜着往堤上登。每登一步，汗珠就往地上掉。挑到堤上，身上没有一根干纱。倒了谷子，我趴在岸边，头伸向湖里，灌了一肚子凉水。抬头望着浩渺的鄱阳湖，心便野了。

想起学校读书的时光。课堂上老师娓娓道来的讲授，自习时同学们琅琅的读书声和热烈争论，还有你追我打的尽情嬉闹，还有野外春游的风光美景。有一次，学校组织去县城看电影，片名是《孙悟空三打白骨精》，那孙猴子七十二变，本事大得无边，打得妖精无处藏身。看完后，就满脑子幻想。同学之间就海侃，如果我能变，就变成什么什么。

眼下，如果我拔出几根头发，能变成几台收割机多好啊！开着收割机，在万顷稻田收割庄稼。走着想着，又到了田间，

稻田里仍然热火朝天。烈日陪伴着人们割稻、打谷、运谷，对谁都热情似火。太阳越过头顶一丈多的时候，第二个兴奋时刻到来了——队里送来午饭。米饭比早餐还要多。我盛了一碗，为了多歇息一会，就坐在稻草上慢吞细咽，继续享受辣椒豆乳拌米饭的美味。吃完后再盛第二碗，没有饭了，刮穿桶底，才凑到半碗。我纳闷，午饭送得更多，怎么不够吃？后来发现，吃饭也有学问。"双抢"时，生产队只管早、中餐，晚餐回家吃。大家干了一天活很累，晚上回家都不愿动，只想早点休息。所以中饭有意多做一些。第一碗盛浅一点，吃快一点。第二碗就结结实实盛满，还要冒出碗尖，吃不完带回家凑合晚餐。所以我盛第二碗时就没饭了。我以少吃一口的教训，学到了"双抢"时吃饭的经验。

下午继续挑谷。两个肩膀都肿了，我干脆脱掉上衣，把衣服和毛巾全都垫在肩上，一担又一担，一趟又一趟，硬是熬到太阳下山。

回家的路也不轻松。男劳力每人要挑一担稻草回村，虽然比稻谷轻一些，但七八里路，我走走停停，歇了三四次，天黑才到家。

吃了一碗炒饭，澡也没有洗，倒在铺上就呼呼睡着了。母亲用毛巾给我擦脸擦脚，我都不知道。

鸡叫出发，狗叫归家。连续六天，重复着同样的时空，同样的程序，同样的活计，终于把双丰圩四百多亩早稻收完。队里犒劳大家，特地买了二十斤猪肉，炖了一锅梅干菜，美美地改善了一下。

战斗仍在继续。

第七天，抢收转为抢种。晚稻的秧苗是在旱地培育的，天不亮就去地里拔苗，然后男女青壮劳力，都挑着一担秧苗去双丰圩栽田。

在收割早稻的同时，队上已安排年龄较大的劳力，在收割过的稻田里放水，耕田，耙田。前面割，后面耕，耕好了再放水，稻子收完，稻田也耕好了。清亮平整，水明如镜。

插秧并不比割禾轻松。从早到晚，踩在泥水里，水田里的泥鳅被烫死，人在高温下蒸腾。腰酸痛得直不起来。

更令人不堪的是蚂蟥的侵袭。黑色的蚂蟥叮在脚上，甩也甩不掉，用手抓着扯下来，皮肤上就有一个孔，鲜血顺着脚杆往下流。蚂蟥吸饱了血，肚子鼓鼓的，一揥满手都是血水。我们插一会儿秧，就要拍打腿肚上的蚂蟥。

又是六七天的拔秧、挑秧、插秧，"双抢"总算告捷。人们拖着疲倦的身子，又忙着晒谷、扬场、入仓，还要给秧苗车水、施肥、锄草。当金黄色的稻谷倒进各家各户的粮囤，庄稼人才露出难得的笑脸和短暂的轻松。

将近半个月的"双抢"，让我的生命经历一次涅槃：晒黑了、累瘦了、脱皮了。重生后的我也"脱胎换骨"：黝黑的脸庞更显刚毅，红肿的肩膀愈加坚硬，稚嫩的双手结满老茧。连饭量也成倍增加，每顿吃一斤多米，在学校时一天才一斤米，还不够现在一餐。有一次碰到初中同学，见面就说我"像非洲人了"。

农村艰苦环境的锻炼，特别是历经"双抢"这样高强度的劳动磨炼，使我真正懂得了什么是困难，什么是艰苦，体味了农民面朝黄土背朝天，日晒脊梁汗洗脸的辛酸。它成为我人生的一大资本。后来无论是在部队训练、施工，还是在军地许多岗位工作、生活，从来没有被艰苦和挫折吓倒，而且工作中那点辛苦，和农民"双抢"比，也算不了什么。艰苦是一块磨刀石。它可以磨炼人的意志，使你更加坚强，更加自信。

后来我参军去了，几年后又提干。家乡年复一年的"双抢"，只能从通信中了解一些信息，劳作的艰辛可想而知。七十年代后期，田地包产到户，妻子、妹妹成为家庭"双抢"的主力军。这时，每当"双抢"时，我就回乡探亲，尽一点"男劳力"的责任。

五十多岁的母亲把土地当作命根子，那时还英姿勃发，终日奔忙，和妻子、妹妹成天精心侍弄田地，耕种、锄草、浇水、施肥……身上总有使不完的劲。稻子熟了，谷穗低垂，颗粒饱满得像母亲的笑脸。我回到家里，正是"双抢"之时，虽然七八年没有干过农活，但基本功还在，体魄还行，无非是吃点苦，受点累，咬咬牙也就挺过去了。初中老师曾和我开玩笑，说我从家乡去部队时，是"从奴隶到将军"，休假回来参加"双抢"时，是"从将军到奴隶"。我很乐意当这"奴隶"。

妻子随军后，妹妹相继出嫁，母亲的身体像脱粒的稻草，身子渐渐佝偻，头发也白了，走路蹒跚。我们只好把十几亩责任田转给其他人承包，家里只留下几分菜地。转交田地那天，母亲泪流满面，唉声叹气，比丢了金元宝还心疼。

随着农民进城务工大潮的兴起，农村大片田地荒芜，稻田上建起了砖瓦厂和养鱼池，土壤被取走，到处坑坑洼洼。后来，又有种田专业户整体承包，双丰圩又变成春绿夏黄。各种大型农业机械奔走田间，历史悠久的牛车、镰刀、锄头、禾桶、谷箩相继识趣地下岗了，它们完成了自己的历史使命，让位于轰轰隆隆、威风凛凛的拖拉机、收割机、小四轮。

不知从什么时候起，"双抢"这个曾经挂在农民和干部嘴上最热门的词汇，也从人们的语境和生活中消失了。现在别说城里人，就是农村的年轻人，也不知"双抢"是啥意思。前年我回到乡下，问一位在外地打工回家盖房子的二十多岁的小青年："你还记得农村的'双抢'吗？"小伙子一脸惊愕："什么双抢，抢什么？"看着他惊讶的神色，倒是我一脸惊愕："你以为呢？"原来他听说过有的地方出现公路上翻车，全村人不去救人去抢物的现象，以为我们村也发生过。

我心里一阵隐痛！

与"双抢"一词从生活中消失一样，原来与我一起参加双抢的青壮劳力，如福胜哥他们，大多数也离开人间，大地接纳了他们，让他们在土地里长眠。我每次回乡，都会和健在的老人聊当年农村情况，聊到"双抢"时，他们眼里就发涩："我们那时命苦啊。"我就安慰他们：前人栽树，后人乘凉。没有前面一代又一代人的吃苦受累，那来现在的甜蜜生活！他们就笑了，尽管牙齿已经掉了，却呈现出婴儿似的甜蜜和童真。

庄稼人就是这样从苦难中一步一步走过来的。

农事琐忆

这些年，无论是回到乡下与村人聊天，还是乡下来人到我家做客，每谈及农民的劳作，他们都眉飞色舞：如今种田可不像过去那么累死累活，现在可"摆脸"啦：耕地有拖拉机，运载有小四轮，锄草有除草剂，施肥全都用化肥，不再与猪屎牛粪打交道了。

"摆脸"是家乡土语，就是舒服、快活、享受的意思。这个词，过去在乡下与农民是不沾边的。与农民相关的词都是，"面朝黄土背朝天""一身蓑衣半腿泥""一颗稻谷一粒汗"等。随着农业科技的发展和生产方式的改变，农民逐步从繁重的体力劳动中解脱出来，也可以"摆脸"了。这是破天荒的事情。在为农民兄弟感到高兴的同时，不禁想起过去负重如牛的田间劳作，想起那时农活、农事、农人的艰辛。

下面记述的，都是过去经常性的田间劳动。

耘　草

所有的庄稼和菜蔬，种下去后都要耘草，这是一道必不可少的工序。有的作物要锄三四遍草。

我们家乡不叫锄草，而叫耘草。我查了字典，耘和锄是一个意思，而用在除草上，耘更专业，更贴切。

在所有耘草的农活中，耘棉花地里的草和稻田的草是最艰苦的。棉花是套种在麦地里的，麦子割了以后，棉苗长到一二寸长，先进行间苗，一丛三四棵只保留一棵，其余拔掉。耪第一遍草，先要锄除麦茬，再小心翼翼地把棉苗周围的草耪去。

耪棉花草正是夏伏，棉地板结得像石块一样，人们在炎炎烈日下，一点一点地锄除坚硬的麦茬。锄浅了，麦茬锄不出来；锄深了，就会挖动土块伤及棉苗。麦茬具有弹性，劲用小了会把耪耙弹起来，必须保持一定的力度。一个劳力一天还锄不到三分地。生产队采取定额包干。人们起早贪黑，中午也不歇昼，三四天才能耪完第一遍草。

母亲领着我到包干的棉地里去耪草，我锄了一会麦茬，衣服全被汗水湿透，手上也打起水泡。虽然带着草帽，日头的烘烤一点也没减弱，带去的一壶水也被我喝光。我一会儿抬头望望太阳，太阳像固定似的，没有一点移动的迹象。呆板、单一的锄草，烦躁、无奈的情绪，闷热、凝固的时光。我在煎熬中劳作，在劳作中煎熬，繁重的耪草劳动，让我体会到什么叫度日如年。人在舒坦的时候，一年一晃就过去了；而在艰苦的时候，日子过得都要慢许多。

耪棉花草不仅是一项苦活，也是一项细活，细得像绣花一样。棉苗在麦收前，被麦子笼罩，见不到阳光，长得像豆芽一样，茎嫩叶秀，耪耙稍一碰着，或土块压着，就会根断茎折。人在二三米外，握着耪耙横剜直刨，左拧右转，把棉苗边上的杂草轻轻地剃除，没有丰富的农活经验是干不好的。豫剧《朝阳沟》中城市青年银环锄草伤苗的事情，初干农活的人都会经历。

我那天耪草，一把下去，就刮断了棉苗。母亲捡起幼苗，先是数落一番，再反复示范。母亲那心痛的表情，你要是不能亲自播下那一颗种子，不能亲自呵护着它从泥土里醒来拱出地面，不能亲自看着它一点点在晨风露水里成长，不能想象它们将给你的明天带来怎样的希望，你是无法理解一个农民对一颗嫩苗的感情的。

耘禾草又是另一种情形。烈日下，站在烫死泥鳅的水田里，用耘耙锄去杂草，松动泥土，不时用手拍打叮在腿肚子上的蚂蟥，人就像在热锅里蒸着。如果是早稻耘草，成天阴雨连绵，人们头戴斗笠，身披蓑衣，那浸透雨水的蓑笠至少二十斤重，身上像绑了盔甲。用竹筒带来的午饭放在田头，到用餐时一半雨水一半饭，凉飕飕的灌进肚子里。现在的种田人，是无法体验到那时的苦楚的。

我在学校读到那首《悯农》诗，不是因为谁的教诲之后才明白，也不是因其文字通俗而读懂，而是在经历"汗滴禾下土"之后，才知道"粒粒皆辛苦"的道理，是用流尽汗水而再无汗水可流的切身感受获得的生存道理。我对作者的悯农情怀产生由衷的敬重和亲切感。

抓脚粪

一听这名词，你可能会觉得不可思议。这是当年施农家肥的一种方式。它的特点是用手抓。

脚粪就是深秋或冬季，从草坪上、池塘里取来肥沃泥土，把它晾干，捣碎，然后浇上人畜粪便，拌匀，堆起来发酵。来年春天，用作底肥，和种子拌在一起，施入田地里。

抓脚粪有专制的粪箕，长约一米，宽约三十公分，椭圆形状，用一竹片或布带挂在脖子上，两手从粪箕里抓着干爽的脚粪，向地里抛洒或点种。

干这活对农民习以为常，男劳力没有没抓过脚粪的。我的堂叔运生抓脚粪，就像学生背着书包上学一样，胸前挂着个粪箕，一边抛撒脚粪，一边唱着山歌，打着吆喝。站在地头一看，那不是劳作，就像是演戏，或者是进行某种技能表演。运生叔脚粪撒得均匀，密实，那粪土像下雨一样,飘飘扬扬,落在地上,飒飒有声。队长总是以运生叔为示范,要求社员们照着他的样子,把脚粪施好。

刚离开学校参加生产劳动的我,虽然有不怕苦不怕累的精神准备,可抓脚粪就有点下不去手,嫌脏,嫌臭。当然,也包括其他一些刚参加劳动的小青年。队长仁征就嚷开了:"没有大粪臭,那来五谷香?你们这些后生,以为粮食是天上掉下来的啊!"这话,在学校也听老师说过,可做起来还是难以接受。但集体劳动,不干就没有工分,也没有其他事情可干。迫不得已,也在脖子上挂着粪箕,闭着眼睛,抓着脚粪乱扔,东一坨,西一堆。收工后,用肥皂反复洗手。能洗去手上的臭味,可洗不去心理上的异味。

让我习惯这一农事,还是淘粪、挑粪的劳动,迫使我不自觉地改变了观念。

生产队每年都要到县城、省城掏一二次厕所。这厕所也不是谁都可以掏,而要先到环卫所交费,再根据环卫所的安排,在什么时间到什么地方掏那几处厕所。队里有一只五十多吨的帆船,停泊在县城,我们把粪往船上挑,一连五六天,吃住都在船上。我最不情愿的就是挑着粪桶在大街小巷走,累一点倒不算啥,路人掩鼻,旁人鄙视,总觉得低人一等,特别是碰见熟人,真是无地自容。正如路遥小说《人生》及据此改编的同名电影中主人公高加林淘粪时的情景和心境,我有同样的感觉,总是戴着草帽,挑着粪桶低头行走。

人总是要适应环境,在什么山头唱什么歌。在农业生产力和生产方式落后的情况下,不管怎么不情愿,生存、生活会逼着你去适应。和在城里淘厕所、挑大粪相比,抓脚粪不仅劳动强度要轻,而且不会遭人白眼和鄙视。慢慢地,我对抓脚粪也就习惯了。挂上粪箕,也会像运生叔一样,不时吆喝一声,或吼两句赣剧,有时还会来一段歌曲:

"公社是棵常青藤，社员都是藤上的瓜……"

打农药

那时，庄稼常用的农药只有三种："六六六""敌敌畏""一六〇五"。听说这几种农药已被淘汰，因为对人的危害太大。

我之所以对这几种农药记得那么清楚，完全是上学时，老师对我们进行励志教育，总是引用科学家进行科学试验，不怕困难和失败的事例，其中就有农药研制的例子。"六六六"是经过 666 次试验，"一六〇五"是经过 1605 次试验，才取得成功。这些农药以它试验的次数来命名，说明"失败是成功之母"。同时也烙进了我的记忆。

当我参加生产劳动，使用农药时，才知道喷药是一项很辛苦，也很危险的活儿。那时棉花、水稻易遭虫害。棉苗耘了第一遍草后，苗根下的杂草、麦茬清除了，土壤蓬松了，氧气充足了，棉苗翠嫩如玉，给予人们无限的希望，人们自然也给予它无限的爱意，但棉铃虫、蚜虫也爱上它。不几天，茎叶上就有蠕动的绿色小虫，把嫩叶边缘咬得像锯齿一样，有的把茎秆咬断。这时就要打"六六六"药粉。先把药粉装在袜子里，右手拿着袜袋，左手托住棉苗，将袜袋轻轻一拍，药粉撒在棉苗上。虫灾厉害时，棉叶反面就像蚕产籽一样，密密麻麻都是虫卵，就要把袜袋从下往上直接拍在叶子上。药粉像烟雾一样升腾，气味辛辣，直冲眼鼻，人虽戴着口罩，但头发、眉毛上都是药粉。由于喷洒农药必须在露水晒干以后，因此打农药都是在天热时进行。

"一六〇五"是水剂，需要喷洒。那时生产队还没有喷雾器，而是专制了一种带盖子的木桶，需两人抬着，前面的人拿着喷雾杆洒药，后面的人操作压缩杆。"一六〇五"是剧毒药，异味很大，醺得人头晕，经常有人中毒，有时中毒、中暑同时发生。那一年，在一个晌午，本族堂兄福华打农药中毒，被送到公社卫生院，又是灌肠，又是洗胃，经过抢救脱离危险，在家躺了三天，才勉强下地。这算是幸运的，有的人中毒抢救不过来而丧失性命。生产队一般都选派身强体壮的青年男女打药。

再苦的活也不泛浪漫。打农药都是一男一女抬药桶，有平时关系密切的，愿意在一起打农药。有的因经常在一起打农药而产生感情。男女是恋人关系，还是一般关系，从抬药桶的姿势就可以看出：恋人关系，药桶都靠在后面男方一侧，重量大部分在男的肩上；一般关系，药桶在扁担中间或稍靠后一点。村人的眼睛"毒"着呢！

护 堤

这里讲的护堤，不是站岗巡逻，也不是紧急情况下的防洪抢险，而是指汛期把圩堤上护坡的石头从水下翻到水面上来，减轻波浪对圩堤的冲击。

村上几百亩稻田都在双丰圩。双丰圩是土坝大堤，那时还没有铺上水泥，也没有全部覆盖石头，只是在堤坡上铺了二米来高的红石。春末汛期一来，鄱阳湖水位不断上涨，堤坡上的红石被淹，这时就要把水下的石头往上翻，让它略高于水面，防止波浪直接冲击土坝。

在水下翻石头的任务，都是由我们这些小青年承担。

四月的天气，水温较低，钻进水里，就冻得牙齿打战，身上起鸡皮疙瘩。队里买了几瓶五角钱一斤的白酒，下水之前喝几口暖身，然后一个猛子扎下去，屏住呼吸，搬着下面的石头，一圈一圈往上翻，露出水面后，由其他社员把石头铺好。

由于水的浮力，百十斤重的石头，比较容易翻动，再大一些的石头，就要两三个人一起来搬。人在水下不能讲话，互相也看不见，只能凭经验和感觉，如果一个人忽然撒手或离开，石头就有可能坠下伤人，因此互相配合非常重要。每干个把小时，就喝几口白酒，即使不能喝酒，这会儿也显酒量了。我喝白酒，就是从那时开始的，对酒的功能的认识也在加深，它不仅可以解馋、开胃，还可以暖身、壮胆。一口酒下肚，豪情、干劲都骤增。

　　这种活还是有些危险的。一次，一个伙伴不知是在水中浸泡时间长了，还是体质问题，扎入水里只见冒泡，不见石头上翻。站在岸上的社员就减他的名字，也不见人起来。我们都游过去，把他从水底救上来，只见他手脚抽筋，身子僵硬，大家又是掐人中，又是揉手脚，半天才缓过气来，以后再也不让他下水了。有一次，我搬起一块石头，一条水蛇钻了出来，吓得我扔下石头向一边游去，

　　这种护堤劳动要持续半个多月，每天在水下搬石五六个小时。待水位下降，又要把石头往下翻。护堤劳动锻炼了我的意志，也锻炼了我的酒量，有时对着酒瓶，咕嘟咕嘟半斤下去了。那当然不是什么琼浆玉液，都是农家自酿的谷烧和地瓜酒。

推　车

　　那时，农村还没有汽车、拖拉机，运粮、送肥或拉其他物资，除了船，就是肩挑和手推车。手推车只有一个轮子，也叫"独轮车"。在山道、小路上推着小车"吱扭吱扭"地行走，也是乡村的一道风景。

　　生产队有三十多辆手推车，都是村上木匠师傅做的。车轴、车轮、车梁、车把是用檀木、榆木、橡木做的，最次的也是樟木或其他杂木。

一辆手推车可装载三百多斤，一条篾制的车带挂在肩上，两手握着车把推着往前走，比挑担效率要高，而且省力。

每次收割稻子或往收购站运送棉花，社员们推着独轮车，在绵延的山道上逶迤一里多路长。每辆手推车两个人，男的在后面推，女的在前面用绳子拉，也有用黄牛拉车的。上坡是很吃力的，没人拉车很难推上来，尤其是走长路。

我第一次推车是15岁时到离家5里外的粮站买返销粮，装上200斤稻谷，就往家里推。平路只要抓紧车把，保持平衡，往前走不是很费力；下坡反而累一些，既要掌握平衡，还要压住车脚，稳住车速；上坡就费劲了，肩、身、手、腿、脚都得协调用力，而且要一口气推上去，中间不能歇息。快进村的一道长坡，累得我大汗淋漓，气喘吁吁，在路边地里干活的外村女社员指指点点，好像是看猴子耍戏或是什么游戏比赛，害得我更不敢停留，一口气推回家去了。

手推车是农民长途运输的重要工具。村人到鄱北山区买木料做房子，都是用手推车运回来，一百多里路要走二三天。我有一个邻居在景德镇郊区买了一幢旧屋，所有的屋树、房梁、橡子、门板都是用手推车从180里外推回来的。

后来，我读《三国演义》，看到诸葛亮造木牛流马破魏军，就觉得那木牛流马本质上就是手推车，只不过加了几个机关。随着阅历的增多，我对手推车的作用愈加敬重，每当看到手推车，脑子里就浮现淮海战役老乡们推车往前方运送粮食和弹药，浮现大型水利工地上男女社员拉土运石，浮现农民交公粮卖余粮车子排成长龙。手推车，曾经推出了一个新中国，推出了一座座水利工程，推出了连年的农业大丰收。当然，也想到了上世纪六七十年代弘扬的"小车不倒只管推"的奋斗精神。这大概是当年推车的汗水和手推车文化留在心头的结晶吧。

那一片草坪

　　"离离原上草，一岁一枯荣"。当我读着白居易《赋得古原草送别》这首诗，就想起家乡那碧茵连天的草坪，就觉得它是专为家乡那片草坪而写的。不同的是，那草坪不是"野火"烧不尽，而是"湖水"淹不尽，春风吹又生。

　　每到仲秋，碧波浩渺的鄱阳湖便进入枯水期。那清澈的湖水退去，辽阔的河床裸露出来，清风一吹，不用几天，河床上长出嫩绿的青草，便出脱成一望无垠的草坪。碧草青青，翠茵绒绒，河床盖上了绿色的地毯。一直到来年春天，鄱阳湖汛期到来之前，青草都在茂盛地生长。

　　在这三四个月的时间里，草坪成了庄稼人的福地。人们在草坪上放牧、打草、积肥，还利用枯水期种上一茬萝卜、白菜、油菜等作物。草坪就像稻田、麦地一样，成了庄稼人一块肥沃的土地。

　　肥是庄稼宝，种地不可少。那时种庄稼主要用农家肥，除了牲口积肥外，还要打草沤肥，取泥积肥，这是农家肥的主要来源。后两者都有赖于草坪。因此，每到深秋和初冬，农民都忙碌在草坪上，这也是庄稼人一年来在土地上的最后一次劳作。

　　在那茫茫的草坪上，也留下了我青春的汗水和足迹。

　　在所有的农活中，我最喜欢的是坪上打草。辽阔的草坪上，膝盖深的青草随风起舞，绿波荡漾。男人们手持草刀，一字排开。那草刀，一尺多长，三寸来宽，锋刃尖锐，青光闪闪。刀把两米多长，与刀脸成仰角，使用时叉开双腿，运足力气，尽情地一挥，就像关云长挥舞青龙偃月刀一样，威风凛凛。那草刀从右向左，一个弧形，三四米宽的一片青草齐刷刷地靠根倒下，然后空刀返回，再紧贴地面，又是一挥，又一片青草匍匐在地。刀到草倒，草倒刀寒，草茬上就溢出淡淡的青汁，润湿着刀刃刀背。那劳作的派头，犹如挥师平川、斩敌马前，特别潇洒、痛快、帅气。

干活乏了小憩的时候，躺在被阳光照射的暖和的草地上，感受着如丝绸一样柔曼滑过的清风，惬意极了。清风吹着青草，青草拂着我的脸颊、手臂，那绒绒的草叶，就挠出醉心的痒，人就肆无忌惮地在草被上翻滚、吼叫，惊得不远处的水鸟"扑簌簌"地向空中遁逃。

饿了的时候，我会到草坪上挖些鸡梗子。鸡梗子长着白色的小花，下面是像猪尾巴一样黑褐色的长根。挖出来后，剥去皮，白色的长条又嫩又脆，水汁充足，甘甜可口，又解饥，又解渴。我们到草坪上干活，都不用带水。因为鸡梗子早已存了满腹的甘汁甜食，等着我们享用。

打草的日子，一般要持续半个月，那全是男人们干的活。干着干着，也会有枯燥的时候。男人需要滋润。于是，江南小调，情歌艳曲，就随风而起，飘荡在草坪上空。至今，我还依稀记得一些歌词：

> 正月里来正月正，
> 我带小妹去看灯；
> 看灯是假意哟，
> 妹呀，看妹是真心，
> 妹儿呀嗬嘿……

一人唱，众人和，呼哥唤妹的声音就在草浪上打滚、翻腾、飘沸，传向很远很远。

最善解人意的是布谷鸟。布谷鸟也叫杜鹃，从初春鸣叫到深秋，特别是那种四声杜鹃，它和许多鸟不一样，只在飞翔中啼鸣。布谷鸟的声音总是从空中传来："布谷布谷，割麦栽禾。""割麦栽禾"是农民的动员令，是庄稼人最盼望的时刻，有什么比收获和播种更让农民激动和兴奋？所以，当农民干活累了，倦了的时候，布谷鸟就在空中提醒，听到布谷鸟叫，人就精神振奋。这时，就有调皮的年轻人篡改布谷鸟的叫声："阿哥阿哥，阿妹爱你。"效果不亚于情歌，又是一阵欢声笑语，只听草刀刷刷，草叶飘飘，草坪腾腾。

也有打诨插科的："大牛哥，姨妹还在家里伺候嫂子的月子，你那一个月是四十天呀？""去你的尖猴子，狗嘴里吐不出象牙！""哈哈哈哈。"骂声和歌声一样，同样令人快乐，人就像打饱了气的足球，劲儿鼓得满满的。

草割下后，任其风吹日晒，干透后再拢起用船运回村庄。这时，村边上、谷场上就出现一堆堆码得整整齐齐的像小房子一样的干草垛。这草，垫猪圈牛栏，供牲畜取暖；撒田间地里，任腐烂沤肥；放灶膛燃烧，以炒菜做饭。用枯草撒盖过的土地，土壤松软，通氧透气，庄稼长得分外茂盛。有草垛的地方也是儿童们捉迷藏的好地方，当然，有些青年男女也会背着村人在这里谈情说爱，甚至做些苟合之事。有了草垛，村庄似乎平添了几分神秘，几分朦胧，几分曼妙。

铲草泥又是另外一种积肥方法。在打过青草的地方，寒冬来临，草枯根蔫，黑色的土壤裸露出来，农民就用铁铲将表皮七八公分厚的土层铲起来，堆积发酵后，运到田地里作底肥。这活不如打草潇洒，但也干得欢实，成船成车的沃土拉向田间地头。那时候，土地越种越肥，越种越厚，越种越黑，那是因为庄稼人把坪上的沃土肥泥、干草枯叶，年复一年不断地往田地里覆盖。

到了春天，草坪就是牧童和耕牛的天堂。

朝阳升起，牧童们赶着村上的耕牛来到草坪，青绿的草坪成了牛的世界，水牛、黄牛、公牛、母牛、老牛、小牛撒在青草绿水间。"隔岸横舟十里青，黄牛无数放青晴；路隔陇头高似岸，人骑牛背稳如舟。"草坪就是一副活生生的《百牛奔腾图》。

依靠干枯的稻草维持了一个冬天的牛们，经过一段时间青嫩的肥草滋养，牛膘长起来了。腰腿挂满了肉，脊背宽厚，毛色鲜亮，眼睛更清亮，更有神。公牛、母牛开始发情。草坪上牛群涌动，牛角铿锵。公牛为了争夺"情人"，还会进行一场爱的战斗，只有得胜的公牛才能获得繁衍下一代的权利。

鄱阳湖草坪和鄱阳湖水一样，以它的绿色，它的肥沃，它的物产，滋润和养育着鄱湖岸边的生灵和子孙。

一转眼，过去几十年了。鄱阳湖潮涨潮落，河床上草枯草荣。草坪又到了绿茵遍野的时候，农人还挥刀打草吗？还铲泥沤肥吗？还闻牛角铿锵吗？布谷鸟还啼鸣"阿妹爱你"吗？村人告诉我，你讲的都是"老黄历"，现在种地机械化，耕牛快要绝迹了，"牧童横笛骑牛背"已成为历史画卷；土地都是用化肥，草坪变为湿地公园，成为旅游观光风景点了。

噢，原来是这样的！这不正是白居易那首诗的下阕嘛："远芳侵古道，晴翠接荒城；又送王孙去，萋萋满别情。"这诗魔早就知道那"古道""荒城""王孙"是会远去的，只有那野火烧不尽，湖水淹不尽，草刀砍不尽，牛羊啃不尽的"原上草"还是茂盛的，那"春风""远芳""晴翠"仍然是美好的。世事更替，时过境迁，草坪上的劳作岁月已经远去，该"时过"的且时过，该"境迁"的且境迁。我却时常想念哪满园春色，满地绿茵，满湖深情，满天歌声的草坪和在草坪上劳作的人们，那"离离原上草""萋萋别样情"总是萦绕在我的心中。

碾　米

　　现在人们每天享用的大米，都是机制米。只要把金黄色的稻谷往机斗里一倒，谷子自动脱壳去糠，流出白花花的大米。米粒又鲜又亮、又纯又净、又大又圆，没有一点糠皮、杂质和谷粒，特别是那种用蜡加工过的大米，都可照出人影。机制米做出的饭又白又香，色美味佳，就像一掬碎玉落入碗中。

　　可是五十多年前，人们还没有这个口福。那时农村还没有碾米机，农民收获粮食后，要把稻谷变成大米，必须经过碾米这一环节。这道工序一般都由老人和小孩来完成，因为田间地里，还有更加重要的农活等着青壮劳力。我家碾米事务，常常落在奶奶和我身上。

　　每个村庄都有碾场，大的村子有二三个甚至更多。碾场有一百多平方米，中间有一根很粗的立轴，围着立轴四周，是用石头凿成的圆形凹槽即碾槽，轴上穿着一根碗口粗的木头，另一头连着一扇厚约二十公分、直径一米五左右的石头碾盘，碾盘立在石槽中。稻谷放进石槽，用牛拉着二三百斤重的碾盘，沿着石槽转圈，一次可碾一百多斤稻谷，一天可碾七八百斤。

　　条件好一点的村庄都盖了碾屋，即在碾场的基础上，四角加上石柱或木柱，上方做一屋顶，盖上青瓦。碾屋不怕刮风下雨、霜打日晒，什么时候都可以碾米。我们村只有碾场，没有碾屋。

　　碾米常常要排队，一家一家轮着来，除了碾场使用率高，生产队的耕牛也要计划安排。遇到春耕或双抢季节，耕牛使用不过来，碾米就要往后靠一靠。家里没有米了，要么到邻居家去借，要么放在碓臼杵，一天还整不出二十斤米。所以，碾米对一家之主来讲，既要费力，还要费心，什么时候碾，碾多少，要考虑周到。

轮到我家碾米，我就忙上了，我和奶奶先要打扫碾场，牵牛套辕，抬谷入场。所有准备工作做完后，碾米就是我的事了，有三项任务：赶牛、轰雀、搅谷。没有见过碾米的人，让我慢慢告诉你。

赶牛，就是吆喝牛不停地转圈，止步、慢步都不行。牛是人类忠实的朋友，吃苦受累，任劳任怨，拉犁拖车，不图报酬。但是你不去吆喝、驱赶，他也会偷懒、怠工。我套上的那头黑牡，就总是走走停停，有时还把嘴伸到碾槽里想吃一口谷子。我时不时抽上一鞭，或吆喝一声，它会继续往前走。看来，干什么都得有个监督，没有监督，就会消极，耍奸，甚至贪腐，最忠实的牛也是这样。每隔几分钟，我就要大喝一声：快走！有时甩鞭子给牛一个信号：加快步伐。

轰雀，就是防止麻雀偷吃稻谷，麻雀一靠近碾场，就要把它轰走。麻雀真不是个好鸟，它们成群地落在旁边的树枝上，叽叽喳喳，你稍不留神，就会飞下来啄上几口，一轰，眨眼就飞走了。怪不得那时候人们把麻雀当作"四害"全民而除之。我对付麻雀不光是轰赶，还制作了一个弹弓，虽然不是百步穿杨，百发百中，但百发之中，略中一二还是没有问题的。麻雀来了，我拉足弹弓，嗖的一声射过去，风速加音速、弹子加力度，一只麻雀顿时倒地击毙，其他一哄而散，"朴嘈"一声全飞走了。

搅谷，就是把石槽里被碾压过的稻谷不停地搅动，让被碾压脱壳的米粒分到两边，没有碾压到的谷粒拢到中间，上下翻动，碾压均匀，使谷粒脱去糠皮。如果不及时搅动，有的稻谷就会压成粉末，有的还是谷粒，所以碾盘每转二三圈，就要搅动一次。操作也很简单，用一根扁担或木棍，一头放在碾槽里，一头用手推着向前走，走二三圈就停一会。

转圈，转圈，无尽地转圈，人和牛都周而复始，循环往复地重复着单一的动作。时间长了，牛也单调乏味，人也枯燥无趣，我就忙里偷闲，跑到村前的老榆树下，和小伙伴玩石子棋去了。

人一离开，牛的步子也慢下来了，还边走边撒尿，尿泥浅到碾槽里，半圈碾槽稻谷成了泥、水、谷混合物。撒完尿牛也停下来了。一群麻雀飞过来，肆无忌惮围着碾槽在会餐。村人从碾场路过，就问："是碾米呀，还是喂鸟呀，人呢？"这时，奶奶忙完了家务，也到碾场来，半道上就听到声音，心急火燎赶过来，又是轰鸟，又是喝牛，又是喊人。玩兴正浓的我听到喊声，急忙跑过来。奶奶训我，我就怪牛，一鞭子抽过去，牛蹄"嘚嘚答答"，又加快了步伐。

我深知奶奶对粮食的珍惜之情。奶奶是地道的农家妇女，中年丧夫守寡，带着伯父、父亲、叔父和姑姑四个孩子靠几分薄地和替人家浆洗缝补度日，缺米少盐的日子让她愁苦了半辈子，她把粮食看得特别贵重。奶奶没有读过一天书，说不出"谁知盘中餐，粒粒皆辛苦"的诗句。一说就是"糟蹋粮食，造孽啊"！刚才的情景让她非常痛心。我自知理亏，不敢顶半句嘴，只是埋头赶牛、搅谷。

生在农村，长在农村，每天看到农民日出而作，日落而息，面朝黄泥背朝天；特别是每到农忙假，寒暑假及回乡务农以后，和农民一起起早摸黑辛勤劳作，让我深知粮食来之不易。在我的认知里，每一颗粮食都是农民血和汗的结晶，是农民用生命换来的珍物。农民从翻地、平整、撒种、育苗、插秧，到浇水、施肥、锄草、去稗、打药、收割、脱粒几十个劳动环节，有的环节还要反反复复，和二百多个日日夜夜的精心护理，哪一粒稻谷不是浸透了农民的血与汗！而且还要看老天爷的脸色，如遇旱、涝、虫灾，稻谷歉收或无收，所付出的心血与汗水都要泡汤。因此，从小我也养成了珍惜粮食的习惯，吃饭不敢留下剩饭。今天这种情况，我心里也很自责和内疚，只好用默默干活来弥补。

一场稻谷碾完了，我用碾瓢把碾过的米粒收入箩筐，再用扫帚把碾槽扫净，不剩一点米糠，和奶奶一起抬回家。

稻谷碾完后，还有两道工序，首先用风车去掉糠皮，要用风车扇二、三遍，才能去糠见米。再一道工序就是筛米。先用大网眼筛子筛一遍，把没有碾开的谷粒分出来；再用小网眼筛子筛一遍，把碾压很碎的小米粒分出来。这样碾过的大米就分成三类：未碾开的谷粒，较完整的米粒，细小的碎米。未碾开的谷粒放在碓臼杵或下次碾米时再碾；完整的大米倒入米桶；细碎的米末喂猪喂鸡。碾谷产米率很低，只有百分之五六十，用村上人的话讲，人一半，猪一半。当然，后面的几道工序，都是由奶奶来完成，我有时打点下手。

如今，碾场早已进入历史博物馆，完成了它的历史使命。但作为农耕社会的一个生产和生活工具，我还是怀念它曾经为人们生产和生活做出的重要贡献，怀念我曾经在碾场度过的儿童岁月。

乡村杂记

吵　架

正晌午，就听到王嫂和李婶争吵起来。

王嫂：你家老朱干吗那么凶，把我家细珠训哭了！

李婶：你家细珠不该打我家的花猪。

王嫂：你家的花猪吃了我家的莴苣。

李婶：吃了多少我赔，干吗要用棍子打呀！

王嫂：轰都轰不走，不用棍子打它能离开吗？

……

王嫂和李婶针尖对麦芒，各讲各的理，嗓门越来越高。

要听明个中原委，先把几个名字搞清楚。

老朱是李婶的丈夫，这是一个平时闷头闷脑，只会干活，不会言语，但发起脾气来还很凶的老实巴交的农民。细珠是王嫂十多岁的女儿，平时有些娇生惯养。花猪是李婶养的一头背黑肚白的肥猪。莴苣是王嫂园子里的蔬菜。

这就清楚了吧：李婶的猪吃了王嫂园子里的菜，王嫂的女儿细珠用棍子打了李婶的猪，李婶的丈夫老朱把细珠训了一通，细珠哭着告诉妈妈。王嫂和李婶就吵起来了。

两个女人唇枪舌剑，各不相让，把邻里们都引过来了。劝也劝不住。

这时，七十多岁的王老举拄着拐杖出来了。老举是王氏家族的长辈，在晚清中过举人，知书达理，村人都称他老举。老举是一族之主，他把拐杖一杵："吵什么吵！乡里乡亲的，低头不见抬头见。不就是吃了几棵莴苣吗，有多大事，也值得翻脸？"老举先严格要求本族家人。

然后又对着李婶说："小孩子打了一下猪，打伤了，还是打死了？要那么较真么，以后不见面啦！"

老举越说越激动，胡子一抖一抖，手杖一杵一杵，身子一颤一颤，一股威慑力向四周扩散。两个女人都不吭声了。老举又对着大家："都看什么看，还不上工去！"众人一哄而散。王嫂和李婶也就势下台，各自进家去了。一场剑拔弩张的妇人大战，就此偃旗息鼓。

以后，"花猪吃莴苣"成了村人取笑的谈资。王嫂和李婶听了，开始还骂人："没正形的。"后来也跟着咧着嘴笑。

更好笑的还在后面。过了几年，李婶的儿子小朱和王嫂的女儿细珠谈上恋爱了，一个非她不娶，一个非他不嫁，山盟海誓，牢不可破。王嫂和李婶心里不管怎么想，也只能随他们的便了。

办喜事那天，大大咧咧的眉乌几杯酒下肚，醉意微醺，对着王嫂说："这下不只是花猪吃莴苣，而是小朱吃细珠了。"满屋哄堂大笑。

王嫂笑骂一句："你这老不正经的！"

惜 伞

日子艰难时期，庄稼人添置一件家什也是不容易的，因此，把它看得很贵重。

胡婶终于买了一把雨伞。红色的伞纸，漆得油光铮亮。她当作宝贝，不是下大雨，是不会拿出来使用的。

这天到双丰圩拔秧，雨越下越大。胡婶撑开了新买的雨伞。伞纸泛着光亮，雨滴在上面就滚了下来，不沾水。远远地看去，就像一朵红色的蘑菇，把胡婶的脸映得红扑扑的。

胡婶小心翼翼地走在田埂上，忽然脚下一滑，一个趔趄，摔倒在泥田里，伞也脱手而去。后面的王嫂赶快上前去扶，问："摔痛没有？"胡婶把手一甩："别管我，快去扶伞。"只见伞被风吹着，连滚带翻，已飞出两丈多远，一团红色映照在水田里。

旁边的小英姑娘蹚到水田里，把伞拿起。还好，田里都是水和烂泥，伞没有碰坏，只是伞面沾上黑乎乎的稀泥，就像大写意水墨画，浓淡错落，自然抽象，有鬼斧神工之妙。

胡婶爬起来，也不管摔痛没有，更不顾身上的泥水，接过雨伞左瞧右瞅："老天保佑，没摔破就好。"

站在一旁的妇女队长麻雀大婶实在憋不住了："是命重要还是伞重要？人没摔坏就算老天长眼了！还有像你这样的，要伞不要命？"

"一条苦命值什么钱，这伞两块多，不是卖了一头猪，我拿什么去买伞。"胡婶不领情，还对怼着。

这时大家嘻嘻哈哈笑闹了一阵，便分散到秧田拔秧去了。

村上有个青年叫多才，平时油腔滑调，嘴上能跑马。他看到胡婶惜伞如命，就想讽刺一下胡婶，也显示一下自己的文才，并提醒大家注意安全，特编了一段顺口溜。他让上小学三年级的侄子用毛笔抄在半张旧报纸上，并贴在生产队饲养棚的墙上。顺口溜是这样写的：

> 村上胡大婶，
>
> 干活很卖劲；
>
> 就是太惜财，

要命不要命。

本来编的是，"要伞不要命"，不知是"伞"字不会写，还是写错了字，最后一句就变成"要命不要命"。

开始，社员们在一块调侃，拿胡婶开涮："要伞不要命。"自多才的顺口溜贴出来后，笑点就转移了，人们见到多才，就问他"要命不要命"。

卖 鸡

二保家没钱买煤油和盐，他妈叫他抓一只鸡到城里去卖。二保一早起来，从鸡笼里抓了一只公鸡，一称，三斤半。按照"毛鸡肉价"的惯例，猪肉是七角二分钱一斤，鸡应是二元五角二分。他妈说，卖二元五角就行了。

二保把鸡用网兜一提，秤也不带，就往城里跑。二保没有到城南的菜市场去卖，而是就近在城西居民区走街穿巷叫卖。有一家要买鸡，顾客是一个留着山羊胡子的精瘦老头，平时也是做生意的。他喊住二保：

"鸡怎么卖？"

"毛鸡肉价。"

"有多重？"

"三斤半，在家称过的。"

老头不相信鸡有那么重，要求再称。二保说："没带秤。"老头便从家里拿出一杆秤。一称，二斤七两。

老头翘着山羊胡子说："你骗人哩！我说没三斤半，怎么样？"

二保愣了，明明在家称了三斤半，手上提着也有这么重，怎么只有二斤七两？他瞅着那杆秤，用两手比画一下，和家里的秤差不多，二尺来长，看不出什么破绽。

老头说："按你说的价格，正好二元钱。"老头塞过来二元钱，提着鸡和秤进家去了。二保快快地回家。

中午到了家里，二保抓了一只和早晨卖出的同样大小的公鸡，再称，三斤六两。二保不得其解，上工时说与村人听。村人问是不是老头的秤大了？过去有些奸商喜欢在秤上做手脚：卖出，用小秤砣，七八两就能称出一斤；买进，用大秤砣，一斤多赚二三两。秤大秤小都在秤砣上，与秤杆长短没有关系。刚才二保就是中了山羊胡子老头的招。二保不知其中奥秘，说我比了一下秤，都是两尺多长。村人就笑起来了。

以后，生产队分西瓜，分红薯，或私人买鱼、买虾，如果有人不相信重量，再称一遍，人们就会抛出一句："二保卖鸡——秤是一样大的。"

偷　瓜

这事说起来不雅，却是儿时一段有趣的经历，且屡试屡爽，就像农家霉的臭豆腐，闻起来臭，吃起来香。

村子北面有一片叫作"洼里"的土地，生产队每年要种几亩西瓜和香瓜。西瓜个不大，主要是产籽，瓜囊不甜，人们不怎么吃。香瓜很馋人。由于瓜地在洼里，地势比较低，只有站在村北边的饲养棚和打谷场上才能看到。队里看瓜的任务交给了饲养员大和尚爷爷，他喂牛、守场、看瓜一肩挑。

大人好面子，一般不会摘瓜，小孩子只管嘴，面子算不了什么。

到了初伏，瓜果飘香，诱惑着孩子们的胃口，就琢磨着怎么偷瓜。偷瓜也是有底线的。只在白天偷，晚上不去偷，一是怕蛇咬，二是晚上偷是真的成了小偷，白天偷抓到了算是摘瓜。再就是偷瓜不带篮、筐，摘几个就走。

要偷瓜，就得过大和尚爷爷这一关。大热天，人们都在树荫下、屋子里午憩。大和尚爷爷却偏无睡意，一会儿给牛添一把草，一会儿到井边打一桶水，一会儿到打谷场上瞭望一下。有几次大猴、老黑去偷瓜，都被大和尚爷爷发现，老远一声吆喝，吓得屁滚尿流。孩子们总结教训，采取协同作战，把几个人围着大和尚爷爷，帮他干活，和他讲话，吸引他的注意力。那边派两个人悄悄地从地沟边摸进瓜地，以迅雷不及掩耳之势，摘几个香瓜就往地沟里溜。

开始几次还奏效。多了就引起大和尚爷爷的怀疑，他发现靠地边上的瓜没了，瓜蔓也扯断了，便对孩子们的殷勤产生警惕。为什么平时不来干活，瓜熟了却来帮忙？孩子们再来干活时，大和尚爷爷留了心眼，他拿一个凳子坐在禾场边上的树荫下，叼着烟袋望着瓜地，这边信息发不出去，偷瓜难以得逞。还是大猴点子多，故意把活干砸，一会儿把水打翻，一会儿把糠搞撒，还把煤油灯弄倒了。大和尚爷爷走进饲养棚，顾东顾不了西。这边偷瓜又得逞了。

几个回合下来，大和尚爷爷什么都明白了，他把小孩轰走，更加用心看瓜。

还是大猴办法多。他提出都到洼里去割草，不要工分，用青草与大和尚爷爷换香瓜。大和尚爷爷无儿无女，他其实很疼爱孩子的。加上夏天牛干活很热很累，晚上要喂青草，自己也割不了多少草。就与队长商量，队长说这个办法行，30斤青草换一个香瓜。偷瓜变成换瓜，大和尚爷爷还多给了一个香瓜呢。

方　言

南方语系很杂，别说十里不同音，就是三五里，乡音也是五花八门，有许多差异。我们村称"我"为"鹅"，而距离二里地的小华村，称"俺"，距三里地的马鞍山村称"噢"。我们村把"说"叫"哇"，把"什么"叫"西里"，"说什么"叫"哇西里"。南昌市好像也叫"哇西里"。而距我们村五里外的彭家村，称"说"为"血"，说、血同音。"说什么"叫"血什么"，比我们村的口音更接近普通话。

由于各种方言的差异，生活中就会闹出一些笑话，产生许多幽默和乐趣。在语言上，还会有一些具有地方特色的歇后语，其中最典型的，就是"彭家人杀年猪——不要血（说）"。

家里富不富，就看杀年猪。一般日子比较宽裕的人家，到了农历腊月都会杀一头肥猪。杀了年猪，过年就有底气，什么腌大肉，熏猪头，烤猪脚、卤猪肝、猪心、猪肚等等，日子就过得流油。

有村人娶了彭家村的媳妇，丈夫是做手艺的，生活还殷实。年底，有人问新媳妇，你们家杀年猪吗？新媳妇快人快语："当然杀，那是不要血（说）的。"正在一旁纺棉花的婆婆接话："为西里不要血，猪血打汤是一道好菜。"旁人就大笑。

其实，彭家村的生活也不见得比其他村强，杀猪也不会把猪血倒掉。只因为方言不同，就显出彭家村人很大方，富有、豪迈。"彭家人杀年猪——不要血（说）"就这么传开了，成了只有家乡人才能听得懂的方言俚语。

有些方言更有意思，可以把一个外乡人搞懵。我们村把"他"叫"茄"，丈夫称妻子为"我屋里的"，妻子称丈夫为"我屋里茄"。有两个妇人聊天，甲告诉乙：邻居两口子打架，我男人去拉架，结果两口子却打我男人。可从嘴里说出来就是这样的：

"茄屋里茄相打，我屋里茄去拉，茄丢开茄屋里茄不打，都打我屋里茄去拉。"

你听明白了吗？

不说啦，我屋里的已做好饭，呷（吃）饭去了。

打平伙

"撮一顿？"富盛提议。

"撮一顿就撮一顿。"有人附和着。

"还是春上三财家的猪死了闹过一阵子，嘴都寡淡了。"有槐补充道。

队长握着月锄，埋头往斗箕里装土。他不说行，也不说不行。

"仁正，就打一次平伙吧，反正是摊工分的。"眉乌对队长说。

眉乌是队长的叔叔。无论是年龄，辈分，还是为人，做事，都是受村人尊重的。他说话有一点分量。队长抬头望了望斜在天上的太阳，将锄把一杵："那就呷一顿麻子粑吧！"

麻子粑也叫糍粑。做麻子粑是有一套程序的。先把糯米磨成粉，然后和上水揉成面放在碓臼里杵或用扁担在木板上压，俗称"打麻子"。出门在外野炊，要打麻子是不具备条件的，无非是把糯米粉做成粑蒸着吃。但不管怎么样，离麻子粑只是少了一道工序，也算麻子粑吧。

"三财，点一下人数。"

"又逗我不会算数呀。"三财是队上的愣头青，二十多岁，有一把力气，就是脑子不机灵。他一个人、二个人、三个人点了一遍：

"十一个人。"

"再点一遍。"

三财又一个人、二个人、三个人点了一遍：

"十一个人。"

"你不是人呀！"

三财一拍脑袋："哎呀，我把自己忘了，十二个人。"

大家哈哈大笑。未解嘴馋先解闷，算是稀释了一些疲惫的心情。

打平伙是社员们额外的节日。只有两种情况才会打平伙。一种是谁家的猪发瘟或宰狗了，为了分摊主人一点损失，大伙就解解嘴馋。再一种是出门在外干重活，也会聚一聚。在村外打平伙不需要个人从家里拿东西，只是扣工分。如一天挣十个工分，扣个五六分，算是打平伙的成本，不足部分由生产队补助。

自从公社挑了双丰圩，围湖造田，队上增加了三四百亩水田，但挑圩、抢险就成了每年农业的必修课。这段时间，队长带着十几个男劳力在十几里外修补被洪水冲坏了的堤坝，从早到晚往坝上挑土，又苦又累。大家也就想热闹一下。

"林仂，你到刘家粮站去买十五斤糯米粉，二斤白糖。"

队长边说，边从兜里掏钱。一元，一角，二角，一大把硬币。一数，才三元多一点。"大家再凑凑。"队长又说。

有几个人再翻衣袋，七零八碎，凑到四元八角五分。

林仂是我的小名。我接过队长递过来的一大把零钱，一只口袋装得沉甸甸的，褂子往一边垂。

我兴冲冲地往刘家粮站跑去。粮站离圩堤只有两里多路，不到半个时辰，就把要办的食物全买回来了。还剩下五分钱，交还给了队长。

生产队在双丰圩有一间草舍，有专人在这里守田。二大伯就常年住在草舍里，锅、碗、瓢、盆都有。村人平时做喜事或队里"双抢"时集体就餐，都是富来做饭，今天打平伙自然是富来主厨，我和二大伯打下手。

先是在盆里和糯米粉。这是一个杉木盆，木头已变成黑褐色。木盆是通用的，二大伯早晨洗脸，晚上洗脚，都用这个盆子。现在用水荡一荡，就做面盆了。二大伯贡献了一个南瓜。先把南瓜剁碎，和白糖拌在一起做馅。糯米粉糅好后，掐成一个一个小坨，再用空酒瓶擀成皮，包上白糖南瓜馅，比汤圆大，比包子小，和鸡蛋差不多大小。一个多时辰，麻子粑全做好了。开始蒸粑，我就到圩堤上把大伙喊了过来。

有蹲地上的，有靠在锅台的，还有坐在锄把上的，各自端着一碗麻子粑呷开了。

"吧唧，吧唧，吧唧，吧唧。"

没有人吭声，一个劲地狼吞虎咽。

如果一次吃一斤大米饭，这是很正常的。如果要吃一斤糯米粉做的粑，非得有特别的胃口，一般人很难消化。这十五斤麻子粑足够大家吃的。

"呕！"三财开始打饱嗝。他端着碗走到有槐面前。

"你说那黄天霸的飞镖厉害，还是解放军的手枪厉害？"

有槐读过几年书，是村上的文化人。平时看了不少古书，经常给大家讲《施公案》《包公案》《杨家将》中的故事。三财问的是《施公案》中武侠的事。

"打手枪有响声，人家早就发现你了。飞镖嗖的一声，人就倒了，当然是飞镖厉害。再说，那时也没有手枪呀。"有人接话。

"那黄天霸和锦毛鼠哪个厉害？"三财接着问。锦毛鼠是《包公案》中的侠客。

有槐埋头呷粑，对这些不着调的问题懒得理他。

"有呷都堵不住你的嘴，他们都不是一个朝代的，怎么比？"队长把三财唬到一边去了。

"吧唧，吧唧。"没人吭声了。

"你说那戏台上演的老公老婆会一起困觉么？"三财又忍不住发话。别看他憨头憨脑，可挺爱思考的。

这个话题好像更能引起大家的兴趣。于是有说会的，有说不会的，讨论很热烈。

"哎哟，烫死我了，快帮我擦一下脖子。"

原来三财在夹一个刚从锅里蒸好的麻子粑，咬一口烫嘴，手一歪，糖水就流到袖子上，他用舌头一舔袖子，筷子就举到了头顶上，糖水又滴到了脖子上，烫得他直叫唤。

富来从灶台上抓起一块抹布，在他颈脖子上擦了一下，顿时皮肤上红了一块。三财提着衣领一扇一扇，让凉风减轻疼痛。

看到这副滑稽的样子，大家忍不住笑。富盛一笑就被噎住了，连连咳嗽，脸憋得通红，直骂三财"狗操的"。

刚才的话题还余兴未尽。大家又接着议论，你一言，我一语，最后多数人的看法是：他们是假夫妻，不会真困觉。

"那有强叔和李桂花连假夫妻都不是，不也一起困觉吗？"三财烫了脖子嘴不闲。

"操你娘！"蹲在茅舍角上的有强叔的小儿子金满一下子跳了起来，抓住三财的胸口就出拳，幸好被富来拖住。

有强叔和李桂花早些年的那点风流韵事村上人都知道，人家只是背后说。三才不长眼色，当着他儿子的面讲了出来，不挨打才怪。

"都呷饱了撑的，有呷还不自在！"队长发怒了。他站起来用筷子敲着碗边："快要立冬了，大家抓紧点，使把劲，争取上冻前把圩堤补完。"

"吧唧，吧唧。"大家把头又埋进碗里。

风卷残云。一大盆麻子粑见底了，剩下的留作二大伯当晚餐。

"呕，呕！"

一个个都打着饱嗝，走出草舍，走向圩堤。

湖面上刮起一阵清风，吹得很舒爽。

不知是风的作用还是粑的效应，大家担子装得更满了，步子也迈得更快了。

位卑不怠土地公

不知怎么，就想起土地公。

土地公大名叫土地神，我们那里人称土地公，书上也有称土地爷的。都一个意思。

村边有一座土地庙。四尺多高，五尺见方。中间有一尊牌位，上书"恭敬土地公"。两边一副石刻对联：大小是个官，多少有点神。

在神仙队伍中，土地公应是最小的官，身处基层，扎根土地，管辖一村。因为职位卑微，人们对他低看一眼，庙建得很小，不像关公庙、山神庙那么高大，更不像观音菩萨、如来大佛的大雄宝殿那么宏伟，只能屈居一隅。香火也是有一阵，无一阵。那对联也有藐视、揶揄之意，分明是拿着豆包不当干粮，本来就是官，就是神，怎么"是个官""有点神"？显然是瞧不起土地公。

由于官职小，谁都可以指使他。《西游记》中的孙猴子，也只是个弼马温，职务稍高一点点，就可以任意支使土地公。一路上遇到破事，就一声："呔，土地老儿，出来！"只见一股青烟，土地公就从地上冒出来了，毕恭毕敬，唯唯诺诺，听从他的吩咐。玉皇大帝的小千斤七仙女，违反天庭，想和董永结为夫妻，也找到土地公。土地公照样唯命是从，化作槐树为媒，成就一对连理。上面千条线，下面一根针。土地公勤勤恳恳，兢兢业业，任劳任怨，不管是分内还是分外的事，只要上面发令，都要认真执行，应该是最辛苦的官。特别是他那一大把年纪，鹤发银须，拄着拐杖，东奔西跑，从不懈怠，没有功劳也有苦劳。做媒这件事估计不在土地公业务范围之内，但照样扎扎实实去做好。真是难为他了。

土地庙香火不是太旺，但也时常有人求拜。村人小孩有个头痛脑热，或者牲畜走失，家境不顺，就端一杯酒水，两支香烛，放一小挂鞭炮，虔诚地求助土地公庇佑。大人一边给小孩吃着从赤脚医生那里拿来的药，一边求拜土地公。隔一天小孩的病好了，到底是赤脚医生的功劳，还是土地公的护佑，谁也说不清，老人们还是相信土地公的神灵。有时孩子的病不见好，就认为自己心还不够诚，于是又放一挂鞭炮。土地公和村人的生活有着千丝万缕的联系。

与村民生活息息相关的，还有和土地公同属基层的村干部。他们既受上面的领导，又领导着下面几百号村民。村上的大事小情，鸡零狗碎都要管，有时忙得昏天黑地。几十年来，我先后和三任"土地公"打过交道，有的交往甚密，知道他们的酸甜苦辣，确实不容易。

中学毕业后，就和"土地公"接触，那时称他们为大队长、党支书。他们的孩子是我小学同学，我时常到他们家去玩，从同学嘴里也了解他们不少情况。我参加生产队劳动后，感觉支书和大队长尽管工作、会议不少，但对两件事特别上劲：一件是修水利，一件是抓"双抢"。他们常常被人们称为"双抢支书""水利队长"。

六十年代，家乡围湖造田，大部分田地都在圩堤内。每年夏季发大水，土坝大堤，不是这里塌方，就是那里滑坡，除了抢险保堤外，一到冬季，男女劳力都要去挑圩、修堤。圩堤分段固定给各生产队。分到的圩堤如果被洪水冲刷面积大，塌方多，那就要忙一个冬天，天再冷，风再大，也要去挑圩。我就看到支书、大队长拿着卷尺，这里量量，那里比比，一天到晚跑上跑下，大喊大叫。有时也动恻隐之心，从任务少的生产队抽些劳力来帮忙。到现在，我一见到圩堤，眼前就浮现那些大队干部拿着卷尺在堤上指指画画。当然，现在的大堤都铺上了石头水泥，也不需要人挑圩了。

夏天水稻抢收抢种时，"土地公"也是很忙的。每当稻花飘香，他们就去参加县里、公社的"双抢"工作会议。回来，又要召开大队、小队"双抢"动员会。会开完了，"双抢"就开始了。"土地公"狠着呢！非逼着男女老少齐上阵，中学、小学都放农忙假，十岁以上几乎没有闲人。这时的干部们，不光指手画脚，还要拿起镰刀割稻子，担起谷箩挑谷子。我们常常在一起劳动，但我从来没有称呼过他们的职务，而是喊大伯、大叔，或叫"××爹爹"，因为"××"是我同学的名字。

这一代"土地公"和当时的赤脚医生、赤脚老师差不多，还是很朴素的，在田间地头常见他们的身影。有一段时间，他们也受罪了，被批斗、游街、打倒。完了以后好像没事似的，又在田间地头转悠。我一直觉得，称他们为"赤脚支书""赤脚队长"，似乎更合适一些。

世纪之交的时候，我又接触了"土地公"们，那是因为我已退伍的战友担任了村主任。我每次回乡，都要和他一起喝点小酒，唠唠家常。

每次酒杯一端，村主任都叹息："现在基层工作越来越难做！"他把自己的使命概括为"一吃三要"。"一吃"，就是招待吃喝。上面来人，邻村来人，都要在酒桌上过招，没有钱不行，没有酒量也不行。这两项都是他的软肋。"三要"，就是要钱、要粮、要"命"（妇女结扎和引产）。农村"三提五统"（农业税和农村各种摊派费用统称），计划生育超生罚款，都要村干部收上来。村干部成了人见人怕的"鬼见愁"。

我们最后一次喝酒，是2003年春在镇上一家小饭馆，我请客。他喝高了，就一个劲地诉苦：

"你说我现在混成啥样子？过去老表见到我们，都是喊到家里喝茶、吃饭，有什么瓜子点心也会端出来。现在见到我们就躲，不把你推出来就不错了。有一次我叔病了，我去看他，叔都不待见我了，说你别看我，你不把突击队带来就烧高香了。"

"由于种田亏本，大批田地荒芜，到哪里去收名目繁多的税费？乡里便成立了突击队。突击队到村上挨家挨户去收，交不上来就搬家具，牵猪挑粮，甚至种子粮也收走。我既要好言好语、好吃好喝招待他们，领着他们上门上户，又要想办法帮助实在困难的村民减免或延缓税费。结果是老鼠进风箱，两头受气。上面说我工作不得力，没有完成征收任务，下面又戳脊梁骨，骂我祖宗三代。"

"日子最难熬的还是那些困难户，有的为逃避税费和超生，举家外出打工，几年都不敢回来。有的寻死上吊。村上有一个妇女，男人有病，干不了重活，也无钱治疗，这边又催交费，一头肥猪被拉走了，当场就喝农药。幸亏农药是假的，才捡回一条命。你知道，中央发了几次文件，处分了十几起逼死人命的乡村干部。可又有什么办法呢？"

"钱是很难收上来的，为了完成任务，村上只好到信用社贷款抵交。我们村已贷了三十多万。后来信用社不让贷了，要先还旧账再贷新款。拿什么还？我们就给每个村干部定了任务：每人以私人名义找亲朋好友借三万，以后按一分息偿还。现在已借了二十万。加起来五十多万，还不算利息。我不知道这个钱以后怎么还！私人的钱要是还不了，他们还不把我给剥了呀！"

说到这里，泪眼汪汪。我也没词劝慰，只好说"车到山前必有路，船拢岸边自然横"。那顿饭吃了很长时间。

这年年底，我又回乡，当村主任的战友和支书一起辞职到外地打工去了。找私人借贷的二十万也没着落，有些债主在找他们。后来怎么处理，也不得而知。

我再一次与"土地公"打交道，是退休以后的事了。

一个本族侄子当了村干部。我每次回乡，都要到他家去坐一坐，问他忙些啥，他说搞新农村建设、给村民办合作医疗、给老年人办低保、发种田补贴、发扶贫款等等，都是办好事。他说："现在庄户人日子比以前要好过了，农业税不用交，提留不用交。不但不交钱，国家还要补钱。"侄子越说兴致越高。看来，他这个村干部当得比我那位战友要神气多了。

到吃饭的时候，我问他酒量怎样？他告诉我："自从有了八项规定，一下解脱了。上面来人办完事就走，也不喝了。现在媳妇也不让我喝。戒了。"

但愿侄子真的把酒戒下来！

村子变化还是很大的。这几年，家家户户都安装了自来水，接上了闭路电视，改造了厕所，"村村通"工程都铺上了水泥路，村子的巷子、地面都硬化了，还安装了路灯，下雨天再不淌烂泥路，晚上也不用摸黑走道。侄子还告诉我，村上想盖个文化活动中心，上面拨了一些钱，还不够，想让大家捐点钱。

"怎么捐？"我问。

"自觉自愿，不定人头，不定数量，各人根据自己的经济情况，捐多捐少，捐与不捐，自己定。"侄子说。

"现在捐了多少？"

"有二十多万，够了。"

"我捐一个月的退休金吧。"我当时就在微信上付了款。

侄子很高兴，连说："谢谢老叔支持。"

有一天，当村干部的侄子给我来电话，让我抽空回去一下，有件事要我帮忙。我问什么事？他开始支支吾吾，后来告诉我了。

原来家乡实行殡葬改革，由土葬改为火葬。上级规定，村上所有老人的棺材要在限定时间内统一收去集中销毁。我八十多岁的老母亲思想不通，舍不得交出来，要我回去做做母亲的工作。

我一听觉得这事很别扭，但既然是政府号召，就得积极响应，还要支持侄子的工作啊。于是回了一趟老家，做通了母亲的工作，棺材上交了。

侄子无奈地对我摇摇头："基层工作就是这样，上面怎么说，就得怎么做，不落实就得挨板子。"

走到土地庙前，我说："你这个村官，也是一方神仙，该显灵时就要显灵。"

侄子笑笑："我哪能比土地公啊！天生就是一个跑腿的命。"

我忠实的"黑牯"们啊

一

春风拂着桃花往地上飘时，我走进了村巷深处，身边还是一片寂然和空阔。整个巷子看不见扎堆的老倌和闲聊的婆子，也鲜有猪鸡觅食和家犬的吠声，更碰不到儿童捉迷藏的奔跑和大人呼小孩的喊叫。一幢幢楼房，一座座小院，一条条村道，就那样枯燥地站立和横陈着，任凭无聊的风尘横冲直撞。

回望山丘田野，大片的山地荒芜着，疏密不均地长出一些蒿草和荆棘，几垄水田干涸了，除了田埂略高一些佐证这里曾经种过水稻，和山地也没有什么区别。山丘半秃着，稀稀拉拉的矮松势单力薄地站在那里。山坡上新添了几座坟茔。村头路边上莫名其妙地长出几棵低矮的小树和蓬散的茅草，它们抖动着叶片，在山风中作一些叹息。

过去不是这样的。山坡上，田埂下，地垄边都有水牯，黄牛在吃草，母牛带着小牛在转悠。有几处老牛正拉着犁耙在田间地里来回耕作，主人的吆喝声和没来头的吼叫声，乘着阵阵山风兜进村庄，飘向山林，荡在湖面。

前些年，我还和一个穿着花裙子在村边放牛的小姑娘聊天："几岁啦？""九岁。""怎么不上学呀？""爷爷病了，我替他放几天牛。"正说着，一个身着夹克衫的小伙子赶着黄牛拉着板车从村道走来。小姑娘喊了一声"表哥"，原来是亲戚给她家送煤。村头牛栏边，有老倌正在给刚出生的小牛犊喂饲料，樟树底下拣韭菜的老太婆身边，也卧着一头反刍的老牛。

如今，这一切都难看到了。当村干部的侄子告诉我，现在利池圩的稻田（村上的稻田全部从双丰圩调换到离家更近的利池圩）都重新租给种田专业户了，犁田、耙地、收割、运输、脱粒都用机械，耕牛使不上了。小块水田和山地也有小型电机，坡地就用人工或干脆荒了。再说现在年轻人都在外面打工，农村第一批打工者多数还在城里挣钱，回来的也都带着孙子孙女在县城陪读，村上种田的人都没有了，谁还来养牛。养牛也要成本呀，草啊、料啊，牛生病了还得请兽医啊。没人养牛了，养牛也没用，慢慢地牛就少了，没了。侄子显出很无奈的样子。"过去最盛的时候，村上有四五十头牛，现在一头也没有了。"侄子边说边摇头。"哦，邹家山、李家山这两个村子还有一两头牛。"侄子又补充了一句。

在我的经历和认知中，农村就是由农民、土地和耕牛组成的。耕牛是农民和土地的纽带，也是农民最富灵性和最有力量的帮手。在过去的年月里，农民把牛当作自己的一半家当，一半光景。听父亲说过，农业合作化时期，有牛的人家把牛入社，主人整夜整夜睡不着觉，晚上起来几次，端着油灯到牛圈看一看，摸一摸，老泪纵横，他们把牛当作命啊。农人们平时有什么忧愁，也会对牛倾诉、宣泄，牛也会竖起耳朵倾听主人的声音，在静默中分担主人的忧愁。农民怎么会舍得扔下这些曾经朝夕相处，视为家人和帮手的耕牛呢？

但事实是无情的。人类在漫长的岁月里，把原始的野牛驯化成可供使用的耕牛，在这二三十年间，就要销声匿迹了，数千年传承的农耕场景，眼看就要与我们挥手作别了。想起春雨绵绵的田野里，农夫头戴斗笠，身穿蓑衣，执犁扬鞭，耕牛缓慢走在前面，田里泥水哗哗翻滚，耕牛不时昂首发出的哞叫声在旷野回荡。这种令人回味无穷的田园风景，在我心中涌起凄凄乡愁，化为丝丝恋念。于是，就想为远去的朋友——耕牛唱一曲挽歌，为我曾经放牧过，驾驭过，使用过的"黑牯""雄牯"们举行一次"祭奠"。

二

根据出土的牛颅骨化石和古代遗留的壁画资料考证，在新石器时代，人类就开始驯牛。据旧史所说，伏羲开始教民畜牧。到神农时代，便产生了农业。到了周代，就使用犁耕，耕牛由野兽逐渐变成家畜。

古老的太阳一如既往地升起在天际。朝阳下，先民们一手扶犁，一手扬鞭，那些水牛、黄牛、公牛、母牛、黑色的、褐色的、黄色的、花色的牛们，拉着历史的骅犁，缓慢地向前迈进。人类挥别刀耕火种，摈弃茹毛饮血，卸减人役苦力，进入农耕社会的新天地。人养牛，牛养人，牛成了人类最忠实的朋友。于是，伴随人们的生产活动，便产生了牛图腾、牛崇拜、牛节日等丰富的牛文化。

史载，华夏始祖炎帝就是"人身牛首"，其部落就是以牛为图腾。大禹治水时，每当治好一处，就要铸铁牛投入水中，以镇水患。商周时期，那些崇高的神器——青铜器上，牛成为显著位置的常见纹饰。在秦汉时期，秦国就制定了保护耕牛、鼓励养牛的"厩苑律"，称牛为"百姓所仰，为用最大，国家为之强弱也"。

人们对牛的顶礼膜拜，更演化成为日常生活的民情风俗。如汉民族风俗中的"结牛财亲""牛王会"，把牛列为十二生肖和属相。中国许多少数民族更有诸多"牛王节""牛神节"等祭祀活动，至今还保留着对牛无限虔诚的崇拜。

历代文人墨客更是极尽赞美之词，歌颂牛的勤奋、善良、温顺。唐代柳宗元《牛赋》、宋代梅尧臣《耕牛》，把牛的形象、品质、贡献及牛的劳作过程栩栩如生地展现在世人面前。

> 破领耕不休，何暇顾羸犊。夜归喘明月，朝出穿深谷。力虽穷田畴，肠未饱刍粟。稼收风雪时，又向寒坡牧。

有人统计过，中国带"牛"字的成语，有一百五十条之多，如气冲牛斗、如牛重负、小试牛刀等，绝大多数都是褒义词。人们借牛言志，借牛抒情，反映人们对牛的喜爱和钟情。

上千年来，人们把牛当作勤奋、奉献的象征。一代伟人毛泽东、周恩来都曾自喻为革命的"老黄牛"。鲁迅先生更是把"俯首甘为孺子牛"作为自己的座右铭。

人们爱牛、敬牛、赞牛，皆是因为牛能吃苦耐劳，温和驯良，为人类创造出巨大的价值。尤其是中国牛，永远实实在在做事，它们不像印度的牛，负着神圣之名，摇着尾巴在大街上闲荡；不像荷兰、日本的牛，终日无所事事，悠闲得只等一死；不像西班牙的牛，全身精力都尽付在暴斗之中。牛胜于人们饲养的其他家畜：它不像猪、羊只吃食不干活，猪吃饱了就睡懒觉；不像马、驴干点活还要吃大豆、麦子，与人争夺粮食；不像鸡、鸭下个蛋就满世界叫个不停，生怕主人不知道。它总是那么谦逊、低调，任劳任怨，从骅刀到屠刀，一生就几堆稻草，几许青草。吃的是草，挤出的却是奶。苍穹之下，那个生灵能做得到？

有一位外国诗人曾经写道："在被遗忘的山路上，去年的牛粪已变成黄金。"牛不仅具有耕田拉车的劳动功能，它全身甚至牛粪都是宝。

记得小时候，我和妹妹就捡过牛粪，在院子里，土墙上都晾满了一坨一坨黑色的牛粪。晒干后，把它们一块一块码起来，像柴垛一样堆了半院子。冬天用它取暖，耐烧、恒温，还漂出淡淡的干草味。我到西藏、青海、内蒙古旅游，看到那里的藏民、牧民还是以牛粪为燃料。有时就想，诗人、作家如果经常嗅一嗅牛粪的气味，他会写出更多接近自然、生命和土地的史诗和巨著；演员、明星如能踩踩牛粪，他们身上就会少点脂粉气，扮演的角色就能更加接近地气；领导、官员如能经常捡捡牛粪，那他才不会脱离群众，主观主义、官僚主义、形式主义就难染其身。

三

早春的阳婆和风姐把草坪装扮得分外妖娆。枯水期的鄱阳湖还没来得及脱去御寒的冬衣，鲜嫩的青草、桔梗、藜蒿和一些不知名的野菜便破土而出，没几天就长到半尺多高，齐刷刷地铺向远方，把大片的湖床变成绿洲。原来碧波荡漾的渔场成为青翠欲滴的牧场。

清晨，牧童们把村上五十多头牛赶到草坪。依靠干枯的稻草维持一个冬天的牛们，初见青草，犹如饿汉赴宴，贪婪地啃咬，大口地吞咽着。"独角""黑牯"吃得很本分，挨着草地一片一片地啃过去。牛的门齿像剪刀一样，把草棵咬得很整齐，嫩草一咬就溢水，牛啃过的地方黏稠的草汁就挂在草茬上。小牛犊吃草就不那么老实了，生怕给谁抢了似的，一会跟在母牛后面，一会跑到前面，净吃草尖尖。小牛咬过的地方，母牛接着吃，就像理发师一样，一点一点拾掇得干净、整齐。

牛只吃青草和野菜，对脆嫩笔挺的藜蒿不屑一顾，可能是对野藜蒿一种特殊的味道不感兴趣。人也不吃，只有猪吃。我们就采挖藜蒿，带回家做猪饲料，不一会就把麻袋装满了。没想到二三十年后，牛都不吃的藜蒿却身价百倍，"鄱阳湖的草，南昌人的宝"，野藜蒿在省城及各地都卖到二十多元钱一斤。"藜蒿炒腊肉"成为一道赣系名菜。没想到野草也会变得这么珍贵！

每年春耕之前，各村的耕牛都集中到草坪放养，广阔的草坪就成了牛的世界，上千头水牛、黄牛、公牛、母牛、老牛、小牛撒在青草绿水间，构成了一幅活生生的《千牛奔走图》。"隔岸横州十里青，黄牛无数放青晴""路隔陇头高似岸，人骑牛背稳如舟"。古人再美的诗句也难表尽此时鄱阳湖草坪的生机和灵动。

日出而牧，日落而归。每天牛都吃得肚圆腰壮，牛膘都长起来了，腰腿挂满了肉，背脊宽厚了，毛色也鲜亮，泛着油光，牛眼睛更清亮、湿润、有神。我仔细观察过牛的眼睛，无论雌雄老少，牛都是双眼皮，长着善于眨动和天真黑亮的眸子。牛的眼神特别纯净、善良，它的灵气都集中在大而黑的眼睛上。牛，其实是很妩媚的。

村上放牧队伍，是"老、中、青、少"四结合。有年逾六十的大和尚爷爷。大和尚爷爷大名叫曾大禾，村上人图顺口，就叫他"大和尚"。大和尚爷爷是生产队饲养员，我们称他"牛司令"。牛什么时候放牧，什么时候归栏，平时用什么饲料，都由他决定，甚至生产中用哪头牛拉车，哪头牛拉犁，队长有时候也听他安排。有体弱多病的中年社员才义叔。他是牧队的"军师"，点子很多，比如他叫大家上草坪带一条麻袋，这不，大家就一人背了一袋藜蒿或桔梗回来。还有残疾青年大顺哥。他放牛经验丰富，有时遇到什么难事，都是他上前处理。多数都是十一二岁的学龄少年。那时农村孩子读书的比较少，家长也不够重视，有的孩子读了二三年就辍学放牛。我是在校学生，只要是星期天或农忙假，我都会主动加入牧童队伍，如果加上寒暑假，累计起来，我一年中至少有五分之一的时间放牧。

牛吃饱了，喝足了，有时就不安分，发情的公牛就会在母牛身边大献殷勤，舔舔拱拱，磨磨蹭蹭。公牛为了争夺情人，就会进行一场爱的战斗。于是草坪上牛角铿锵，牛蹄踢跶，牧童呐喊；空中的飞鸟，水上的野鸭，草中的昆虫共同奏响婚礼音乐。那失意的公牛舔着爱情的创伤黯然离开。得胜的公牛大摇大摆来到母牛身边，肆无忌惮地享受爱情的权利。

太阳偏西是牧童返村的时候。我们骑在牛背上，赶着牛群，队伍蜿蜒半里路长。夕阳斜照，牛在影子后，人在影子上。"北原青草牛正肥，牧儿唱歌牛载归，"活生生的一幅田园牧歌图。很多年后，我从影视中看到沙漠深处威武雄壮的驼队，就想起牧童放归的牛群。驼队跋涉在黄沙大漠里，沙尘过后天老地荒，牛群行进在青山绿水间，溪流冲浪更显精神；骆驼两峰兀立分外显眼，牛牯一对弯角耀武扬威；驼队远去驼铃声声，让人忧思久远，牧童归来牧笛悠扬，令人心旷神怡。这是中华民族向大自然进军的两支不同风格的队伍。一支是游牧文明的缩影，一支是农耕文化的象征。一支是行进在戈壁大漠的运输大军，在极端恶劣条件下，为人们运送各类生活物资，流通你有我无的特产，传递不同民族的文明。一支是忙碌在大江南北的耕作大军，它助农人一臂之力，成年累月耕耘在田间地头，播种果实，播种幸福，播种希望。它们共同为养育一代又一代华夏子孙，默默地做出巨大贡献。

四

我放过牛，用过牛，爱过牛，鞭过牛，见过牛生，见过牛死，还吃过牛肉。在我和牛的交往中，我最感到惬意的是驾驭耕牛，在田野上深耕细作，在大道上拉车载物。我们共同播种土地，共同收获果实，共同奔向未来。

牛是通人性、懂人语的。我最喜欢驾驭"黑牯"和"独角"。"黑牯"是一头老水牛，高大魁梧，毛色黑亮，性情温和，一对大弯角像一轮满月。孩提时，我站在它面前，只有牛腿高。我说"低"，黑牯把头埋下来，我一只脚踩在牛角上，说声"抬"，黑牯头往上一扬，我顺势一翻，就骑上牛背去。后来，只要我往它身边一站，不用开口，它就把头低下来，我脚一踩上牛角，它自动就抬了起来，把我送上牛背。黑牯懂得我的心思，知道我想干什么。

"独角"是从外地买回来的一头黄牛，它只有一只角，另一只角不知怎么断的，大家就叫它"独角"。独角性情温和，拉犁、拖车都好使唤，我经常牵它碾米，村上人都爱用独角干活。

我第一次耕地，就是黑牯拉犁。开始我给黑牯套上颈套，两边缏绳不知怎弄到牛肚子下面，怎么也拉不出来。这时大和尚爷爷给我作示范，他先让左绳靠住牛的左脚，喊一声"起"，牛先是抬起左前腿，接着抬起左后腿，缏绳就出来了。右边也是一样操作。让牛左转，喊一声"千子"，牛绳往左一紧；让牛右转，喊一声"撇子"，牛绳往右一甩。前进喊"嘿"，后腿减"倒"，停止喊"哇"。只一天工夫，牛和我配合就很默契。倒是扶犁让我花了好几天工夫才学会。骅刀插浅了，犁从地皮上划过；插深了，就犁出一个深坑，再向前走就会绳断犁损，所以要反复练习。左手控制牛，右手扶稳犁，配合好了，才能耕好田，犁好地。

黑牯很皮实，有时也很娇气，你不能随心所欲使唤。二保使用牛，大和尚爷爷就很不放心。有一次，二保驾着黑牯从供销社拉化肥回来，正是三伏天，牛浑身是汗，鼻子、嘴都吐白沫。二保御套后，把牛拉到井边，先是饮井水，后又用井水给牛降温。热汗遇冷水，内外一夹攻，牛病了。气得大和尚爷爷骂了三天街，又是灌药，又是加料，黑牯才好转。以后我们去套牛，大和尚爷爷反复交代注意事项，什么天热牛干活出汗，不宜立即饮冷水，先吃点青草干干汗；夏天要经常让牛在池塘里泡浆，滚一身泥巴；冬天牛要饮刚打出的井水，稻草要用热水泡一下，牛圈要常换干草干土；农忙时要喂点米糠等精料。我们耳朵都磨出茧了。

黑牯有个弟弟叫"雄牯"。雄牯年轻，力大、凶猛，一般人驾驭不了，它就是听福运的。福运个子瘦小，长得干巴，只有一米五高，但身子骨很结实。村上人叫他"勒把子"。他从小就给人家放牛，驯牛也很有一套。他常带雄牯到山坡地头啃草，边放牛边用手抚摸牛背，还和牛轻轻细语，说什么别人也听不到，听不懂，也不怕别人听；牛干活前先不急着上辕套犁，而是扔一把青草，再蹲下给牛挠挠痒；干重活时让牛一个时辰休息一会儿。他把牛当朋友一样善待，牛对他就有感情，只要他过来，闻着他的气息，牛就和他亲近三分。雄牯很快就被他驯服了。雄牯干活，不偷懒，肯使劲。一车稻谷，别的水牛前面还要套一头黄牛助力，雄牯不管装多少都拉着往前跑。社员在装谷时，一看是雄牯拉车，就多装一两袋。这时福运就骂人了："混账，想累死牛啊！"装上了车就不会搬下来，大家嘻嘻哈哈："你个勒把子快走吧。"福运鞭子一扬，喊声"嘿"，雄牯四腿一蹭，牛车就往前走了。

雄牯有两个毛病：一是好斗。只要见到别的村的水牯，它就头一低，眼一瞪，两只角尖对着前方，你如不赶快拉住牛鼻子，它就会冲过去决斗。在草坪上放养，它身经百战，没有败过。二是好色。见到母牛就厚颜无耻，死皮赖脸往上靠。母牛也眉来眼去，加之它在草坪角斗屡屡获胜，深得母牛青睐，因此它当新郎的机会比其他牛要多。

但雄牸却在一次角斗中出事了。乡下端午节有斗牛的习惯，那一年农历五月初五，雄牸与邻村一头水牸决斗，从早晨一直斗到中午，眼睛都斗红了，身上划出一道道血痕。虽然遍体鳞伤，最后还是斗胜。雄牸一角插进对方颈脖，水牸血流如注，倒了下去。可是雄牸也斗疯了，以后只要看见水牛，就往上冲，拉也拉不住。再让它犁田，拉车，牛头一甩，鼻子一喷，牛角划出一个弧形，人都不敢靠近。即使套上辕，也不正经干活，常常后腿一抬，蹄子一蹶，不是把车弄翻，就是把犁踢倒，弄得谁都不敢使用它。二保对雄牸不服气，总想治住它。一次拿着扁担对牛就打，雄牸把角一抵，冲着人来，吓得二保鞋子都跑掉了。从此，大家都把雄牸叫"疯子牛"，小孩见了都躲着走。有时大人吓唬小孩，说"疯子牛来了"，小孩赶快回头，吓白的小脸半天才红润过来。

疯子牛只有两个人可以接近它，一个是大和尚爷爷，一个是福运。福运又经过几个月的调理和驯化，才慢慢驾驭它干点活。从此，疯子牛成了福运的"专用牛"。

五

上世纪六十年代末，我参军离开了村庄。几年后，我回乡探亲，见到福运拿着一个装满水的竹筒往饲养棚走去。我问他黑牸和疯子牛的情况，他说黑牸去年就老死了，疯子牛也老了，现在正病着呢。这不，刚从兽医站给它配药来。

我跟着福运一起来到村边的饲养棚，见疯子牛躺在老榆树底下，大和尚爷爷抱着一捆草放在它面前，它的嘴拱动着试图从中找出几茎新鲜的草叶。它的头扎在草堆里，从它松垂多褶的脖子间，传出艰难的吞咽声和呼呼的喘息声。

我仔细打量疯子牛，它的眼睛是混沌的，还流出黏稠的液体。它用耳朵频频扇打着眼睛上的入侵者，有几只苍蝇并排靠在它两眼下眼睑的部位，交错而小心地准备偷袭。牛的眼睛一眨，苍蝇就在睫毛的打击下后退。但苍蝇并不放弃，紧贴外翻的下眼睑，继续吸吮着病变流出来的分泌物。牛翻动眼皮的时候，整个眼球都是暗红色的。这时，福运就用竹筒往疯子牛嘴里灌药，草上、地上还洒下一些药水。

趁这工夫，我走进饲养棚。几十头牛有的站着，有的躺着，有的在吃草，有的在反刍。有一些水牯是新添的，原来没有见过。当我从独角面前走过，独角好像还认识我，眼睛望着我，还"哞哞"叫了两声，我摸了摸它的角和背，还是那么温顺。我走出牛棚时，又回头望了独角一眼，牛眼就有泪花。那一刻，我心很疼。

大和尚爷爷边拌饲料，边对我说："这几年母牛下了几个犊子，又买了两头水牯，牛也比过去多了，自己年纪也大了，干不动活，越来越吃不消。"又说："去年队上买了一台手扶拖拉机，那铁家伙又能拉货又能犁田，倒给牛省了很多事。"此时，大和尚爷爷还没有意识到，正是这些铁家伙，将要淘汰这些耕牛，他还陶醉在拖拉机能给牛减轻负担的喜悦中。不一会，大和尚爷爷又黯然伤神："听说外地把牛和地都分给老表了，各使各的，现在老表多少年没养过牛，他们能养好？你要是把牛交给二保，那不是造孽啊！"他停下手里的活计，用眼睛望着我。大和尚爷爷以为我当兵是在外面当大干部，希望我能制止分牛这样的事情发生。我问大和尚爷爷："我们这里没有搞包产到户吧？""队长在会上说过，可能快吧。"大和尚爷爷有些杞人忧天。

疯子牛的病还是没有见好，眼看着一天比一天消瘦，牛毛往外面长，腰身往里面缩，骨头都割手了，走路像醉汉一样，站也站不稳，原来浑圆粗壮的身躯只剩一堆松弛的老皮。有人和队长说："杀了吧，还能吃肉。"

队长找到福运，就说："你把它杀了吧。"

福运不但是驯牛老手，也是村上唯一的杀猪匠。村上过年宰猪或平时杀猪，都是由他执刀。有时一刀没有把猪捅死，猪一挣扎，把他摔倒在地，他翻身起来又补一刀，动作非常迅速，猪也不再叫唤了。福运杀猪常常弄得自己一身猪血，人家就笑他"生意越来越红火了"。他说："杀年猪不就是图个红火吗？"队长让他杀牛，而且是和自己打了十几年交道的"专用牛"，他怎么下得去手？就说："我不杀！""为啥？"福运找了一个理由："杀牛要经过公社批准，私下杀牛犯法。"

一句话提醒了队长。那时牛是生产工具，生产队无权决定牛的生杀大权，宰牛要经公社兽医站批准。队长说："这事你不用管，下午我去找人批条子。"

果然，第二天队长拿着公社兽医站批的条子在福运面前一晃："公社同意了，杀吧。""我不识字，上面咋说？"

这是生产队会计打的报告，一张皱巴巴的信纸，前面写的宰牛的原因，后面空白处是兽医站的批示。站长叫王大成，他是这样批的：

同意杀！

王大成

××年×月×日

队长照着批示上念道："同意杀王大成。"

福运马上狡辩："条子上批的是杀王大成，又没说杀牛啊。"在场的人都哈哈大笑，队长也忍不住笑了起来。于是就来软的："给你双份工，赶快把牛杀了吧。"

福运双手插在袖筒里，一转身走了。丢下一句话："双份工我也不要，你另请高明吧！"

论辈分和年龄，队长要喊他叔叔，尽管生气也没办法。后来找了邻村张屠户把牛杀了，剥了皮，分了肉。分到福运家的那一份，他没有要，也不让孩子去领。

斗转星移。当满树的桃花、梨花、杏花再度烂漫村庄时，已实行包产到户，耕牛也分到各家各户了。分牛那天，大和尚爷爷没有到场，队长让二保去叫，二保回来说他病了。有人就说："早晨还看到他捡牛粪，怎么吃过早饭就病了？"到底是真病，还是假病，队长心里有数：假病，让他来，还真会得心痛病；真病，他来了，会病上加病。队长说："按队上研究的方案分吧。"根据水牛、黄牛的体质和耕作能力，有三家分一头牛，有两家分一头牛，有一家得一头牛，吃奶的牛仔跟着母牛走。

地分了，牛分了，农具也分了，村人们喜气洋洋。但时间不长，矛盾来了。农活是有季节性的，要耕种的时候大家都犁地，要运谷的时候家家要拉车，一头牛怎么使得过来？有的把牛就几家并一家；有的干脆把牛卖了，添点钱买台"手扶"或"小四轮"；有的外出打工，把牛杀了吃肉；有的因不会侍弄，把牛养死了。村上再也见不到牧童放归牛群成队的壮观场面了。

二保和他叔叔分到了独角，他叔叔长年在外做木工，就都归二保了。说来也怪，二保夏天割青草，冬天铡稻草，还把喂猪的米糠不时匀一点给牛吃，独角越养越上膘。牛有点拉稀或吃草不猛，他就去找大和尚爷爷，问这问那，有时把老人家拉到家里去教他怎么调理。大和尚爷爷就纳闷：这小子，怎么又不浑了呢？

六

小时候，读书不认真，贪玩耍。父亲常常训斥："不好好念书，以后放牛去。"没有想到现实如此残酷，现在的孩子长大后，连放牛都成问题了：人牛相揖别。不会读书的结局，远远低于和突破父亲的预料和底线。

中国农耕文化有许多观念是非常矛盾的。一方面，人们在生产中要依赖牛、使用牛，处处离不开牛，一方面，在对子女的期待上都想方设法让他们抛弃牛、离开牛，与牛越远越好；一方面，人们崇拜牛，敬重牛，赞美牛，把牛当作神一样供奉，一方面却又诋毁牛，蔑视牛，看不起牛，也看不起与牛打交道的人。这些矛盾而陈旧的观念根深蒂固，积重难返，影响和支配着一辈又一辈人的言行。

仔细琢磨，这种爱牛又鄙牛的意识，皆源于长期封建思想所产生的自私心理和狭隘偏见："万般皆下品，唯有读书高。"读书"高"在那里？从正面理解，读书获得知识，增加文化，开阔视野，提升修养。但从现实人们追求的意义来看，读书"高"在"书中自有千钟粟，书中自有黄金屋，书中自有颜如玉"。"高"在"劳心者治人"，弄牛者，只能"劳力者治于人"。如果读书只是为了追求"黄金屋""颜如玉"，那他装的一肚子墨水还不如我小时候漫山遍野捡的一堆牛粪。"朝耕及露下，暮耕连月出。自无一毛利，主有千箱实。"这才是读书人应该崇尚和追求的目标与精神，即牛的精神。那是一种勤奋的精神，一种奉献的精神，一种为人类服务的精神，因此也是一种伟大的精神。在我心目中，牛的形象就是两个字：伟大。

牛是伟大的永不疲倦的"垦荒者"。牛毕其一生为人们开荒拓地，化土为田。从南国的绵延丘陵，到北国的无垠荒原，从东部的海湖河滩，到西域的黄土大漠，它总是拉着一张老犁或一辆破车，默默耕耘在广阔的大地上。云南、广西、四川，那些拾级而上，直抵云天的高山梯田，一道道，一排排，明镜似的亮在眼前，就像一抹彩虹悬在天际苍穹，人们已不把它当作普通的田地，而是作为人与牛的共同杰作——一幅天造地设的艺术品，载入世界历史文化遗产。近年来，党和政府一再强调，要保护好中国十四亿人赖以生存的底线即十八亿亩耕地。从一定意义上讲，这难道不是耕牛为我们留下的宝贵遗产吗？

牛是伟大的业绩卓著的"建筑师"。就像所有建筑工地上的工匠一样，牛总是那样吃苦耐劳，勤奋不懈，在华夏大地上帮助人们建设起了宏伟的"农业大厦"。在这座大厦里，你往南看，那阡陌连畴，碧水相映的是"水稻馆"；往北看，那一望无垠，翠绿连绵的是"大豆馆""小麦馆"；往西看，那黄土山峁，雪域高原还有"玉米高粱馆""青稞谷子馆"。你再回过头来，东南西北四周仔细看，还有"棉花馆""油菜馆""红薯馆""蔬菜馆"……谁能说，这当中没有牛的一份卓著功勋？

牛还是伟大的腹藏经纶的"文学家"。它以身体为笔，以血汗为墨，在沧海桑田、山水大地之间，历时数千年，与人类一起合著了一部恢宏巨大的《农耕文明史》。书中有字、有诗、有画，有音、有色、有形。字是那么入木三分，诗是那么情深意长，画是那么清新隽永，音是那么高亢嘹亮，色是那么美丽鲜艳，形是那么生动具象。这是一部最接地气、最富乡韵、最具抒情的史诗巨著，它承载着厚重的历史，记录着古老的文明，闪烁着耀眼的圣光，人们阅读到今天，还没有翻完最后一页。

远去的朋友，人类因你而加足了马力，大地因你而获得了丰收，万物因你而增添了生机，苍天因你而赋予了神韵。

其实，远去又有什么关系！在时间面前，没有什么是永恒的，一切都将成为历史，包括植物、动物、人类，甚至地球、宇宙。在牛来到这个世界之前，比牛更早的恐龙就在地球上生活了若干万年，那时还没有人类呢，世界是这些庞然大物的世界。可曾几何时，一场山火、地震、瘟疫或是人们还不知道的原因，恐龙不也是说没就没了吗！我们只有从挖掘出来的恐龙化石，从各种考古发现中，才知道地球上还有过这么一个祖先。恐龙，你真是祖宗，说来就来，说走就走，也不打个招呼，半点笔墨都没有留下，让考古学家们探索得好苦！

人类呢，从猿人到现代人，中间不也经过若干阶段吗，从爬行到直立，从原始到现代，以后还会怎么进化和发展，人类学家、生物学家都还在研究着呢。根据科学家预测，地球还可存活若干万年，当地球终结的时候，人类将移居何处呢？事物不管如何发展，总得有头有尾。这大概就是历史吧。

朋友，安心走吧。好在菜牛、奶牛还在，人类的食欲深壑是难以填满的；斗牛也在，要不那些闲人游客吃饱了干什么呢，总得找点乐子。菜牛、奶牛、斗牛耕不了地也没关系，这些活早就被机械化、现代化所取代。

至于不会读书的孩子连牛都放不成怎么办？那就更甭担心，可打工呀、送快递呀、做外卖呀。听说有一种智能机器人，只要按照自己的意愿设置好程序，什么苦活累活，轻活重活都能干，而且干得很好。

我期待自己有一台机器人，就像当年我希望有一头耕牛一样！

亲 情

　　父母及亲人就像太阳和月亮，他们在给我生命的同时，不断地给我阳光、空气、水分、营养。于是，我就享受了父亲厚实的靠山，享受了母亲圣洁的慈祥，享受了兄弟姐妹的骨肉深情，享受了妻子"小河淌水清悠悠"的柔情。

　　因为有爱，所以亲爱。

赏　月

　　不知不觉，我度过了 66 个中秋之夜。六六大顺，是个好数字。我母亲真会挑日子，让我在农历八月十五出生，中秋佳节，普天同庆。奶奶说我生下来就有月饼吃，是个有福之人。算命先生说我命中缺木，于是取名就加了个"林"，双木之林。又有口"福"，又加上"林"，世界上就多了一个普通得不能再普通的名字：福林。

　　说来惭愧，66 个中秋，我从来没有正正经经、像像样样、热热闹闹、红红火火赏过月。不是忘记了，就是顾不上，或是没兴致。"星汉淡无色，玉镜独空浮。"赏月，好像与我无关，无缘。

一

　　小时候过中秋，不懂得赏月，嫦娥的故事也听不进去，老是想着吃月饼。吃月饼，就是过中秋节。什么"海上生明月""举杯邀明月""抬头望明月"，都不关小孩的事。

　　那时，月饼是稀罕物。家里是不会专门买月饼吃的，只是母亲、伯母、叔母要到娘家"送节"，或姑姑要来给奶奶"送节"，才带上一斤月饼。那时月饼也不像现在这样，有各种各样的馅，如莲蓉馅、五仁馅、豆沙馅、蛋黄馅、肉松馅等等。我记得我们家的月饼是奶奶做的，叔叔到荷塘里挖来几支藕，把它们剁碎，放点盐做馅，也很好吃。我一次吃了二块，如果奶奶再给我吃，还能吃得下。奶奶说："不能再吃了，还要到亲戚家'送节'呢，再吃就不够了。"我有二个姑妈，都来给奶奶"送节"，家里就有二斤月饼。姑姑送的月饼是从供销社买的，是肉馅，比家里做的要好吃。中秋晚上，我们一家吃了一斤半月饼，一人一小块，我和堂哥的那一块稍大点。还有半斤月饼奶奶放起来了。

奶奶有个放吃食的篮子，悬挂在房梁垂下来的钩子上，那是为了防老鼠，也防小孩。篮子里放的都是好吃的东西，有薯干、花生，还有"猫耳朵"（油炸面食）。奶奶把剩下的月饼也放在里面。那个篮子就是一个神秘的宝库，我总是盼着奶奶把它放下来。有一次，奶奶到姑姑家去了，大人们也出工去了。我一个人在家很无聊，就打那个篮子的主意。篮子挂得很高，我站在小凳子上也够不着。我就使尽吃奶的力气，把边上的八仙桌一点一点挪过来，爬到桌子上还是够不着，又把小凳子放在桌子上，很小心地踩上去，才抓住篮子，里面还有中秋节剩下的二块月饼，还有一小袋花生。我小心地拿了一块月饼出来，慢慢爬下来，躲进房间里一点一点把它吃完了。

吃完之后，还意犹未尽，看那篮子还在空中晃动，八仙桌和小凳子还在那里放着。要不要把那一块也吃了，我心里很犹豫，又想吃，又怕奶奶知道，最后还是经不住美味的诱惑，我安慰自己，一块也是吃，两块也是吃，奶奶骂就骂吧。我把另一块拿在手上，就站在凳子上一口一口把它吃完了。但就在往下爬时，把小凳子踩翻了，我从八仙桌上掉下来，膝盖和手都碰破了皮。我忍着痛，把八仙桌又挪回到原来的地方。奶奶回来，看到我手脚都破了，就问我怎么啦，我说摔跤了。奶奶还炒了一个鸡蛋给我吃。

过了几天，我听到奶奶和母亲在厨房说话。"你没记错吧？"母亲问。"我是放在篮子里的，没动呀。"奶奶答。"家里又没有闹老鼠，怎么就没了。"母亲说。"怪不得这孩子手脚都跌青了。"奶奶忽有所悟。

我听到这里，赶快跑远了。

二

长大后，才知道中秋是个赏月的节日。我对月饼不感兴趣，心中却隐隐约约想着"嫦娥"的事。望着月中那婀娜多姿、长风舞袖的倩影，就想嫦娥会不会下凡呢？

初中毕业后，我回到生我养我的小山村参加生产劳动。作为"老三届"，我有一个光荣的头衔：知识青年。"知识"有多少，只有天知道。"青年"却是名副其实的。离开学校投入到男男女女、老老少少一块儿劳动的广阔天地，感到格外新鲜，分外有趣。而且，我还是他们当中的"文化人"。

村上有二十多个年轻姑娘，我们一起下地，一起干活，一起收工，相互有说有笑，打打闹闹。有的青年男女在偷偷谈恋爱。我虽然不喑男女风情，但也情窦初开，能够感觉出来他们的暧昧，有时为他们喝彩、起哄。我上初中时读过一篇课文《王贵与李香香》，这是著名诗人李季四十年代在陕北写的一首长篇信天游，歌颂王贵与李香香这对青年男女在劳动中的爱情故事。信天游写得非常优美、动情、感人，使我对农村男女青年的爱情理解过于诗意化、浪漫化。当身处其境时，才感到物质的压力远胜过于精神的浪漫，世俗的偏见已超出心灵的自由，父母的意愿要高于儿女的选择。村上男女恋爱，有的谈成了，成为终身伴侣；有的棒打鸳鸯，无果而终；有的酿成悲剧，甚至含恨而亡。在这男女热情的交往和热烈的劳动场景中，有时一种莫名的心绪浮上心头：我的"嫦娥"会不会在这里？谁会成为我的"嫦娥"？

我们刚参加劳动时，由于体力和农活经验的差距，只能算个"半劳力"，拿"全劳力"工分的一半。但劳动中并不都比"全劳力"干得少，如插秧、锄草、拔苗，即使送肥、挑圩、运谷，也是挑一样的担子，尤其是我们这些小青年，争强好胜，挑起担子还要跑得快些，比"全劳力"还要多挑几担。这时，我感觉到有人在关心我。每当我挑着担子从姑娘们面前走过时，一位陈姓姑娘时常低声叮嘱我："少挑些，别累坏身子。"一次劳动中休息时，她还悄悄地给我一个香瓜，这是她已出嫁的姐姐给她妈妈送来的，她给了我一个。我看着姑娘，白净的皮肤、圆润的面容、明亮的眼睛、匀称的身材，心里很舒服。她是队上劳动能手，插秧、捡棉花，无人能在其右。有时我也从家里带些干粑或其他吃的给她。有一次被人发现，大家就起哄，本来一直是大大方方的，反而被弄得不好意思。不知是被大家起哄闹的，还是彼此心有灵犀，再见面说话都有些羞涩，拘束了。可越是羞涩越想见面，越是拘束越想接触，有时到村外看电影，就避开大家，我们单独一起去。这是不是人们常说的劳动摩擦出来的爱情火花呢？

这样的时间持续不长，几个月后，我参军到部队去了，相互也就中断了联系。因为当时年龄尚小，也没有明确关系，又怕人家嘲笑，就没有通信。

三

部队是操枪弄炮的场所，不是谈情说爱的地方，更没有花前月下的机会。我们部队驻扎在革命老区太行山，营区离当年八路军兵工厂所在地黄涯洞才十几里路，距八路军总部只有几十公里。星期天我们步行到黄涯洞去参观，部队还组织我们到八路军总部旧址和平型关大捷战场瞻仰。当时，中国与邻国在边境发生摩擦。严峻的国际斗争形势和革命传统的熏陶，让我们绷紧了战备这根弦，时刻准备上战场。

在这种氛围下，我迎来了在部队的第一个中秋节，也是我人生第十八个中秋之夜。连队放了一天假，食堂改善伙食，每人发了二块月饼，半斤核桃。班长说："今晚赏月吃月饼，尝核桃，也给小黄过生日。"我听了很高兴。

夜晚，皓月当空，星耀苍穹，万籁俱静，山野泻银，一派祥和安宁的气氛。我们在营院刚摆好茶水、月饼，连长不知那根神经拧紧了发条，让值班员吹响了紧急集合号，我们立即全副武装到操场集合。连长队前动员：敌人亡我之心不死，在我边境陈兵百万，我们要防止敌人从空中来、地上来、海上来，还要防止敌人节假日来。现在开始夜练！我们跑步到一山洼处，卧倒在地，进行步枪夜间练习。这个训练项目是在一百五十米外摆一个胸环靶，靶上安装一个手电筒灯泡，灯泡亮三秒灭一次。训练要求是，在灯光亮的三秒钟内瞄准目标，并扣动扳机。

一次赏月让训练给冲跑了，我很扫兴。"露从今夜白，月是故乡明。"月光如水般落在我的身上，在无边的夜空中，在繁星点点的山间，在深深陷入梦境的大地，我的心情在月色中沐浴，在寂静的山野里摇荡，一种思乡情绪油然而生，忽又想起陈姓姑娘，不勉泛起丝丝幽情。我心不在焉练了一会，就一个翻身，仰面朝天，枪口斜对天上。望着一轮明月和满天繁星，我就心猿意马，胡思乱想，眼睛看到什么，心中就默默念叨什么，触景生情，见物编词，不禁就腹内成章：

> 枪口对准星星，
> 星星大吃一惊。
> 你看它，躲躲闪闪，
> 又藏进云层。

星星你别害怕，
我们夜练搏杀。
为防豺狼突袭，
暂且借你为靶。

星星眨眼笑了，
立刻蹦蹦跳跳，
一脚踹开浮云
高喊"向我开炮"！

这不是诗吗？我的妈呀，我成诗人了。又翻过身来，掏出纸笔，趴在地上把它记了下来。第二天整理整理，又请人修改，就以《夜练》为题向《人民海军报》投稿，没有想到被采用了。指导员拍着我的肩膀笑了笑："小子，还行。"

当月亮偏过头顶时，我们才收枪回营。

四

自从《夜练》被采用，报纸上又陆续登了我的一些"豆腐块"，我在连队也受到"重用"，年底被评为"五好战士""学习毛主席著作积极分子"，并准备接任连部文书。

当我人生道路铺满彩虹的时候，一场"沙尘暴"突然而至：在供销社工作的父亲身陷囹圄。一切都被颠倒。我虽然没有被清退回原籍，但入团入党已无指望，更不用说提干。连队原来对我使用的安排一起泡汤。更糟糕的是，家庭生活陷入困境，母亲带着五个妹妹，一个弟弟，靠生产队挣的那点工分，根本维持不了生计。大妹、二妹、三妹都没能上成学，大妹参加生产队劳动，二妹放牛，三妹在家带更小的弟弟妹妹。我每个月七八元津贴费，留下一元买牙膏牙刷、信纸信封，其余全部寄回家补贴家用。

正当危难之际，"嫦娥"下凡相助。陈姓姑娘看到家里陷入困境，便不顾自己父母及亲戚反对，也不管当时政治环境可能给今后带来的影响，愿意和我明确恋人关系，以便帮助母亲料理家务。于是，我们开始通信，我在信封上第一次写下了收信人"陈园妹"的名字。

我可以全部公开我们通信的内容，那叫什么"恋爱"呀，没有一句是谈情说爱，花前月下，卿卿我我，都是家庭困难情况通报和怎么解决的办法，很像时下流行的研究论文："关于当前存在的××××问题及解决对策。"论文一般都是"浅谈""略谈""初探"，我们的通信谈得很具体，很深入，不仅有"研究"，还有行动。比如："妈妈又病了，赤脚医生没有青霉素"，我就要通过连队卫生员找其认识的医师再经过卫生队长批准可以买五支或十支青霉素；"农村买不到肥皂、火柴"，我要自己并发动同乡战友在星期天同时跑驻地四五家小卖部买齐这些东西寄回去；"这个月寄去的钱给弟弟交学费了，没有钱买盐"，我要向战友先借上几元钱以解燃眉之急。如果把我们的通信整理出来，可能是一部实用性很强的"治家理财"教科书，比现在许多论文要实用得多。就是在我们经常"研究研究"下，家里最困难的日子挺过来了。

1975年，我回乡探亲，和陈园妹举行了婚礼。回家之前，在部队借了50元钱，给亲戚买了15元钱礼物，给妻子买了8元钱衣服，用去12元钱路费，给母亲留下5元钱，剩下20元钱举办婚礼。那是我们村当时档次最低，气氛最淡，宾朋最少的一次婚礼。那年中秋节也是在家里度过的，可谁也没有想起中秋赏月这件事。

想起来真对不住"嫦娥"。婚后的日子一样艰难。好在父亲后来平反，经济上解除了压力，但过多的劳作和苦累，特别是孩子出生后缺乏营养和照顾，妻子的身体拖垮了，疾病缠身。一想到这些，我就感到自责和内疚。

写到这里，我真想通过文字和妻子说几句心里话，因为平时从没有也不好表白，且我们也不是那种时尚前卫的伴侣，你恩我爱常挂在嘴上。妻子，从称呼你妻子的那天起，我就幸福着你的幸福，快乐着你的快乐，那对于生命、生活的热爱和激情，又一次因为你而狂热起来；曾充满悲观、忧郁的灵魂，也因为有爱而变得阳光起来；几近沉沦将要熄火的航船，因为有你的加力，而再度扬起风帆。我可以想象出，幸福举着火把在黑夜中向我挥舞着，于是，我就有了梦，有了生活的目标，有了飞翔的空间。在我的世界里，有你，就拥有了幸福。是你的爱，让我学会了坦然；是你的付出，让我知道什么是坚强；是你的温柔，让我懂得爱的真谛。感谢你，妻子！我们终于紧握双手，互相搀扶，走出了那段艰难的岁月。

一晃就人到中年。工作压力、家庭负担、职场竞争、名缰利锁，压得气都喘不过来。许多内心感受，心灵需求被漠视，疏远的又何止是赏月呢。年年岁岁过中秋，岁岁年年何赏月。在这个年龄阶段，不光是我，可能还有更多的人，中秋只是一个平淡的日子，有时孩子们会给这个平淡的日子添点热闹，然后凑个热闹再平淡地过去。我有时都没意识到，中秋还要去赏月？如果那天不是过节，我连生日都会忘记。

五

时间就这么无声无息地蔓延着，不等我们感慨，白发已经爬上了头顶的青山，不等我们品味，很多事情忽然都成为往事。岁月把我们拖进了老年队伍。如今，月饼不敢吃了，嫦娥也不去想了，心里老惦记着那"兔子"，是红烧呢，还是清炖好？我得琢磨点新东西。

退休以后，赋闲在家，进厨房的机会就多了。妻子很开明，权力下放，锅铲移交，我从写字台转岗到灶台。我的烹饪手艺不行，但坚持两条基本原则：一是整干净。不管什么菜，都反复洗涤，蔬菜要一片一片叶子洗，鱼要把腮和肚子里的东西都除尽，特别是鱼肚子里面那层黑皮，电视上都讲了那东西对人体有害，我要用刀把它刮干净；鸡和鸭要把毛一根一根拔干净。二是要煮熟。不能生吃，半生也不行，因此我做的饭、菜都比较烂、软。妻子清规戒律比较多，做菜不让放味精，少放油和盐，酱油也要少放。那菜里还能放什么呢？我就多放大蒜、花椒。我在部队养成了吃花椒的习惯，炊事班长是四川人，不管做什么菜，都抓一把花椒扔进去。我依法炮制。小孙子吃饭时，有时咬到花椒，眉一皱，嘴一咧："爷爷做的什么菜呀，真难吃！"我赶紧帮他把花椒夹去，说"你吃肉"。我的心理承受能力特别强，尽管徒劳无功，但总是乐此不疲。

如今，妻子加强领导，又把赏月的事提到议事日程，说今年把孩子都叫回来，好好地赏个月，庆贺庆贺你的生日。现在有时间了，经济条件也好了，孙子都大了，也没啥牵挂了，可以也应该好好地赏个月。我提前一个月就做好了准备，买了好几种月饼，有水果的、蛋黄的、肉松的、豆沙的。还准备了两瓶好酒：五粮液。还有好茶：龙井和云雾茶。到中秋之夜，要清清爽爽、利利索索、高高兴兴、痛痛快快地赏月。

朋友，你愿意和我一起来赏月吗？！

父亲是一座山

清明前的一场倒春寒，结束了父亲的人生之旅。

父亲离开我们的时候，刚满七十岁。民间虽有"人活七十古来稀"的俗语，但我们还是惋惜父亲走得太早了，儿女们还没有好好地尽孝心，却"子欲养而亲不待"。

可医生却认为父亲能活到七十岁是个奇迹。父亲患严重的肺气肿，心肺功能已经衰竭，医院下了几次病危通知书，却一次又一次逃脱死神的围捕。村人也说父亲福大命大，可最终还是没有抵御住寒潮的侵袭——那是上世纪最后一个春天的最后一次寒潮。

父亲的一生，不知经历了多少苦难、磨难和灾难。

一

父亲是在苦水中泡大的。

"少年丧父"，人生三大不幸中的第一不幸，过早地落在童年时代父亲的身上。祖父病逝时，父亲才六岁。父亲兄妹五个，他排第三。上面有一个十岁的哥哥，有一个姐姐生下来就送给邻村一户陈姓人家当童养媳。同时，又带了一个童养媳，就是后来我的伯母。下面还有三岁的弟弟和一岁的妹妹。祖母带着五个孩子靠给人家浆洗缝补和租种二亩田地度日，那苦楚可想而知。

实在熬不下去了。两年后，祖母一咬牙，让伯父跟一个亲戚去学熬硝，让父亲去学篾匠，最小的姑姑送给人家收养了。

从此，八岁的父亲开始了篾匠学徒的生涯。

当我来到人世间，已经懂事的时候，父亲才慢慢地告诉了我他的过去。

篾匠师傅姓王，他家离我们村有八里路。平时做活在两种地方：上户做工不固定，有远有近；不上户时就在师傅的烟屋里做工。烟屋是农家种烟专门用于晾晒烟叶的房子，都盖在比较偏僻的地方，如山坡上、田地边。白天跟师傅在一起，村上人也时常走动，倒不显得孤单。夜晚师傅回家睡觉，只剩父亲一人独守烟屋。夜深人静，月黑风高，豺狗、狐狸、鸟禽的叫声传来，吓得父亲缩在角落，抖作一团，不敢哭，也不敢叫，哆哆嗦嗦，恍恍惚惚，惊恐到天明。父亲说，如果白天村上人来聊天，讲些鬼怪故事，晚上就更害怕了，常常被噩梦惊醒。每到夜晚，父亲身边就放一根棍子，以防野兽和鬼怪袭击。

学徒先做三年工。当学徒并不是一来就学手艺，先给师傅家做三年家务，挑水、劈柴、做饭、喂猪，什么都得干。一天，父亲提着刚烧开的一壶水，一脚没踩稳，人摔壶翻，开水把右膝烫伤了，满脚都是水泡，很长时间走路一瘸一拐。此后，父亲就多了一个名字："燕拐子。"他的大名黄燕生再也没人叫了，甚至父亲自己在很长时间都忘记了自己的大名。他的右脚被烫伤了的皮肤，就像一块被揉皱了的塑料膜，皱巴巴的伴随他的终生。

比家务还累的是扛竹。过去，篾匠家里都会存放几十根竹子备用。竹排一到，父亲便从湖边把竹子一根根杠到烟屋，一趟四五百米，一根老竹六七十斤重，父亲瘦小的身体压得更加收缩。加上生活上饥一顿，饱一顿，有一餐，无一餐，营养严重不良，儿童时期的父亲身体就没有舒展发育起来，以至于到了成年，身高才一米五多点，体重才九十来斤，又矮又黑又瘦。

黄昏过去，夜幕降临，烟屋重新回到孤寂的世界，父亲继续着无尽的噩梦。

二

父亲当了五年学徒，又回到祖母身边。开明的祖母，不管生活多么艰难，都要让儿子读一点书，学会识字算数。在那艰苦的日子里，父亲、伯父、叔父都有一阵、无一阵读了一二年私塾，且都很努力，识字不少。后来新中国建立，他们成了村上的"文化人"。土地改革，搞合作化，成立人民公社，伯父、父亲都是积极分子，后来还当了干部。

父亲先后担任过公社团委干事、团支部书记、供销社副主任。他平时都在单位忙碌。我小时候和母亲、祖母在一起时间多，和父亲在一起时间少。那时父亲在我印象中，总是皱着眉，捂着肚子，药瓶子不离身。父亲患有严重的胃溃疡。

疾病常常折磨得父亲寝食不安。平时饭硬一点，凉一点，他吃下去都会有立竿见影的反应，因此，平时吃稀饭比较多。父亲在公社、供销社工作，经常下乡，吃饭不可能像在家一样，做得又软又稀，有时候，就有人捎信到家里来，说父亲在哪个村病了，母亲就赶过去照顾。有时候父亲忽然被人扶着送回来。我家的桌子上，总是摆着"胃得安""胃舒平"等药品，我上小学时对这些药就很熟悉。有时候父亲也服用中药。一到傍晚，我就端着熬过的中药渣子，倒在十字路口。乡村有一风俗，药渣子倒在路口，病就会被风吹走。

父亲的病总是牵着全家人的心。有一年大年三十，父亲准备杀鸡，我和妹妹高高兴兴地等着拔鸡毛做毽子，父亲突然胃病犯了，用手紧紧顶着肚子，豆大的汗珠往下滴，吃药也止不住痛。母亲只管流泪，祖母在一边叹息，一家人手脚无措。那个年过得很不愉快。

父亲只要身体好一点，就回到单位工作，母亲劝他再歇一天，他说："生病本来就耽误了事，还能歇？"祖母就唠叨："工作、工作，命也不要了！"

疾病只是使父亲身体更加衰弱，但没有压垮他的意志和干劲。那些年，我不知道父亲在单位具体干什么事，有哪些成就，我看到他带回许多奖状，有"先进工作者""优秀党员"，还有写着"奖"字的带塑料封面的笔记本。有一本我拿到学校去用，同学们都抢着看，那是我们第一次见到带"皮"的红色笔记本。

三

真正让父亲感到压力重大的，是一大家子人的生活。

我弟妹七个，加上父母、祖母，十口之家，只靠父亲那每月二十九元五角的工资和母亲一点工分，人均生活费不到三元钱，而且我和妹妹还要上学。那时，生产队粮食产量也低，每年有四到五个月要吃国家返销粮，一个月买粮就要三十多元钱，总是青黄不接。为了生计，父母商量，决定养一头母猪。母猪一年能生二三窝仔，一窝十只，就能卖一百多元，一年就有三百多元的收入，尽管人累些，成本高些，但比养肥猪划算。

父亲买回了母猪苗，这是一头黑背白肚的花猪。父亲说："这猪身子长，奶头多，脚杆高，下仔就多。"他像对待孩子一样，只要在家，就自己提着食桶，一瓢一瓢地给猪喂食，看着猪吃完。然后，就在猪肚皮上挠痒痒，母猪就顺势躺下，在太阳底下，哼哼唧唧，陶醉得像喝了米酒似的。父亲蹲在地上，长时间地用两只手轮换着给猪挠痒痒，眼睛静静地盯着猪舒舒服服享受的样子，妹妹喊他，他也没听见，估计是盘算着母猪能给家里带来多少收益。

母猪受孕以后，更是呵护有加，隔两天就给猪圈换一次干稻草。有时，父亲给我二元钱，让我到二十里外的县城去买米糠。我挑着竹箩，一早就去县城，到太阳下山，我挑着五六十斤的米糠回到家里。邻居就和父亲开玩笑："你为了养猪，就不怕累坏孩子？"父亲摇头苦笑。

秋风萧瑟。村人都到鄱阳湖草坪上采藜蒿和野菜，以备足冬天的猪饲料。父亲只要有空，都要挑着篓子去。到坪上来回要过渡。有一次打猪草回来，渡船超载，又起风浪，船往一边倾倒，幸好快到岸边，父亲浑身湿透，冻得发抖，还是把猪草挑回家里。晚上，又是胃痛，又是发烧。

母猪快要下崽了，那是一家人的希望，也是一年辛辛苦苦付出的回报。父亲提前两天就做好了准备，给猪圈换了新草，还买来豆渣给母猪催奶。那天下午，母猪就要临产了，先是焦躁不安，在猪圈里转来转去。放出猪圈后，母猪喘着大气，忽高忽低哼叫着。后来躺在稻草上，一阵痛苦的挣扎，终于滑出一堆淡红色、黏糊糊的肉团，一只小猪拱动着。父亲脸上就乐开了花。过了一会，又出来一只。当滑出三个肉团后，再也没有动静了，父亲脸色就阴了，蹲在一边默不作声。第一窝猪崽就严重亏本。母亲在一边流眼泪，埋怨老天爷和苦命人作对。父亲站起来，对母亲讲："哭什么，再养。"

不知是母猪种苗问题，还是配种受孕问题，四个月后，第二窝生下来只有四只。家里亏大了。父亲还向同事借了一百元钱债。

对待困难和挫折，父亲淡然而又坦然，就像对待疾病一样，咬咬牙，就挺过去了，从不怨天尤人，也不乱发脾气，更不灰心丧气。他对母亲说：

"怨有什么用，还得干，干了才有出头之日。"他从养母猪的失败中总结教训，还要东山再起。

没几天，父亲把母猪卖了，又买了两头猪崽。他还是像以前一样，只要在家，就提水喂食、打扫猪圈、给猪挠痒。年底，两头猪都出栏了，卖了一百二十多元钱。这在当时，也是一笔不小的收入。

四

比疾病折磨、生活压力更大的灾难还在等待着父亲。

1969 年底，我接到入伍通知书，临走前一天晚上，父亲给我忆苦思甜，又把过去的一肚子苦水倒了一遍，并给我提出两条要求：当"五好战士"，争取入党。父亲一再重复："在部队要争口气啊！""争口气"是父亲的口头禅。他对子女有什么希望时，就说要"争口气"，我们有什么事情没做好，如学习退步了，就说"不争气"。

昏黄的灯光下，我看着父亲殷切的目光，突然发现，刚满四十岁的父亲，两鬓已爬满了灰白的头发，额头也有了我先前未留意过的深深的皱纹。疾病的折磨，生活的重压，使父亲过早地苍老和憔悴。我忽然感到自己不能原谅自己，因为我几乎忘记了时间是如何在长辈的身上进行嬗变，忘记了光阴是如何在父母的脸上由浅变深。虽然儿女的长大，总是以父母青春的流逝和沧桑的加速为代价的，虽然这过程总是在人们不知不觉中悄悄地进行，没有人能够阻挡得住，但我觉得还是我们这些晚辈们夺走了父母的青春。

我没有辜负父亲的期望，参军第一年就被评为"五好战士"，并作为连队"五好战士"代表准备出席师机关表彰大会。可就在这个时候，地方一纸公文寄到部队，父亲身陷囹圄，被判刑十年。我怎么也不敢相信，父亲怎么会成为人民民主专政对象？从土地改革、合作化到人民公社、大跃进，父亲都是积极响应党的号召，平时生活那么拮据，长年带病坚持工作，"三反""五反""四清"，历次运动都过了关，怎么一个晚上就变成敌我矛盾？当头一棒把我打得晕晕乎乎、恍恍惚惚。我不知道自己是怎么度过那段时光的。

不久，部队有两名干部到我家乡公干，顺便向有关部门了解我父亲的案子，感到很蹊跷，回队后向领导汇报，说我父亲的问题有可能是个冤案。于是，我有了一次休假的机会。

回到家，才明白父亲是一场派性斗争的牺牲品。

我和妹妹一起到江西省第一劳改农场探监，见到父亲，他已经骨瘦如柴，面色苍白，腰也佝偻了。父亲见到我的第一句话："我是冤枉的，有人在整我！"接着又说："他们列举我的罪状，我从来就没承认，我一直在申冤，我要申诉到底。"父亲沉闷的话音吐出心中的愤愤不平，衰弱的身体支撑着一个强大的意志。

我看着形容枯槁的父亲，心里一阵绞痛，先问他的身体情况，他说："胃还是痛，咳嗽也很厉害。"我让他先安心劳改，坚持吃药。我搞清情况后会坚决申诉的。

找了父亲的同事和领导，基本情况清楚了，父亲的案子是县联社驻双港供销社宣传队承办的，由县军管会批准判的刑。具体罪状，更是荒唐之极。如听港台播出的黄梅戏，定为"收听敌台罪"；借了六十元公款（有借条）定为"贪污罪"；值班打扑克，输者买饼干定为"聚众赌博罪"等。于是，我和父亲一起向上申诉。部队组织和领导也支持我申诉，并多次派员或写信要求地方法院给予重审。

申诉的道路非常曲折艰难，由于原办案人员错综复杂的人际关系，一直没有立案。我先后向县、地区、省和最高法院写了五十多次申诉信，部队十几次派人或写信催促，直到 1978 年，县法院重新审理后，才予以平反。此时，父亲已蹲了九年大狱，身心均遭受严重摧残。

我到劳改农场把父亲接回家，父亲已病得奄奄一息，身体极度虚弱。但父亲一直没有低头屈服，性子仍然那么刚烈。

五

平反后的父亲，已是多种病魔缠身，原来的咳嗽已转成肺结核，因没有得到治疗，又患上肺气肿。胃病进一步加重。肠道又梗阻。每天痛得在床上蜷缩成一团。

我第一件事，是带父亲到海军总医院做了手术，把肠梗阻问题解除。然后进行结核治疗。父亲经过半年多的吃药调理，肺部结核已经钙化，胃病有所改善，慢慢又能上班和劳动了。他在乡棉花收购站上了两年班，便提前办理了病退。

父亲的性格还是那么倔强和要强。退休后，每天都扛着锄头下地劳动一会儿，把家里的菜地侍弄得瓜果满园。他还在离老屋不远的地方，做了一栋新屋，帮工、打杂都是自己做。而这一切，事先都没有告诉我，没有让我回去帮忙，更没找我要钱资助。当我回到家里，一栋崭新的房子立在眼前。我说你不该一个人操劳，他总是说："你工作忙，家里的事不要你操心。"

父亲心地善良，待人诚恳，乐于助人。他常对母亲讲，都是乡里乡亲，能帮上忙就帮一把。还是我参军前，村上有一户富农，家里八九口人，大队把他家一头肥猪没收了，供销粮买不回来，揭不开锅。父亲把我们家准备买返销粮的十元钱悄悄地借给了他，自己另想办法。父亲受难时，村上也有不少好心人对我家给予关照。父亲平反后，国家补助了三千元工资，村人找上门来借钱，父亲都满足了他们的要求。

　　由于体质太差，父亲肺气肿越来越厉害，先后三次住院治疗。第一次是春天，父亲喘不过气，嘴张得像风扇，呼哧呼哧地响，靠插管呼吸。住了半个月院也没让妹妹告诉我。第二次是深秋，情况比第一次严重，全身肿得像个气球，胸部切开几个口子，用软管排液导气。我们赶到医院，父亲臃肿得人都脱了形，连喘气的力气都没有。医生告诉我，父亲的心肺功能已经衰竭。经过抢救，慢慢又缓过气来了。在住院期间，妻子天天陪在父亲身边，洗脸、洗脚、喂汤、喂药，父亲几次流泪对去看他的村人说："媳妇、儿女都这么孝顺，我真舍不得走。"人们就劝他说"会好的"。父亲含笑点头，其实他心里非常明白自己的身体是什么状况。

　　父亲第三次住院是春节后，我们正好在家，情况和第二次住院时一样，肺腔气出不来，全身都肿了，又是在身上切口子、插管子、输液打针。医生让我们准备后事，但是父亲好像专门和死神对着干，过几天，又有好转。出院后还能走到院子里晒太阳，说话很吃力，只是微笑着听我们说话。那天，我们要离开，父亲用幽远怅惘的目光久久地看着我们，似乎有什么话，欲说未说。妻子说："等你身体恢复一下，我们接你到九江去。"父亲点点头。但是，就在我们离开家的第三天，一个倒春寒，让父亲撒手人寰。那天成了我们的永别，再也没有"以后"的机会了。

　　在父亲去世的日子里，我一静下心来，眼前总会出现父亲的形象。我就想，一个那么瘦小、羸弱的身体，怎么蕴藏着那么巨大、坚韧、顽强的毅力和意志？生活的苦楚没有压倒他，疾病的磨难没有压垮他，人生的迫害没有压服他。相反，历经艰难的父亲意志愈加坚强，毅力愈加坚韧。这不就是他常说的"争口气"吗？人生于世，成博一气，气壮则事成，气馁则事败。一个人，一个家庭，一个民族，一个国家，不都是为了要争一口气吗！我这才读懂了父亲，才明白父亲留给我的精神遗产"争口气"是多么宝贵！在我心中，父亲就是一座山！一座历经沧桑的大山！一座永不气馁的大山！一座伟岸挺立的大山！

夜阑人静，仰望天空，星光若菊，我呼唤着父亲——魂兮归来。

又是一年清明节。我又来到父亲坟前，添上一抔新土，敬上一杯米酒，点上一对香烛，献上一束鲜花，愿父亲天堂安详！

真爱无声

　　父亲一生都在为养家糊口而操劳。可是，让我刻骨铭心的，还是年少时父亲两次买橘子的事，一想起来，心中就有无限的感激和思念。

　　还是我上小学的时候，有一天傍晚，父亲满头大汗从外面回来，手上提着一个沉甸甸的用黑色土布缝制的袋子。

　　一进门，父亲就说："都来尝尝这南丰蜜橘，很甜。"

　　母亲接过布袋，把它打开，里面露出一个个如核桃大小的金黄色的橘子，圆圆的，软软的。母亲把橘子全部倒在晒筐里，下面有的挤破了，渗出晶莹的汁液。

　　我从来没有见过橘子，更没有吃过橘子，剥开一个，尝了一瓣，一下子甜到心里，就把整个橘子全塞到嘴里去了。

　　父亲一边擦汗，一边说着橘子的来历。

　　父亲到抚州找一个民间中医看病，完后在街上看到一摊一摊卖橘子的，吃了一个味道很好，就想让孩子们都尝尝。于是，便把买车票剩下的八角钱买了八斤橘子，找卖橘子的人要了一个旧布袋子，提着回家。

　　那时候交通不便，从抚州回家要坐七八个小时汽车，道路崎岖，颠簸厉害，而且当时的公共汽车是由卡车改装的，车内没有行李架，物件都放在车顶上。父亲怕橘子压坏，就一直捧在手上。到了县城离家还有二十里路，也是提着走回来。

　　"你把钱都买了橘子，一天都没吃饭呀？"母亲责怪说。

"不饿。"父亲坐在一边，开心地看着我们吃橘子。"只是胃颠得有些痛，流虚汗。"父亲继续说。

父亲是个老胃病，久治不愈。听朋友说外地有个老中医，祖传秘方，专治胃病，就慕名而去。结果带回几张中药处方和一袋南丰蜜橘。好像这次远行不是去看病，而是专门给我们买橘子。

一个老病号，几百里路程忍痛挨饿，抱着一袋橘子回家，这分明是父亲的一片苦心。一种庄重感和亲切感在心头油然而生。我一改狼吞虎咽的吃相，将橘子一瓣一瓣往嘴里放，慢慢地品着、嚼着、吮吸着橘子的甘味。

那天晚上，我们全家在灶间昏暗的灯光下，吃着父亲带来的蜜橘，心里无比温馨，父爱的甜蜜远远超出橘子的甘味。这是我第一次吃橘子的感受。

我再一次尝到蜜橘，是若干年后参军出发的那天上午。

那年冬天，我体检合格被批准入伍。母亲和奶奶舍不得我出远门，流着眼泪。父亲却很高兴，一边劝导她们，一边帮我收拾东西，做出发前的准备。

那几天，父亲的胃病又犯了，总是捂着肚子，人很消瘦，就在家里伴着我，不时又吩咐几句："在部队要好好干，你是男子汉，要争一口气。"

父亲把我从家里送到大队，从大队送到公社，从公社又送到县里。

从县城起程那天，广场上停放着三十多辆卡车，送行的家属、亲友、群众人山人海，挤满了广场。父亲一会儿给我整整帽子，拉拉衣服，一会儿叮嘱我"不要想家"。可他自己情绪却很低沉，话语不多，不像前几天，唠唠叨叨，脸上堆满笑容。

我们新兵整队上了汽车，回过头来，却不见了父亲。我东张西望，眼睛一直在人群中寻找，也没见到他的踪影。接兵干部说，队伍五分钟后出发。可是我还是没有见着父亲。

时间一分一秒地过去。我站在车厢上，眼睛从远到近，从近到远，到处眺望，还是没有看到父亲。其他新兵都在车上和亲人挥手道别。我心里非常焦急，傻呆呆地望着涌动的人群。

车子发动了，就在这时，父亲满头大汗，提着一个网袋挤到车边。我一看，是一袋蜜橘。父亲说："我想起来你喜欢吃橘子，就到街上买了一些，还好赶上了。"

我接过父亲递上来的一袋蜜橘，眼睛就发涩。多年前我尝橘子的吃相原来一直刻在父亲的心上，当我要远行时，他就想起儿子喜欢吃什么，并想办法满足我，让我的愿望迅速变为现实。

车子开动了，望着父亲瘦弱的身体和温和的目光，我两眼泪水夺眶而出。

一路上，我与战友分享着父亲买来的橘子，橘子还是那么甘甜，可真正让我感到甜蜜的，是父亲的真情。父母那代人，对儿女爱得那么真切，那么深沉，那么丰盈，可从来都不说"我爱你"，终其一生也没说出个爱字。他们的爱意就像涓涓细流，无时无刻不在心头流淌。我从他们身上感受到：爱是通过细微的事情做出来的，不是挂在嘴上说出来的。

现在有些电视节目宣传，爱要大声说出来，这当然是表达爱的一种方式。而用默默无闻、润物无声的方式，从点点滴滴细小的事情中表达爱意，比说在嘴上的爱要更伟大，更厚重，更实在。

我的父母对爱的表达讷于言而敏于行，再细小的事情，也能感受到他们爱意的表达，再贫穷的生活，也因为这种表达而体会出幸福的滋味。

幸福，原来是渗透在日常细小的事情中，只要用心体会，寻常的生活也会变得不寻常，平淡的日子，平凡的人生，也会充满美好、甜蜜和爱意。

时光荏苒。不管我年岁如何增长，不论我生活有何变化，每当想起父亲两次买橘子的事，心中依然热潮澎湃。橘子虽然很小，可它蕴含的父母的真情却恩重如山；橘子价格不贵，可它传递的父母的真爱却价值千金；橘子的甜蜜也是一阵子，尝过也就过去了，可父母的深情蜜意却一辈子留在心头，永远不会逝去。

除夕夜思

一转眼，又到了年末岁尾。

时光就像脱缰的野马，你在后面使劲地拽呀、拽呀，嘴上大喊"停下、停下"，甚至求助路人"拦住、拦住"，但野马还是风驰电掣，一跃而过，一下子就从年初窜到年关。

狗年除夕仿佛就在昨天，"汪汪"的吠声不绝于耳，猪年就哼哼唧唧拱着脚背，一股温湿的气味沾满裤腿——猪年除夕就这样冷不防地到来了。

我凝视窗外，街道华灯初上，霓虹闪烁，五彩缤纷。甘棠湖四周矗立着一幢幢高层建筑，每一幢建筑都布满灯光，就像一幅巨大的屏幕，流光溢彩，变幻无穷。那用灯光雕刻的画幕上，一会儿鹰击长空，一会儿鱼游水底，一会儿山花烂漫，一会儿碧草连天。倒映在水中，甘棠湖畔就出现两座城市：地面站立一座，水下倒立一座。它们像一对孪生兄弟，玩着脚板倒立的游戏，同时眨着眼睛，同时挥动手臂，以同一样的颜色、表情、动作、声波在欢度除夕之夜。我做了一个扩胸运动，下意识地拓宽周围的空间，生怕被两座倒顶着的建筑挤压了自己的身体。

电视上，猪年春节晚会拉开帷幕，和往年春晚一样，都是大红的灯笼，大红的服装，大红的场面，大红的少男少女载歌载舞开场。我听了几首歌曲，有点喧闹，又移目窗外。大概是人们都回家过年看春晚去了吧，平时车水马龙、行人熙攘的南湖大道，难得车少人稀，片刻沉静。道路两边高大的梧桐树，落叶飘零，前几天被大雪压断了不少枝丫，园林工人又剪去一些，只剩几支光秃秃的树丫在寒风中摇晃，发出"沙沙"的声音。

花儿谢了，还会再开；小草枯了，还会再青；树桠砍了，还会再发新枝。我们的日子匆匆过去，还会再来么？我望着梧桐树，无端地伤感起来。一年又一年，春节来得这么快，不知不觉就花甲过半，直奔古稀。在这二万四千多个奔跑如飞的日子里，时间都到哪里去了？未来还有多少时光，又这样匆匆流失呢？唉，难道就像诗人徐志摩所讲的："我轻轻地走了，正如我轻轻地来？"这大过年的，倒郁闷起来了。

小时候盼过年，过一年，大一岁；人老了怕过年，过一年，少一年。小时候哭着哭着就笑了，老了后笑着笑着就哭了。过年的心境不一样了。

"爷爷，快来看电视呀，小品多好看哪！"小孙子稚嫩的童声把我走神的思绪拉回到春晚。我坐在沙发上，就说："过来，爷爷给你压岁钱。""刚才奶奶给过了。"孙子说。"我们玩点新潮的，在微信上抢红包。"孙子听说抢红包，丢下电视不看，赶快拿出手机来。我从"钱包"上按出八百元，分成六份：两儿两媳两孙，让他们去抢。远在浙江姥姥家过年的大孙子也参加了抢红包。孩子们一片欢笑和喧闹声，把除夕的气氛推向高潮，也把我和妻子乐翻了天，接着又发出八百元。这往外砸钱比挣钱还要兴奋。

孩子们的欢声笑语也把我带进童年。小时候过年的欢乐情景，一幕幕在脑海中浮现。

几乎在我上中学之前，每到农历腊月，便怀着亢奋的兴情期待过年，好像一株嫩绿的月季，顶着苞蕾，等待着开花。一放寒假，一颗心野到天边去，冲着杀年猪的喧闹、打糍粑的芬香、放鞭炮的响亮、贴对联的欢笑，成天东奔西跑。接着是大年三十的压岁钱，大鱼大肉的解馋，新衣新帽的亮丽，跑前跑后的拜年，都让我高兴得不亦乐乎。就盼着自己快快长大，就像雄鹰一样，能够展翅飞翔。小时候过年，一切都是快乐的。

最令我难忘的，还是小学二年级的时候，可能是那年的年景分外好些吧。除夕晚上，我收到长辈们不菲的压岁钱。先是母亲给了五角，接着伯母五角，叔母五角，奶奶三角。拜年时姑姑给了三角，特别是十几年没添过一件新衣服的外婆，也从买盐的预算中给我省出二角钱。我一共收到二元五角压岁钱。后来母亲用这笔钱给我买了一双球鞋、一支钢笔、两本连环画，还有一把糖果。这些压岁钱扎扎实实地刺激了我读书的积极性，我也以较好的学习成绩给以回报，可算是精神物质双丰收。那年味真的是刻骨铭心。五十多年过去了，我还记忆犹新，时常想起。

稍长大些，特别是"上山下乡"以后，过年就显著不同了，会在年夜饭之后，一个人闷闷地喝几口家酿的米酒。想起一年来的种种事情，开始了家境的思考，开始了前途的忧虑，品味着生活的重压。我也开始知道人生除了快乐，还有忧心。特别是看到父母为了全家生活而省吃俭用，拼死累活，任劳任怨，就体会到岁月的艰辛，日子的不易。

再往后，当我走向社会，家庭又遭遇挫折的时候，过年恰恰是百愁难解，百感交集的时节，开始知道了命运，好像命运已铺设了许多陷阱和圈套，等着你一步一步往前走。有那么七八年，过年就像过关一样。人家过年探亲访友，家人团聚，我过年必不可少的是探监，看望多灾多难、疾病缠身的父亲，年过得凄凄惨惨。尽管如此，我还是憧憬过年，一是坚信"来日方长"，再大的灾难也会挺过去；二是盼望父亲早日回家与家人团聚。我把苦难当作时光老人对我的考验，是涅槃重生的机会。我相信一年会比一年好，希望一定会大于失望。过年心情不一样，但春节还是一个接一个地过，生活在一天一天地煎熬，生命在一点一滴地消失。

"爷爷，你想什么呀？"孙子见我不那么专心看电视，就递过来一块巧克力。

我再次回到现实，继续看春晚节目。看着孩子们幸福的笑容，我心里涌上一股热流。现在生活多好呀！不愁吃，不愁穿，儿女们都有自己的事业，家里房子宽大，电器设备齐全，日子过得舒坦，干吗要老去想那些不愉快的事情？

我站到阳台上去透透气。

命运之神不会总让一个人陷在泥潭里，终于伸手拉了我一把。后来父亲平反。那一年除夕之夜，我们一家和奶奶、伯父、叔父全家祖孙四代二十几口人团聚。我痛饮了一壶老酒，以地道的农家谷酿浇去多年来积攒在心头的忧愁和苦楚。以后每年春节，我精神上的愉悦远大于物质上的享受，当年借以自慰"一年会比一年好"的愿望，变为现实。

我一边欣赏晚会节目，一边和孩子们继续聊天。聊社会的变革，聊家庭的变化，聊各人的愿景。聊着聊着，就说到现在年味越来越淡了。看到孩子们一边玩着手机，一边有一眼无一眼地看着电视，我再次陷入沉思。

现在生活条件好了，平时吃的、穿的都和过年差不多。特别是年轻人，今天烧烤，明天火锅，后天又不知是什么时鲜，经常变着花样下饭馆。衣柜里新衣服穿不完，这件刚穿一两次，又买了新的。如果再把"穿新衣、吃美食"当作过年的期盼，那年味早就在日常生活中稀释殆尽。传统的方式需要创新。可过年仅仅就是一年一度的民族"美食节""服装节"吗？过年的意义就是一顿丰盛的夜宴吗？我仿佛看到民族精神的土地上一片苍茫。

于是，想起作家冯骥才讲过的话：年味，既是物质的，也是精神的，它不仅是物质的丰盛，更是文化的传承。年文化的内涵就是亲情、团聚、祥和，它凝聚人们对生活、对生命的所有美好的祝愿。作家说得真好。过年就是团聚，它通过各种传统的方法与形式表达人们对生活的愿望、感情与追求。无论是贴对联，放鞭炮，吃年饭，还是祭祖、守岁、拜年等等，这些年文化的方式代代延续，就是一种文化的传承，它包含着无比强大的民族亲和力、凝聚力、生命力，这是中华文化的至宝。

正因为过年本质上是一种精神的凝聚和喜庆，所以才有亿万在外务工、读书、从业的人们提着大包小包，不辞辛苦，日夜兼程赶回老家过年的举世罕见、规模宏大的春运奇观；才有因为不能回家的游子在他乡异地对亲人牵肠挂肚、万般思念的孤寂；才有老父老母起早贪黑，忙前忙后，明知吃不下，也吃不完，仍然做出一桌丰盛饭菜的忙碌。这浓浓的年味，其实是被我们对民族文化价值的冷漠，对春节传统内涵的无知，对人们精神生活需求的忽视所消解了。

不去体会，哪知年味。我给孩子们讲了上述道理。他们似有所悟。孙子冒出一句俏皮话："这是好日子的苦恼。"全家都笑了起来。

过年的钟声已经敲响，窗外传来辞旧迎新的鞭炮声、欢呼声。是啊，年味就是一声声鞭炮响彻天地，一朵朵礼花空中飞舞；是一个个灯笼挂上屋檐，一副副对联贴上墙壁；是一件件新衣穿戴身上，一句句祝福口耳相传；是一道道晨曦划破夜空，一阵阵欢呼请出红日。

年味不会自生！

年味需要经营！

年味在于领悟！

年味，在懂得用心感受人的心里，会随着时间的延续愈加醇厚，浓郁绵长！

清明的怀念

人间四月春意浓。

这是一个草长莺飞，花团锦簇的季节。空气中布满了生命的奶香。枝在发，叶在长，花在开，鸟在鸣，虫在唱……春色逼你的眼，撩你的心，你不想美都不行！

可是，苍天却在这个月安排了一个忧伤的节日——清明节。"清明时节雨纷纷，路上行人欲断魂。"一场悲伤哀愁的剧目，就在百花争艳的舞台上演，这与春的背景太不协调，让你的心情有些无所适从。

我驱车来到家乡，走进院子，被一树桃花差点惊个趔趄。那桃花烂漫得有些吓人，一朵朵，一串串，一团团，燃烧起来，从树上一直燃烧到地上，满地落红。"人间四月芳菲尽"，这晚开的桃花却还在争春，似乎在抓紧最后的时光，疯狂一把，后发制人。

一颗心就被揉碎了。

二十年前，父亲就是在清明前的一次倒春寒中离开我们的。每年清明，我都要带着妻儿回家祭祖，来到父亲坟前，添上一抔新土，献上一束鲜花，表达对父亲的怀念、追思、感恩之情，同时，也祈祷父亲在天之灵，庇佑他的儿孙们平安、顺利、吉祥。香烛点燃，忽然又领悟：怀念、追思、感恩、祈祷是一件暖心的事，底色应该是温馨、明亮的。因为人生在世，唯有温暖，才有前进的力量；逝去的人，在清冷的天堂，也需要世俗的温暖，要不然，哪来先人托梦，烧纸敬香之说呢！再者，清明也是踏青、郊游的季节。便觉得风和日丽，鲜花灿烂也是清明应有的风景。

父亲的一生过得非常艰辛。他六岁丧父，八岁学徒，四十岁遭受迫害，冤狱十年，同时又疾病缠身。苦难的童年，艰难的青年，遭难的中年，被疾病折磨得死去活来的老年，父亲一生多灾多难，没有过上几天好日子，可他却以瘦小的身躯，孱弱的体质，把我们兄妹七个抚养成人。他拼的是意志、毅力、勤奋。清明前夕，我写了一篇文章《父亲是一座山》，文中如诉如泣，如艾如怨，倾吐了儿女的衷肠，寄托了我们的哀思，愿父亲在那边拥有一个阳光明媚的春天。

"佳节清明桃李笑，野田荒冢只生愁。"在我的生命中，除了恩重如山的父母，还有几位让我难以忘怀的亲人，那就是我的奶奶、外公、外婆。

奶奶是个贤惠、朴实、勤劳的农家妇女。年轻时命苦多难，爷爷病逝时，她才三十多岁，带着五个孩子靠给人缝补浆洗和租种二亩田地度日。那日子过得真比黄连还苦，一直到解放后，生活才有很大改善。

从我记事起，奶奶就像个不停地旋转的陀螺，从早到晚，迈着小脚不停地忙碌在厨房里。我们家是个大家族，伯父、父亲、叔父三支，二十几口人都在一口锅里吃饭。奶奶天不亮，就洗米煮粥，我刚起床，一大桶粥就做好了。早饭后，奶奶收拾完碗筷，把喂猪喂鸡的事情做完，就提着篮子到菜园里摘菜，到河边洗菜，我就跟在后面做些帮忙或添乱的事情。那时，我常听到奶奶的话是："小祖宗，你别乱动。"可我也不知道哪些是该动或不该动的，听多了，就不当回事，想怎么动还是怎么动。奶奶每次吃饭，都是等一家人吃得差不多，才拿起碗筷，残汤剩饭都归她了。就这样，一直忙到点灯后，才能歇息。

奶奶心地非常善良，尤其是见不得受苦人。如村人向家里借米，只要家里有，都会匀点出来，哪怕是一升米。乞丐上门要饭，尽管家里人不够吃，也会给一点。家里平时做了好吃的，都会给邻居送去一点。奶奶没读过一天书，却特别尊重老师。村上有一个教学点，每逢过年过节，奶奶都会让我们带些点心，如米粑、粽子给老师送去。

后来，奶奶身体越来越差，水桶也提不动，饭盆也端不起了，三个儿媳妇（我的伯母、母亲、叔母）才轮流帮忙做饭，主厨仍然是奶奶，儿媳们只是帮助烧火、提水，干一些力气活。这种日子一直持续到我上中学，父亲兄弟才分家。

到我成年，甚至到中年、老年后，有一件事我一直在琢磨，当时我们家二十几口人，在一口锅里搅饭勺，从未发生过争吵甚至脸红的事。那时是奶奶管家，伯父、父亲拿工资，每月都交给奶奶，叔父和伯母、母亲、叔母在生产队挣工分。不管是挣工资，还是挣工分，奶奶一视同仁，做衣服，分零食，都是一个标准，苦活累活一样分派。村上也有不少和我家一样的大家族，有的家庭却矛盾重重，吵嘴、打架是家常便饭，而我们家就和和睦睦。我真佩服奶奶持家的能力、贤惠的品质和勤劳的精神。

分家后，奶奶一个人在小炉灶上做饭，儿子们有什么好吃的都会端点去。奶奶做了好吃的，多数还是分给孙子孙女们吃。我每周六下午从学校回家，先去看看奶奶，奶奶知道我这天要回来，就会从橱子里拿出一小碟零食让我吃，我尝一点连说好吃好吃，奶奶就高兴得很。

奶奶最大的爱好是看戏，百看不厌，一出戏看了五六遍也不嫌烦。看完后几个老人就在一起聊，情节已滚瓜烂熟，却聊得津津有味。我陪奶奶看了几次戏，看一次戏就要聊好几天。奶奶已进入新社会，可有些语言仍是旧时代的。她把钱叫作"花边""铜钱"。她问别的老太太，这块布花了几个"花边"？这斤鱼花了几个"铜钱"？但回答又是现代语言："二块三""一角五"。对方问她，亦是如此。

后来，奶奶不能做饭了，就轮流到儿子家吃饭，不管伙食好差，从不嫌弃。奶奶八十四岁那年，安详地离开了我们。奶奶走的时候，送葬的队伍蜿蜒数里。

奶奶对我影响最深的一句话是：人要行善，善有善报。我不是一个多么优秀的人，但我敢肯定自己是个善良的人。我的善良，与奶奶的言传身教是分不开的。

我的外公是个老实巴交的农民。太外公在世时置下几十亩田地，土改时划为中农，属于团结对象。外公少年时读过二年私塾，后来一直务农，从没拿起过书本，学会的那几个字也都还给了先生。外公生了七个女儿，一个儿子，靠种地把儿女养大，日子过得紧紧巴巴。外公家和我家是一个村，相隔二百来米，小时候我常到外公家玩，外公家里没有什么零食，就把锅巴和红薯拿给我吃。外公每天在生产队做工，回来后就在自留地干活，过年过节也很少休息。外公来到这个世上，除了干活就是干活，而且全都是农活。

我对外公印象最深的一件事是，"文革"时期，学校停课，我成天在家东游西荡。有一天，外公翻箱倒柜，找出两本已经发黄的线装古书，还是竖排本，木刻印制的，估计是外公小时候看过的书。一本是《三侠五义》，一本是《水浒传》。我如获至宝，尽管读起来很吃力，还是爱不释手。后来被父亲发现，说现在破"四旧"，怎么还看这种书。问我书是哪里来的，我说借。我知道，外公家是中农，如果传出去书是他家的，肯定没有好事。父亲也没有禁住，我还是偷着看，这是我第一次读古典小说，而且引发了我对古典小说的阅读兴趣。后来我参军了，外公因舅舅中年早逝而悲痛离世。外公在我心中的形象，就是忠厚、朴实、苦干。外公的这一基因，多少也遗传给了我。

外婆是一个夫唱妇随的小脚女人，一生就是生孩子，做家务。由于女儿多，外甥外甥女就多，一到过年，我们都去拜年，两张桌子都坐不下。年景差时，割几斤肉过年，还不够我们这些狼崽子们一顿吃。因此，外婆家腌肉，是用盐堆起来的，那肉咸得只能像吃豆腐乳一样，用筷子挑一点尝尝。

到外婆家拜年，很少有压岁钱。有时例外，每人给二分、五分。外婆从箱子里拿出一个用绳子绑着的小黑布包，先把绳子解开，打开布包，里面又是一层花布，打开花布，是一块旧手绢，再打开，里面有一分、二分、五分、一角、二角的纸币和硬币，没见过一元以上的。然后给外甥五分，外甥女二分。外婆重男轻女思想很重，弄得妹妹们意见很大。外婆理直气壮地回击："谁叫你在娘肚子里不变个毛伢（男孩）！"妹妹们好像做错了什么事，就没有话讲了。

外婆真是苦死、愁死的，舅舅去世后，外公走了，外婆不久也就撒手人寰。

奶奶、外公、外婆是小时候对我影响非常大的人，他们忠厚、朴实、勤劳，与世无争，与人无怨，于物无贪的品格，在我童年和少年的心灵里，打下了深刻的烙印。

花开花落，草荣草枯，大自然规律作用于万物。逝者已去。在这清朗明丽，春暖花开的日子里，我点燃香烛，对天叩拜，愿离去的亲人们天堂安详！

芬芳的菜园

弟弟到乡下去接母亲，回来时从车上提下几个塑料袋，里面有茄子、辣椒、丝瓜、葫芦、豆角等，有刚摘下的新鲜菜，也有切片晒好的干菜。弟弟一边往家里搬一边说："娘身体还好，天天侍弄菜园，说等天凉了地净了，再到城里来。"

弟弟的话没有出乎我的意料。

母亲就是这样，种了一辈子田，还是舍不得那几分菜园。儿女给她多少钱，她也不会用它去买蔬菜。平时到儿子家住个十天半月，就会念叨菜园，我们一再挽留，最多住一个月就得把她送回乡下。母亲来到这个世上，好像就是专门侍弄菜园的。

我当然知道母亲为什么惦记这块土地。那菜园，曾经是母亲的命根子，就像儿女一样，是她割舍不掉的心头肉。

从我懂事起，就记得家里从生产队分得七分菜地，也叫"自留地"。菜地离家二百来米，母亲一有空，就去鼓捣它。别看地不足一亩，却是全家人获取菜蔬、补充食物、果腹充饥的生存之地。我弟妹较多，仅靠生产队分得一千多斤稻谷是难以为继的，就要在园子里精耕细作、精打细算、精刨细挖，也包括到野外寻找能够充饥的食物。父亲在公社供销社上班，平时在家时间很少，主要靠母亲在生产队下工之余，起早贪黑打理这些菜地。她用四分地种谷子、大豆、油菜或红薯，以补充粮食不足；三分地种白菜、萝卜、辣椒、茄子等，以解决四季菜蔬。至于冬瓜、南瓜、丝瓜、葫芦等牵藤拖蔓特别占地的瓜菜，还进不了菜园，要靠我和妹妹扛着和我一般高的锄头到村后的山坡上、坟地里开荒栽种。我们见缝插针挖了十几块荒地，大的七八平方，小的只有斗笠那么大。大块地种些绿豆、芝麻、洋姜，小块地挖一个坑，挑上两担塘泥，做一个土墩，种一两株南瓜或冬瓜，任瓜藤四处蔓延，甚至爬上坟头，但就是这斗笠大的地块，也能收获这块地盛不下的瓜果。一季下来，采摘的南瓜、冬瓜、葫芦、丝瓜堆了一屋子。吃不完的晒成干菜或喂猪。

从我上初中起，年龄、体力、技能上都可做一些农活，便成了母亲菜园里的得力助手，到周末或寒暑假，都会和母亲一起忙活在菜园里。翻地、起畦、栽种、浇水、施肥、耘草、捉虫、采摘；单种、复种、套种，一轮接一轮，一茬赶一茬，周而复始，永不停息。常常干到流尽汗水到没有汗水可流，人和地都像一张紧绷的弓弩，谁也不能松劲。

肥是庄稼宝，种地不可少。那时都用农家肥，人畜粪便归生产队，自留地使用的很少。我和妹妹背着粪箕，一早起床就到村巷、山坡、田埂、草地捡猪粪牛粪。猪、牛一早出圈后，都是散养，我们跟在后面，粪箕捡满了，就近送到菜地或背回家。鸡笼猪圈，垃圾灶灰，树叶杂草也能收些肥料，我和妹妹隔几天就抬着粪桶或挑着粪筐往地里送肥。几分菜园，让我们整饬得土松泥黑，地沃质肥，蔬菜长势很是喜人。摘一把青菜回家，饭菜弥漫在香气里，纯纯的幸福就这么悄然跃入少年的心海。

在所有的蔬菜中，我最喜欢吃、也最喜欢种的是辣椒和茄子，种这两样菜，也最用心，最用劲。清明时节，我把青嫩的辣椒苗、茄子苗栽到地里。母亲说，种一畦就够了，我非得种两畦，而且土壤捣得格外细碎，底肥上得特别充足。秧苗栽上后，再铺上一层松软的干草，保墒蓄氧，每天浇一次水，过几天上一次肥，眼看着青苗拔节生长。

到了谷雨，枝叶蓬勃开来，绿油油的一片，春风拂过，如一溪清流滚起轻柔的绿波，让人心头春意荡漾。又过了几天，辣椒苗已撒满星星般的白花，茄子秧吹起小喇叭。那两畦菜蔬秀秀亭亭，花花绿绿，给人以生机、灵动、希望。

在初夏阳光的催产下，花朵变成了果实。小白花伸出纤纤的细指，在园中指点江山，小喇叭吹成紫色的灯笼，在风中摇曳欢舞。我忍不住托在手中，母亲在一边嚷起："不能摸，一摸就会掉。"我赶紧放下，蹲在一边欣赏。端午节前，我家在村子里首先吃到了自己种的茄子辣椒，那土生土长、原汁原味，无农药化肥的有机蔬菜，以其特有的清香素味，深深地刻在骨子里。

蔬菜旺季到了，豆角、西红柿、葫芦、冬瓜、南瓜、丝瓜……都进入收获期，母亲一早就提着篮子，像沙场点兵一样，今天摘这个菜，明天收那个瓜，人也像中彩一样，脸上堆着笑容。有些菜吃不了，就晒成干菜，如干豆角、干茄子、干辣椒，一袋一袋的，留作冬日佐餐，有些还送到邻居和亲戚家。

我初中毕业后，回乡务农，菜园翻地、浇水、施肥等重活便由我来承担。有收无收在于水，多收少收在于肥。到了夏秋季节，天干气燥，菜园每天都要浇水。农家的菜园种得好不好，不仅关系到家人吃菜的问题，也是衡量一个家庭主人会不会持家，男人勤奋不勤奋的标志。姑娘找对象，除了看小伙子的长相、家境，还要看自留地侍弄得如何，它最能体现一个家庭会不会过日子。在这种乡风民俗环境下，我当然分外用心打理菜园。每当傍晚生产队收工后，我都到菜园去浇水施肥。菜地离湖边只有十几米，但有一个三四米的高坡。我光着膀，赤着脚，挑着水桶，蹚进湖里，两手分别扳着桶沿往下一按，水就涌进桶里，然后一直腰，肩起桶满，再迈着丁字步，一步一步攀坡登坎。到了菜地，仍然肩不离担，腰一弯，手按桶边往外一倾，水倒桶空，又返回下坡蹚湖。一直挑到夕阳西沉，繁星当灯，才收工回家。如果天旱太久，我还会从湖边挖一条水沟到菜园下面，用水车从沟里抽水到菜地，抽一次水能管七八天。汗水、湖水、雨水，把菜园滋润得一年四季绿油油的。

菜园让我收获了果实，四季都有不同的菜蔬享用，在特殊情况下，还帮助全家度过了饥荒；让我学会了蔬菜种植和农活技术，享受到"春种一粒粟，秋收万颗籽"的过程和快乐，并把它从书本知识变为劳作成果；让我体会到农民的艰辛和不易，懂得"粒粒皆辛苦"的真实含义，从小就尊重和珍惜农民及其劳动果实，绝不浪费粮食，暴殄天物。而这一切的懂得，母亲就是我最好的老师。母亲实在是农家里手，没有她干不好的农活，没有她吃不了的劳苦，没有她种不好的菜园。在她身上，不仅有农民的勤劳和耐苦，更有管理的精明与精巧，善于发现和把握生活中的机会与机遇，也精于安排生产中的秩序与程序。这些方面，我遗传了她的基因。后来我参军或参加工作，无论是训练还是工作，可以连续加班而不知疲倦；可以独挑重担而不会推诿；可以充当配角而不觉吃亏。在我从事新闻和文秘工作的日子里，常常事务繁杂，工作琐碎，但从不慌张，也不乱忙，我会理出头绪，分清主次，有条不紊，一件一件埋头把它做好。这一切准确地讲，都要拜我母亲所赐，从小的耳濡目染，身体力行，让我学会了忍耐与勤勉，梳理与思考。母亲在艰苦的环境中，锻炼了我们如何坚持、坚韧、坚强。现在看来，这是我和妹妹弟弟一生一世的立身之本。

生产队解散后，自留地重新调整，我家的菜园分在家门口。此时，我参军离开家乡已经多年，期间，妻子随军，妹妹们相继出嫁，弟弟也进城市工作，后来父亲病逝，只有母亲在家。母亲在院子里还种着二分菜地，各色蔬菜样样不缺，总是捎菜给我们，有时是一捆捆青菜，有时是一袋袋干菜。我和弟弟接母亲到城市住，用不了多长时间，她就要回去，说菜地长草了，菜苗干旱了，还有养的狗也没人喂啦。我劝她年纪大了，就不要种菜了。母亲总是说："还能动就种一点，动不了就没办法。"又说："自己种的菜，香！"我忽然明白，母亲就是一棵园子里的菜，离不开乡下的土壤、阳光、水分和空气。母亲把毕生的时间、心血、希望都凝结到一棵棵菜蔬里，丰富着菜园，美丽着故乡，供养着儿女，只要一息尚存，就要让菜园常绿，瓜果常青。

此时，我想起了宋代陈著的诗："梦魂不到菜园破，行迹肯教芒属知。"诗人的感叹让我心潮难平，我欣喜母亲健康，菜园四季飘香；可母亲是八十多岁的人了，早到了颐养天年、坐享反哺的时候，可却还在继续哺养子孙。我在汗颜中呼唤我辛劳而慈祥的母亲，您永远是儿女们芬芳的菜园。

小河淌水

　　人们在生活中，总会对一两首歌曲有着特别的兴趣。如果问我对哪首歌曲最动情，我会告诉你：《小河淌水》。这首歌我一听，就倾心，再听，就倾肺。真是倾心倾肺了。

　　我第一次听到这首歌曲，是三十年前在云南大理古城。那清新婉转的旋律，宛如苍山冰雪融化，涓涓细流，叮咚叩心；又似洱海清风荡波，徐徐吹拂，温柔润肺。这首歌好像那彩云之南的七色彩虹，璀璨夺目，让人如饮甘泉，如沐春风，如吐幽情。

　　后来，又听到许多明星大腕唱这首歌，他们演唱风格各异，效果都一样勾魂摄魄，我听后都会收藏起来。在我的 U 盘里，储存了朱逢博、龚琳娜、谭晶等十多位歌星演唱的《小河淌水》，还有舞星刘震的同名歌舞。

　　　　月亮出来亮汪汪、亮汪汪，
　　　　想起阿哥在深山。
　　　　哥像月亮天上走，
　　　　山下小河淌水清悠悠……

　　优美的音乐，深情的歌词，把我带回到村前那条小河——准确地讲，那是鄱阳湖一洼偏僻的湖汊。十里八乡的山山峁峁，沟沟壑壑，流淌出来的山水，聚成溪，汇成河，涓涓而流，潺潺而唱，溶溶漾漾，奔涌到村边。于是，家乡就有了十里荷花，五里菱塘；就有了一泓清水，两岸稻香；就有了沿岸那数不尽的垂柳、竹林、菜园、渔舟、农舍、炊烟……

雄鸡唤醒朝阳，拉开了村庄新的一天的帷幕。农民踏露耕锄，牧童骑牛横笛，黄鹂低旋鸣柳，村妇河边浣衣。乡村的春秋故事在田园的舞台上一幕幕上演，它伴随着我一天天长大，也在我梦魂中刻下了难忘的乡村记忆。

在故乡的天空下，我坐在小河边，看着岁月静静流淌。

村上的田地大部分在河对岸。一条渡船在两岸穿梭。渡船来来回回，人们熙熙攘攘，河面上就老是响着大胡子艄公那粗犷的声音："开船啰！""坐稳了！""下船啦！"人就被他厚重的嗓门震得一蹦一跳，一上一下，就像那离巢的鸟，飞向四面八方。平静的湖面，被双桨荡起一波一波的轻浪，天幕的倒影被扯成一绺一绺的絮片。

后来，村里就在河上建了一座小土坝，又经过几次加宽加固，小坝变成大坝，小路变成大路。堤坝中间，一座石拱桥像一弯月亮镶在河面。风平浪静的时候，你站在桥上，可以看到自己水中的倒影，在蓝天白云的衬托下，晃晃悠悠。在春夏季节，暴雨过后，鱼儿成群结队，争先恐后从桥下逆行到上游产卵或嬉戏。你若是拿着一个捞网，准能捕获几条鱼。堤坝两边的垂柳，从一棵棵小枝条，蓬勃成一团一团浓浓的绿荫。

每当太阳出山，村民赶着老牛，扛着犁耙，或挑着肥料、种子，从坝上经过，散到田间地头。夕阳西下，人们挑着一担担谷子、稻草或棉花、红薯，从坝上回家。日出而作，日落而息。年复一年，斗转星移。树上鸟巢里飞出一窝又一窝嫩雏，农人自得其乐地放声田园牧歌。土坝成了岁月的通道，年轮的印记。

平静的湖面，也有美丽的浪花。我在小河边，结识了她。

她是生产队的劳动能手。割稻、插秧、捡棉花，生产队采取定额包干或按量记工，她挣的工分最多。别以为会干农活的就是粗手大脚，虎背熊腰，非常能劳动的她却是小家碧玉，体态匀称，容貌姣好。

那时候，上山下乡的我，顶着"知识青年"的光环，也算是村上的"新生事物"。我一回乡，就以能写个对联，出个板报，记个工分受到村人的高看。劳动中，我挑着担子在坝上来来回回，干起农活也还得心应手，田间地头也还比较活跃，慢慢地我和她就熟悉了。第一印象就像歌中唱的："姑娘就像花一样。"平时就会有意无意地多接触一些。多余的问候，"偶然"的相遇，殷勤的浅笑，时常表现出来。

清晨，透过柳梢飘下来的朝阳，一缕缕零乱地洒在出工的农人身上，老牛背上，平静的湖上。我从坝上经过，就会向河边洗衣的村姑中多瞅几眼，也时常碰到像朝阳一样顾盼的回眸。那眼神一汪清潭，亮彻纯净，有喜欢的浪、热烈的波在荡。这大概就是人们常说的"秋波"吧。

我在河边的树荫下，望着清澈的河水映着蓝天白云，河面上，白帆点点，鱼儿浅游，水鸟欢逐，心就像水洗了一样，立刻清纯起来，无杂无尘，无欲无念。一只啄木鸟落在一棵柳树上，不停地啄着，树干就掉下一些粉屑，就现出一个深深的小洞，啄得兴致勃勃。鸟把柳树当作琴弦，它用嘴在上面弹奏乐曲，"笃、笃、笃"，完全陶醉在天籁里。我在树荫下久久地盯着，我也沉浸在它的欢乐中。我们互不干扰，世界安好。忽然，啄木鸟叼出一条长长的绿色虫子，嗖的一声飞走了。它是留着自己吃，还是分给鸟宝宝吃？啄木鸟就这样不知疲倦地寻找虫子，繁衍了后代，保护了树木，美丽了世界。

最令人心旌摇曳的，是黄昏的到来。皓月当空，山河泻银。月夜发出梦呓的声音：草的、虫的、树的、鸟的、蛙的……它们安睡在这片亲切的土地上，呢呢喃喃，窃窃私语。黄昏是一种声音。我第一次有这样的感觉。我听到了黄昏的脚步声向我袭来。她不知什么时候，走到我身边。我的心溢满一种无法言说的欢愉。相视无语。也许，有了心灵的懂得和相知，语言便成了多余。

月影下，我们徜徉在堤坝上、小河边，有一句无一句聊着日间的劳作，说着生活的碎片。月亮筛下柳树和帆船的影子，投在地上，泼出一幅幅水墨画，树、船、人在画面里很生动，像木刻，又像剪纸，一幅一幅看过去，有些陶醉和倾倒。月亮会作画。我为自己又有了新发现而感到高兴。田园风光，是这么美好！

风不知从什么地方溜出来，缓缓地在河边踱着步。有时和我们并排，有时跑到前面去了，有时落在后面。我们没有理睬它。风就知趣地化作了轻微的涛声和沙沙的树叶声，也许是在为我们祝福吧！

岁月匆匆，淌水悠悠。一年后，我离开了故乡的小河，参军来到华北太行山区，真的是"我的阿哥在深山"。我们通过鸿雁传书，继续着"山下小河淌水清悠悠"。淌呀，淌呀，后来，我们就喜结连理；后来，我们就生儿育女；后来，她也随军离开了家乡的小河。

不知是心灵感应，还是天地巧合，妻子也喜欢唱歌，也喜欢哼唱"小河"。却是另外一首，那也是一首很时尚的歌曲：

> 大雁飞过我的头，
>
> 小河亲过我的脸，
>
> 山丹丹开花红艳艳，
>
> 一年又一年……

区别在于：一首是西南民歌，一首是西北信天游；一首轻松优美，一首浪漫浑厚。它们都汇成一条河，都是在河边生，河边长，在河边生根、发芽、开花、结果。

我忽然明白了，人生就是一条河，岁月就是流淌的水。水是什么？水就是柴米油盐，锅碗瓢盆，就是人情世故，家长里短，就是酸甜苦辣，五味杂陈，就是处处打拼，点滴成就。

愿山下的小河淌水，永远清悠悠，清悠悠……

风华春韵

春风乍起的时候，挟刀裹刺的，扎手、扎脸，扎得人颤抖。小草躲着它，蒙在松软的被子里，不敢抬头。黄鹂在树上叫唤，不理！

风刮着刮着，心就软了，还汪着泪。

柳枝就轻轻地，伸出小舌头，舔着，尝着，味儿甘美。身一摇，手一招，姊妹们都跟出来了。在湖边、在堤上、在路旁、在田野，青丝飘拂，长袖曼舞。

于是，把花、草、树、蜂、蝶全都招来了。满世界就挤挤搡搡，重重叠叠，沸沸扬扬，吵吵嚷嚷。热闹极了！

风受感动了，就软化成水。

春风化雨，万物复苏。

春天，就这样被风推出来了。

最弄风骚的，应该是花。

先是月季。冬天还没开够呢，春天又抢先一步。头一天还顶着青嫩的骨朵，晚上也不歇息，伸呀、撑呀、鼓呀、挤呀，第二天就变成了一团火。花瓣儿红得耀眼，粉得发亮，莹得闪光，招来一片羡慕的目光。

桃、李、梨、杏居高临下，看得真切，也接踵而至。一夜之间都烂漫起来。桃红，杏白，李粉，梨莹。它们各不相让，各展英姿，各显千秋，各领风骚；又自视高大，飘在屋檐，倚空起舞，洋洋自得。

最不讲理的是油菜花。它把秋菊的金黄戴在头上，把梅、兰的芬芳喷在身上，把众多的野花赶到角落里，自己漫山遍野，铺天盖地尽情开放，还把游人从山南海北乘船驾车招来观赏。你看呀，大片大片的油菜花在那里搔首弄姿，掀波翻浪，招蜂惹蝶，引得一大堆人在拍照。好像生出来不是结籽榨油的，而是专办花展的。得意忘形的样儿！

那些不知名的野花们，自惭形秽，识趣地躬进沟峁、田埂、地畔各个角落里，默默地绽放。让风把幽幽的清香吹向大地，洒给人间。

小草向来很低调。不与花争鲜斗艳，不与树争山高水低。它悄悄对风说：你吹吧，我把绿献给大地。

于是，草原、山冈、田园、庭院就绿了。绿得无拘无束，无边无际，无遮无拦。

草原绿得像海，宽阔无垠，浩浩荡荡。牛羊点缀在绿上。湖泊镶嵌在绿上。洁白的蒙古包像点点花朵，盛开在绿上。人们从四面八方过来看绿。行走在草地上，只想畅饮，只想欢唱，只想摔打、滚爬、撒野、任意奔放。

山冈简直绿疯了。林子一改面黄肌瘦之状，披青挂翠，直往上蹿，要和蓝天斗绿。白云飘来劝阻，风也过来扯袖：别不知天高地厚了！树林摇头叹息，独自低吟高唱，每日长调绕梁。山花不倦地陪舞伴奏。

乡村田园，农家老屋，篱笆小院，还有那废弃的百年古刹，都叫绿给占领了。田地披上了绿，青苗可旺着呢。墙上爬满了绿，名字挺吓人：爬山虎。篱笆上挂着绿。地上砖缝里渗着绿。屋顶上绣着绿。你看那灰暗的瓦沟里，黑褐的屋檐下，蓬勃出一簇簇蓬蒿和茅草，还有那绒绒的、滑滑的青苔和野菇。

好一个"春风又绿江南岸"！

这世间，万古不朽的，是绿；最显风韵的，也是绿。

有绿陪伴，生命才有活力，生活才有情趣，万物才有生机。

比花草树木更会打扮春天的，是最爱美丽的人。

春天里，她比蜜蜂还要忙。

天晴了，妻子把棉被抱出来一条一条放在太阳下晒。被面上，印着大团的花，有牡丹，有玫瑰，花瓣儿开得恨不得掉下来。

妻子年轻时，面容就像花一样，眉清目秀，唇红齿皓。现在年逾花甲，韶华已逝，别说花容月貌，连风韵犹存也难沾边。可太阳下的妻子，精神焕发，举手投足，都显得韵味十足，动作从容。

妻子只读了小学，可她把勤劳、善良、贤惠、孝道全读懂了。如果大学有这些专业，她可以获博士学位。

她默默无闻地操持家的春夏秋冬。包产到户那些年，妻子把家里十几亩责任田侍弄得比壮汉们的田地收成还要多；园子里的菜蔬吃不完。两个孩子从出生到上学，一把屎一把尿，一根纱一朵棉，全靠她一双手。在部队工作的我，还能穿上她一针一线织的毛衣、绣花的鞋垫和手工做的布鞋。

她用心侍奉老人。父亲三次住院，儿子不在身边，儿媳陪在病房。每天给老人洗脸洗脚，喂饭喂药。父亲患肺气肿，一口痰涌出来，她拿出手绢为他擦净。父亲老泪纵横。

母亲住院一个月，生活不能自理。她在病床边接屎接尿，擦洗身子，还把母亲双脚捂在怀里取暖。惹得护士长在走廊上大声叫唤："你们都过来看看，人家儿媳妇是怎么照顾公婆的！我干了三十多年护士，也没见过这么好的媳妇。"家属、病人一阵惊羡。

文化不高的妻子，却有着文雅的兴趣。她喜爱养花赏花。院子里种了十几盆各式各样的花草还不够，常要我陪她去逛花市。每每要买上几枝或几盆。

我们徜徉在鲜花市场，满摊的鲜花都朝着我们笑。老板都熟悉了，不等开口，就从花房里搬出两盆鲜艳的杜鹃。一盆紫色，一盆红色，一个优雅，一个活泼。姹紫嫣红，千娇百媚。我和妻子捧着春天，回家。

春风沉醉，春色满园，春回大地，春暖人间……

原来是这样的啊！

为家消得人憔悴

人们常说：成功的男人背后都有一个贤惠的妻子。其实不然，我不是一个成功的男人，而在我背后却有一个贤惠的妻子，一个令我敬重、感恩、骄傲的妻子。

我和妻子是在患难中结合的。那时，我的家庭正遭遇一场劫难，父亲蒙冤入狱，母亲带着六个未成年的妹妹和弟弟，还有七十多岁的奶奶，靠生产队挣点工分艰难度日。正在部队服役的我，不仅不能解救家庭于危难，而且自己也陷入梦想破灭，前途暗淡，人生难测的处境，就像一涡没有流向无处喷发的混浊的旋流翻腾搅和在心里，一时不知所措。我被旋流搅懵了。

命运无情地置我于水火之中！

在危难关头，曾和我一起在生产队劳动的姑娘，即我后来的妻子，不顾其父母和亲戚的反对，也不管日后将可能带来的政治影响，毅然走进我的生活，以未婚妻的身份和母亲一起，担负起照顾老小、料理家务的责任。当时，我真不知道她是怎么想的，是出于同情而发善心，还是为了爱情义无反顾？在家人、亲人以及不少旁人的不理解中做出如此赴汤蹈火的决定。那时，她各方面条件都很优越：论容貌，靓丽清秀，端庄大方，也算小家碧玉；论劳动，女红针线，田地活计，村上数一数二；论地位，她是大队女民兵连长兼生产队妇女队长，可称乡村巾帼。媒人几踏门槛，少男多有好述，她都一口拒绝，就是要一头扎进这个倒霉的家庭。

她的义无反顾犹如一缕春风，融化了我心中的冰块，驱散了眼前的迷雾，鼓起了拼搏的信心，我化消沉为奋斗，变自弃为自强，扬起了前进的风帆。与此同时，家庭的困境也得到了暂时的缓解。可沉重的担子，凄苦的日子，却长时间压在她的肩上，伴随她的身边，直至劳累成疾，病魔缠身，让我背负着一辈子感情债。这也是我不是一个成功的男人的"铁证"。

我和妻子结婚后，她就没日没夜地忙着队里、家里、田里、地里的活计。生产队收工后，还要一担一担地把猪圈里的粪肥挑到自留地去，那一担就是一百二三十斤，上坡下岭，男子汉都累得直喘大气，何况纤弱女子？菜园里地要翻，草要锄，肥要施，水要浇，都是她带着妹妹干到天黑才回家。家里养了猪，挖野菜、打猪草、捡柴禾成了必修课。粮食不富裕，煮红薯、拌青菜，成了日常饭食。经济拮据，家务繁重，所有穷困家庭的两大特点，在我家都展现得淋漓尽致。家里的生活水平，仅能维持不饿死人。

娘家的责骂，亲戚的埋怨，旁人的嘲笑接踵而至，可这个死心眼的女人非但不悔，反而愈加坚强和倔强。我每在信中问及家中事情，她总是那句话："你安心工作，家里有我。"除了有些我能办的事情和我商量外，其他大事小情，一概包揽，再大的困难，自己顶着。特别是两个孩子出生，由于缺乏营养和照顾，使她的身体受到严重损害。

结婚一年后大儿子出生，家里除了有些大米和几坛咸菜，没有荤腥食物。早晨稀饭、咸菜；中午咸菜、米饭；晚上重复前面的食谱，最好的时候是蔬菜里面多放几滴油。红糖、猪肉、鱼鸭，在当时是紧俏物资，家里也没有钱买，靠咸菜稀饭打发月子。更糟糕的是，1980年小儿子出生，当时父亲平反出狱不久，生命垂危，我带他到部队医院做手术，母亲也去照顾。在这时妻子临产，只有靠未出嫁的妹妹照顾。她们既缺乏经验，又忙于责任田的劳作，连三餐饭都不能按时吃。儿子出生后没几天，妻子就下地洗尿片、洗衣服，刺骨的凉水让她在月子里落下一身病，体质严重下降。

两次生小孩，我都远在部队，不能在身边照顾。小儿子一岁后我回到家里，妻子丰满的身材已明显消瘦，清秀的脸上已爬上细密的皱纹，黑亮的秀发有些枯黄。我心里一阵自责和内疚，对妻子说："对不起，我没能照顾你，让你受累了。"妻子淡淡一笑，又是那句话："你安心工作。"我心里犹如针扎，望着妻子憔悴的面容，那分明是吃苦耐劳的写照，是呕心沥血的痕迹，是拉扯一个家庭走向温馨、走向幸福美满的沧桑。

生产队解散后，家里分得十几亩田地，妻子像旋转的陀螺一样，不停地忙活在田间地头。春种秋收，翻田耕地，肩挑身背，干着男人一样的重活。妻子既要忙田地的活计，又要带两个孩子，晚上在煤油灯下，还要做鞋、缝补、织毛衣。手上拿着针线，脚下踩着摇篮，哼着催眠曲，哄着儿子睡觉，不小心针就扎着手，把渗血的指头放进嘴里一吮，继续纳着鞋底。上眼皮和下眼皮打架了，用手掐一掐眉心，好像瞌睡虫就躲在眉间。瞌睡虫被掐痛了，溜了。一会儿又来袭，再掐。心血往日子里流淌，青春在忙碌中消逝。

1981年，妻子可以随军了。可是由于我从基层调到海军机关工作，那时北京市由于老干部平反和知青返城人口骤增，暂时冻结外地户口迁入。因此，妻子和孩子的户口只能落在我原来部队所在地，离北京五百多公里的河北省邯郸市。虽然随了军，仍然是两地分居。妻子既要上班，又要照顾孩子，家务还是一个人承担。而我由于工作的特殊性，连正常的探亲假也难保证。妻子仍像陀螺一样，从农村换到城市，还在不停地旋转。

妻子把全部的爱和心血都倾注在家里，倾注在孩子和丈夫身上。两个小孩喜欢吃饺子，她一早起床，包好、煮好几十个饺子，可等她收拾完家务，拿起筷子，孩子们早就吃到一个不剩了，她只好买一个馒头边吃边去上班。我给她打电话，让她别累着，有些事等我回去干。她总是那句话："你安心工作，家里有我。"北方冬天储大白菜，家家挖一个菜窖，她也等不到我回去，自己干起来了。那一年，地方抓计划生育，要求片区二胎妇女在规定的日子里都要结扎。驻邯部队领导告诉我，让我回去照顾。可我正在南海舰队出差，而且任务也很紧急，无法抽身回去。妻子还是按时做了结扎手术，回家不仅不能卧床休息，还要给两个几岁的孩子做饭。手术前一天，家里买了一板车煤球，放在外面晒。手术那天下午，天下起雨来，妻子怕煤球淋坏，硬撑着往家搬，结果昏倒在楼梯上，直至邻居下班才发现。好心的邻居帮忙照顾了两天。

妻子的身体每况愈下，月子里落下的病根，长期劳累形成的痼疾，营养不良造成的失衡，使她的身体越来越虚弱，抵抗力越来越差。开始是胃病，后来是头痛，几次手术造成肠粘连后遗症等等，三十来岁就病魔缠身，折磨得她痛苦不堪。

看到妻子身体多病，而户口一时还不能进京，我终于向组织提出要求到基层工作。领导考虑到我的实际情况，同意我调到驻九江市海军部队，我们一家人在九江团聚安家。我们结束了长达十多年的两地分居生活。

一年后，我又到一个团级单位任政委。团级主官不能脱离基层，我每周回家一次，家中事务仍由妻子承担。她支撑着羸弱的身体，每天上班、做饭、带孩子，我即使回家，也是坐享其成。妻子为我、为孩子操心劳神，忙碌不休，在我和孩子身上，总是给自己提出更高的目标和苛刻的要求。一天下来，累得腰酸腿疼，周身不适。然而，每当新的太阳升起时，仍痴心不改，一如既往。

我真正能够分担一点家务，是1997年转业以后，我的工作居所都稳定了，才能帮妻子搭一把手。

但此时的妻子，长年处于病态，我带她到北京、上海等许多大医院检查治疗，都不尽如人意，结论是体质太虚、太弱，引发多种疾病，而且都没有什么特别好的疗效，如神经性头痛、神经性肠功能紊乱、动脉硬化、血管斑块等等。妻子对到医院看病也越来越反感，宁愿忍着、痛着、拖着，也不愿去医院治疗。她用做家务、干杂活来分散注意力，减轻心理和病痛的压力。我劝她躺下休息，她说，我如果躺下，那就真起不来了。就这样依靠毅力和意志与疾病对抗着，就像年轻时不顾其父母亲戚劝阻执意嫁到我家那种任性和倔强。

妻子对自己的病一拖二扛，可当父母或我和孩子有病，她又急得像热锅上的蚂蚁，昼夜不眠，细心照料。父亲在世时，患肺气肿，儿子不在身边，妻子在医院照料。父亲喘不上气，她给他轻轻捶背，用热水泡脚、洗脚，父亲一口痰涌上来，她掏出手绢擦净。父亲老泪纵横，逢人就夸儿媳孝顺。母亲住院生活不能自理，她端屎端尿，擦身洗脸，把母亲双脚悟在怀里取暖。孩子有个头痛脑热，她抱在怀里彻夜不睡。我病了，她床前床后忙得像没头的苍蝇，没日没夜地伺候。平时，天凉了，她找出棉衣、毛衣放在我面前，提醒添衣；我还没意识到衣服脏时，她将洗得干干净净叠得整整齐齐的替换衣服捧到面前，催我更换；我出差时，她样样不落收拾好所需的物品行李，还像对待小孩一样交代注意这注意那；我在外面那几天，她倚门伫立，牵肠挂肚，待我回到家里，她早准备好了丰盛的饭菜。

我在外面整天人模人样，其实，如果没有妻子在后面的支撑和付出，我不知要惨到什么程度。

妻子读书并不多，只是小学毕业，但传统文化的精华却在脑子里深深扎根。"男主外，女主内""妻贤夫顺""母慈子孝"，她对做妻子的义务和责任定位很牢实。因此，她把平时的忙忙碌碌，任劳任怨，把自己的一切付出都当成天经地义，责无旁贷，理所当然，甚至在自己力不从心时，还会感到内疚和抱歉。

风雨牵手几十年，我终于读懂了妻子，她把家当作自己的一切，把爱家具体化为支持我的工作，照顾老人孩子。她知道我在部队工作，那里还有一个更大的家，他在为国家做事，"小家"要服从"大家"。因此，当农忙的时候，当自己生孩子的时候，当家人生病或自己手术的时候，这时最需要丈夫在身边，可她就总是那句话："你安心工作，家里有我。"从不因我未尽到丈夫责任而产生怨气。到现在，我们都年过花甲，谈起往事，她还是那么淡然和坦然：女人持不好一个家，还叫什么女人？男人干不好自己的事业，那才叫人怨呢！

记不清谁讲的一句话：好妻子就是一所好学校。好女人使人向上，好女人让人善良，好女人暖化了男人，同时弥补男人的不完整和幼稚。我感谢上帝赐予我一个好女人。在我人生的低谷时，她不顾一切投入我的怀抱；在日子艰难时，她竭尽全力为我撑起了这个摇摇欲坠的家；在父母生病时，她替儿子日夜在床边尽孝；在漫长的岁月里，她为丈夫，为儿女付出了青春，付出了心血，付出了健康。为家消得人憔悴。

亲爱的妻子，我为有你而自豪。在这个世界上，你是我的财富，有你我就是最富有的人；你是我的成就，有你我的生活就光彩夺目；你是我的力量，有你我就永远不会消沉；你是我的骄傲，有你我就总是精神无比。你是我的世界，没有了你，我要世界有何用；有了你，我什么都有了，要世界又有何用！

"执子之手，与子偕老。"我不羡慕家财万贯位高权重的轰轰烈烈，只想拥有鬓发相伴共度黄昏的平平淡淡。我想告诉你，我会一直牵着你的手，走过今生，期盼来世，我会让你得到真正的快乐，我们已拥有幸福快乐的家庭，我永远会为你对我全心全意的爱而感动！感激！感怀！

家书抵万金

案头堆着一摞昔日的书信。

这是整理杂物时从柜子里翻出来的。看着那陈旧发黄的纸张，撕口卷角的信封，洇湮模糊的字迹，不禁想起那个书信来往的年代，怀念那种似乎久远的感觉：写信时的投入、等信时的期盼、收信时的激动、读信时的陶醉。

那个年代，没有手机，没有电脑，没有互联网。电话也不是谁都能用得上的，偶有急事，到邮局打个长途电话，等一天也不一定能呼通。和家人及亲朋好友的联络方式，就是书信。我喜欢写信，也喜欢收信。写信那一刻排除了孤寂，发现了自己，心思和感情在信件中变得丰盈。特别是夜晚在幽静的灯光下，一边埋头笔走龙蛇，一边聆听萤虫夜语，那种以笔倾诉的平和姿态，那种心与心的亲切交流，那种静静思考宣泄情感的愉悦，实在是人生中的一大乐事。常常写着写着，感觉自己的心在一处空灵的地带轻盈地飞翔，在幻觉中与亲人、朋友团聚……

收信读信更是个幸福的时刻。来信中几声亲切的问候，几行近况的报告，几句平安的信息，都会引起我的感动、激动、冲动，还有对亲人、朋友的想象和思念。在书信中，每一天的太阳都是新的，即使遇上阴风冷雨，也能借信中的文字点亮青春的明媚，鼓足上进的勇气。

我写家信是参军到部队后开始的。第一次给父母写信，总觉得有千言万语要讲，可落到文字上，一页纸都没有写满。可能是刚到部队，了解情况不多，知道的一些事情又因部队保密条例约束不能多讲。也许是成长在农村的孩子不习惯表达感情，就像父母真情深爱我们一辈子，却从来没说过一个爱字。更主要的是文化底子太浅，不善于把情感诉诸笔端，一封信结结巴巴，甚至词不达意。但写得多了，话匣子就打开了，语言也流畅了，甚至情思如涌，笔墨如泉，不诉不快。一封信写出五六页纸，不仅自己酣畅淋漓，战友们也羡慕不已，就有如作家写出一部长篇小说的快感和自豪。那时，我不仅经常给父母、同学写信，星期天，还为文化低的战友代笔写家书。有点像过去街上摆摊代人写信写字的先生。

写信很兴奋，读信也很有趣。记得刚参军那阵子，收到同学、朋友的来信，我总是先把第一页翻过去，从第二页开始读，完后再看第一页。因为前面写的都是"最高指示"或"东风吹，战鼓擂"之类，后面才是正文。当然，我给同学写信前面也是领袖"教导我们"，或"长白山下春来早，革命形势无限好"这样美丽的句子，还有共同敬祝"万寿无疆""身体健康"等等。那时和朋友、家人通信，写下了一个时代书信的幽默故事。

虽然那时的书信不能免俗，但丝毫不影响我们对家信的渴望和写信的愉悦，不影响"见字如面"的亲切与感受。

每天下午，连部通信员都会挟着报纸和信件到班排分发。大家围着通信员，争看有没有自己的家信，收到家信的乐得又唱又跳，没有家信的，就默默地坐在一边。家信是战士情绪的"晴雨表"，牵着战士的喜怒哀乐，战士们收到和读过家信，其思想和情感都会溢于言表。信中报家里平安、父母健康，就喜笑颜开，无缘由地吼一两声样板戏或革命歌曲，甚至晚饭多吃一个馒头。信中告知家境不顺，或老人有病，立马愁眉苦脸，唉声叹气，在工作和训练中无精打采，情绪低落，这时指导员和班长、排长就要靠上去做思想工作。若是未婚妻来信，心里就像抹了蜜似的偷着乐，表面佯装平和，内心荡着笑意。同样是高兴，凭感觉我们能分出战士哪封信是父母来的，哪封信是未婚妻来的。如果是老兵，我们还会起哄，要他读一读妻子或未婚妻的来信，但闻一屋子笑声。那时，战士有"两盼"：一盼家信，二盼电影。如果哪天哪个战士又有家信，又赶上看电影，比小孩过年还要快乐。

　　家书一头连着"儿行千里母担忧"，一头牵着游子"低头思故乡"，更有"每逢佳节倍思亲"。儿女与父母、亲友的情况沟通，情感交流，都随着挥洒的笔墨一点一滴渗透在书信里，随着写信封、贴邮票、跑邮局这些缓慢的程序而释放出细腻的亲情，随着"鸿雁传书"把信息传递到亲朋好友的心田。一封好的家书，会带来满满的正能量，其作用不亚于一次思想政治工作。

　　我们年轻时的书信，打上了时代烙印，铭记着一代人的情感方式，也记录着我们经历的快乐与痛苦。

　　家书是我们得知对方平安的唯一途径。不能在正常的时间内收到家信，就会生出疑虑，担心家里有什么意外。等待家信的日子，是牵肠挂肚的思念，是心急如焚的焦虑。

　　1970年秋天，我连续三个月未收到父亲来信，也没收到其他亲友的信件。我由原来每周给家里写一次信变为两三天写一次信，追问情况，仍然不见回音。就在我焦虑万分的时候，连队副指导员找我谈话，说部队收到我家乡政府的信函，我父亲身陷囹圄，已成为敌我矛盾，当然也就失去通信的自由。从此，写信对我来讲，除了与母亲交流信息，还与解决家庭生活困境，为父亲昭雪平反有着密切的关系。

　　母亲没有读过书，大妹、二妹、三妹因父亲问题也未读成书，她们都不会写信读信，家中所有信件都由当民办教师的堂兄代写代念。我还是定期给母亲和在狱中的父亲写信。给父亲的信，无非是劝导父亲保重身体，接受改造，相信群众相信党。写信，本来是交流情况，倾诉感情，有啥说啥，尤其是父子之间通信，更是推心置腹，坦露真情。可是在那个特殊岁月，由于给父亲的信件需要代转，甚至内容要被检查，也只能讲这些话，严肃得比公文还要公文。实际上都是空话。人身都没有自由，生活、医疗没有保障，还要从事繁重的体力劳动，谈何保重身体。而堂兄每次写信，都转述父亲"我是被冤枉的"这句话。后来我回家休假，了解到父亲果然是地方派性斗争的牺牲品。从此我的信件一半变成了申诉信。我向县、地、省乃至最高法院分别写信申诉，几年来写了四五十封，全部由部队组织代转。尽管每次都石沉大海，我还是坚持每月写一封申诉信，部队也经常去信或派人到地方了解情况，督促复查。

与此同时，家信来往更加频繁。主要是询问母亲身体和家庭生活情况。我把每个月七八元津贴费留下一元，其余全部寄回去补贴家用。家里的回信除了柴米油盐、头痛脑热之类的琐事，也没有更多的信息。但父母的来信，最后都要堂兄叮嘱我一句："在部队好好工作。"

在家境最艰难的时候，原来在生产队共同劳动的一位姑娘，不顾父母的反对，愿意与我建立"比普通同志更进一步的朋友关系"，以便帮助我照料家庭。于是，我就有了与女朋友，后来成为我妻子陈园妹通信的机会。

说来可悲，与女朋友写信，本应谈些花前月下，卿卿我我的东西，可我们写的都是家庭生活的具体困难和如何解决的办法。我在一篇文章《赏月》中，曾坦露过与未婚妻通信的全部内容和双方心境，现抽两封妻子的来信，原文照录。

这是一封写于 1971 年下半年的书信。

福林：

　　你的来信和寄给妈妈的十元钱收到。妈妈这段时间身体不好，天天发烧。她舍不得花钱治疗。我找我二哥借了二元钱，请大毛到家里给妈看了一下，说要打针，可他那里没有青霉素，全公社都缺货，只开了几片药丸，吃了几天也不顶用。你能买到青霉素赶快寄来，如能买到肥皂、火柴，也寄些来。

我和大妹、二妹前天到珠湖农场去看了爸爸，送了一些菜和衣服去。爸爸还是那个样子，人苍老了许多。他让你在部队安心工作。

弟弟、妹妹都好，不要挂牵。我也很好。

园妹

农历腊月初二

信中提到的"大毛"，是大队赤脚医生，也是我小学同学，他平时对我家挺照顾的，家人有个头痛脑热，都是他治疗。"珠湖农场"是江西省第一劳改支队所在地，离我家七十多里。妹妹每年要去几次。

下面一封信是 1972 年上半年写的。

福林：

你埋怨我有半个月没有去信，是因为家里有些情况。

这段时间乡下发猪瘟，我们家养了五个多月的黑猪也病死了，妈妈哭得很伤心。队长和社员们很同情，每家都割了些肉，剩下的不多，损失减轻了。告诉你，你别挂念。我想过一段时间，再让妈妈买一只小猪。农家不养猪不行。

奶奶很想你，让你寄一张最近照的相片来。

我给你做了两双鞋垫，抽空到镇上寄去。

园妹

农历三月二十一日

与其说是恋人通信，还不如说是家情通报。正是我们经常在信中"研究"下，终于度过了家庭难关。后来，父亲也得以平反，那一封封申诉信终于起到了作用。

艰难的岁月和苦难的家境，让我深切地体会到"烽火连三月，家书抵万金"的意义和价值，更加懂得家书作为中国传统文化的厚重与珍贵。随着我阅读的增多，特别是后来读了诸葛亮《诫子书》，以及《傅雷家书》等经典，更加认识到家书不仅具有沟通、交流、传递的功能，还有记史、治家、育人的作用。我的家书当然没有这些名人的家书丰富、博大、经典，也没有王昌龄"洛阳亲友如相问，一片冰心在玉壶"的浪漫与诗意，没有李清照"云中谁寄锦书来，雁字回时，月满西楼"的曼妙与婉约，没有张籍"复恐匆匆说不尽，行人临发又开封"的缠绵与多情，没有杜牧"凭君莫射南来雁，恐有家书寄远人"的才华与多虑，我写家书只是为了"凭君传语报平安"，但字字句句都渗透着我与家人的真情、朴实与温馨，体现了我们家庭厚重的亲和力与凝聚力。

我的家庭，在一个特殊的历史年代，用家书维系了血肉感情，克服了重重困难，展示了一家人共同经历的岁月；用通信向不公正的判决提出申诉，拯救了父亲的政治生命和人身自由；用写信互相鼓励，顽强地生活和生存下去。我们兄妹都成了品格健康、善良勤勉，自食其力的人。家书里父母的殷殷嘱咐，兄妹以及我与妻子之间的深切关爱，是我们人生中特别是青春时成长的养分和动力。

此时，桌上的书信，就是当年父母和妻子写给我的家书和我申诉信的副本。我把它们用塑料袋重新包扎，整整齐齐地摆放在书柜里。看到它们，父亲在艰难境遇中铺笺写信的画面，母亲、妻子、妹妹为支撑这个家庭默默地辛勤操劳的情景，永远在我心中定格。

辑四

挚友

　　读书时有了学友才不会孤灯寒窗，戎马中有了战友才不会孤身作战，平日里有了朋友才不会孤立无助。人生道路上有了挚友，才有了力量的源泉。

　　珍惜吧！那是前世修来的缘分，有缘才走到一起。

　　感恩吧！因为挚友相助，你才一路顺利走来，并继续高歌猛进。

晓沐红日夕映霞

1968 年秋，"文革"进入高潮，学校通知"复课闹革命"。在家闲待了一个学期的我，回到双港中学。这时有些老师还被关在"牛棚"，"复课"没有影，"革命"还在闹，各种"战斗队"还占据着教室"办公"。我在学校无所事事。

一天下午，我和几个同学从博士湖逛了一圈回来，见教室前面围了不少人，一阵清脆悠扬的歌声传来。我心想，这伙人真会玩，还把学校的收音机搬出来。这收音机平日只有传达"最新最高指示"时，才搬到操场让全体师生收听，娱乐活动是不让拿出来的。这些人的胆子越来越大了。

歌声还在继续："红日出东方，霞光万丈……"我一听，觉得不像收音机播放，收音机里的歌曲是有音乐伴奏的，这是女声清唱。

百灵鸟般的嗓音吸引了我。挤进人群，只见一位约二十岁的女青年，正在为大家唱歌。女青年中等身材，留着短发，穿白色衬衫，藏青色裤子，黑色皮鞋，透着庄重、文静、大方。她站在中间，使周围的光线都明亮起来，更灿烂的是那两个含着浅笑的酒窝和一对会说话的明眸。这就叫外丽内秀吧。她唱完一曲，同学们一阵掌声，要求再唱一首。

听老师介绍，这位女青年是来自省城的大学毕业生，到学校任教的周晓霞老师。因为其他文化课程没有开课，周老师先教音乐课。

第二天，我们三（1）班又恢复了音乐课。周老师把一张抄在白纸上的歌谱挂在黑板上，教室里又响起了银铃般的领唱声和还未完全摆脱童稚的清纯活泼的合唱声：

> 滚滚延河水，
> 巍巍宝塔山；
> 歌声遍地起，
> 红日照延安。
> ……

接着，三（2）班、二（1）班、二（2）班……都响起"红日照延安"激昂的旋律，它取代了平时冲冲杀杀的造反声，咋咋呼呼的批斗声，叽叽喳喳的吵闹声。沐浴在灿烂的红日中，学校又恢复了校园文静的氛围。

半个月后，我们初三年级毕业了。同学们在嘹亮的歌声中，奔向广阔天地。

1976 年，我已经是有 6 年军龄的现役军人了。因为父亲蒙冤，我正在进行艰难的申诉。这一年，我到鄱阳县法院找时任刑事庭庭长，后来任县法院院长的陈意平同志汇报情况。那天是星期日，我从办公室找到他的家里，敲门后，开门的是一位系着围裙的年轻女士。我一眼就认出这是当年双港中学的音乐老师，心里很纳闷，便叫了一声："周老师好！"周老师打量我："你是……""我是你的学生，你给我上过一次音乐课，我们就下乡了。"上过一次音乐课，老师不可能认识所有的学生。

这时陈庭长从房间走了出来。一阵寒暄，我才明白昔日的周老师是陈庭长的夫人。陈庭长是军人出身，身材魁梧，为人正直、诚恳、办事认真、严谨。我向他汇报了自己的情况和申诉请求，陈庭长收了我递交的材料，并表示法院会认真调查处理。

这次造访也让我了解了周老师及其家庭情况。周老师从学校调到县文化馆，负责文艺创作工作，她除了音乐天赋外，还爱写作，发表了不少小说、散文。那时，我在部队担任新闻报道工作，也喜爱文学作品，便有了共同语言。周老师已有二男一女三个孩子，工作和家务压力很重。

看到周老师一会儿洗菜做饭，一会儿检查、辅导孩子的作业，一会儿接电话处理工作事务，我就想起"上得厅堂，下得厨房""当得相宰，扫得尘埃""写得文章，缝得衣裳"等词汇，一副外慧内秀的中国知识女性的形象，在脑子里生动鲜活起来。

之后，我和陈庭长、周老师夫妇建立了通信联系，每年休假也会到他们家玩玩。这当中，是我人生中最幸运的时候，我遇到了恩师和良师。

陈庭长根据国家法律和党的复查冤假错案的政策，经过认真阅卷，反复对比证据材料，重新复查了我父亲的案子，并力排各种干扰，实事求是给予平反。从而搬开了多年来压在我心上的巨石，解除了绑在身上的羁绊，驱散了罩在头上的阴影。对我和我家庭来讲，1978年父亲的冤案平反，和1949年的翻身解放同样重要。没有它，我将彻底泯然于市井中，匍匐于尘土里或沉沦在阴霾里，自毁在消极中，永远不会有自我表达的机会，没有政治上真正的自由和权利。即使后来不搞唯"成分"论，也会错失发展的机会。

在事业和爱好上，我得到周晓霞老师长期以来无私的热情帮助，使我人生的步伐，迈得更加坚定。

我从中学时期起，一直爱好文学，但又没有也不敢去写文学作品，只是工作上写点新闻稿件，如消息、故事、通讯等，偶尔也被报刊采用。在和周老师的交往和通信中，她鼓励我多学、多写、多练，写好新闻，并介绍自己的写作观点和经验。我参加过一些短期的新闻培训班，也请教过一些宣传部门领导和有成就的新闻工作者，得到的教诲大多是"紧跟形势""突出政治""写出先进人物的豪情壮志"等等（那时候都是这样要求的）。而周老师对我的指导，归纳起来两个字：一是真。材料要真实，感情要真挚。二是细。要挖掘细节，写好细节。她在 1979 年给我的一封信中，谈到写作体会，说成功的作品"一定要以真实立足，以细节说话，以真情感人"。这是四十年前说的话，我至今记忆犹新，因为它以经验的元素和真理的因子，让我受益匪浅，深烙在我的大脑中。

我有时把自己写的稿件寄给周老师过目，她都用心批改，指出长处和不足。有一次，她在一篇我认为还算不错的稿件上写道："文章概念化，缺乏细节。"她还举了一个例子，电影《李双双》中主人公李双双在会上给生产队会计提意见，丈夫孙喜望怕得罪人，又不好制止，就在桌子下踩她的脚，拉她的衣。此处无声胜有声。一个生动的细节让人物性格、心态都一目了然。

这些点点滴滴，或长或短、或庄或谐的指导和教诲，就像一个个细节本身一样，对我产生着潜移默化、生动示范的作用。我在后来写调查报告、经验总结、人物通讯、消息故事等稿件中，更加注重真实、情感和细节，稿件的见报率明显提高，撰写的调研文章和典型材料经常被上级机关采用、转发。后来我被海军领导机关选去当秘书，在较长时间里一直从事文秘工作。

农村实行联产承包责任制后，家里分得十几亩责任田，主要靠母亲、妻子和妹妹耕种。因此，每到农忙季节，我都休假回家帮忙。忙完农活后，要到老师家坐坐。周老师先是一通玩笑："你从家乡去部队，是'从奴隶到将军'；从部队回家乡，是'从将军到奴隶'。"笑过之后，"奴隶"又请教文章之事。于是，又会是一次长谈。

这时，周老师已是县委宣传部长，宣传、理论、文化、教育、新闻，都是她的工作范围，交谈涉及面更广，更深入，既有经验之传，又有探索之谜，还有奇闻轶事，我又仿佛回到课堂上老师款款面授，谆谆教诲，耳提面命，过后总有许多收获。每一次接触，犹如一次"充电"，不仅获得大量家乡和地方的信息，在一些困惑的问题上，还有茅塞顿开之感。

谈到中午，自然又是留下用餐。好像不是我求教良师，求助恩师，他们有恩于我，而是老师有求于我，好酒好饭款待。一切都反过来了。

老师对子女要求很严格。立身做人教育自不必说，对他们的学习也抓得很紧。几次去老师家，看到孩子们放学后都认真做功课。两个男孩喜欢与我聊天，问些部队工作、训练方面的事情，兴趣很广泛，我们也很聊得来。几个孩子自强意识、拼搏精神都很强，凭自己的努力都考上了大学，一个个都很有出息。这与严格的家教和家风是分不开的。

后来，陈院长、周老师夫妇都调入上饶地区，一个任上饶地区（后改为上饶市）中级法院领导，一个任上饶日报社领导。他们的工作更忙。此时，我也从部队转业到地方工作，我们在鄱阳见面少了，但书信、电话联系没有中断。我还继续阅读和分享周老师的作品和写作体会。有一年，周老师送给我一套由她主编的《上饶市新时期文学作品选》，上面有她写的小说、散文、诗歌及报告文学。我放在案头，时常翻阅，我从这些作品中更进一步了解家乡，亲近家乡，欣赏家乡。

一转眼，我们都老了。陈意平院长还是那么乐观、洒脱，平时打太极、拉二胡，上老年大学，开拓了精神生活新天地。周老师还保持看书、写作的习惯，眼睛还是那么亲切、和蔼，两个酒窝满满地都是慈祥。

我们不时相互走动、看望，时常电话、微信问候。静下心来，回眸往事，觉得还有些憾事，对不住恩师、良师。那是八十年代中期，陈院长到北京开会，那时我在海军机关工作，会议之后，我陪他看望鄱阳县在京著名同乡陈明先生。在陈明家里，和陈明及其夫人、著名作家丁玲一起合影。我把那台照相机带回办公室，因底片没有取出，后被同事拿去照相，不小心把原来底片曝光。这些糗事弄得非常遗憾，一直在心头自责。再就是我自己的主观问题，他们夫妇对我一生帮助很大，我本应做出更大的成绩，特别是在文字方面，但终因不思进取，成天陷于杂务，文不成，武不就，虚度时光，庸碌无为。

忽一日，我心血来潮，就想再做点什么事情。回顾一生，少年从学（虽然没有学到多少知识），青年从军，中年从政，老年还能从点什么呢，就异想天开：从"文"。这既是我少年时期的梦想，也是青、中年时期想做而不敢做的事情。老年赋闲在家，有时间，有生活阅历，也有一定的人生感悟。说干就干，去年以来，涂鸦五十余篇文字，"产量"不低了。

这可又苦了周老师。从未涉足文学的我，尽管也曾"舞文弄墨"，但那都是"应用文"之类，从抽象思维到形象思维，不说是"鸿沟"，至少是"山坡"，我能爬过去吗？我把这些生涩的东西，写一篇交一篇，就像当年在学校交作业一样，一股脑地扔给了周老师。七十多岁的老人，不顾体弱多病，一篇一篇地阅看，逐段逐句地琢磨，从文章立意，到错字病句，一点一点修改。反馈回来的稿件，满是眉批和改动。在我举笔无言时，或离题千里时，或立意欠妥时，或散乱无章时，老师诲人不倦，指点迷津，启发思路，开拓思维。为了帮我修改稿件，她推掉社会活动，回避来访客人，甚至放弃旅游休闲。就在她牙痛上火，口腔溃疡时，还在微信上和我讨论稿件修改问题。我在她的扶助下蹒跚而行，慢慢地一些稿件被地方报刊采用，有些被百度、腾讯、搜狐等各大网站转载，还有较高点击率及好评。这一切，又是以周老师的时间和心血付出为代价。

当我收到一篇篇周老师修改后寄回的文章和信件，我仿佛看到当年在学校里，在昏黄的煤油灯下，老师们费心劳神，伏案批阅，就像园丁培育树苗一样，剪掉多余的枝丫，清除枯黄的叶片，塑出各种造型，施以水分、养料，给予阳光、空气，让其成长、成型、成荫、成材……

理智更告诉我，我都退休了，已经不是"花朵"了，还有多少培养价值？何况，周老师也应是颐养天年的时候了，她有继续尽园丁的责任和义务吗？可是，她却那么热心地关注和帮助一个既无文学功底，又无培养价值，仅仅是因为文学爱好或图个老有所乐的作者，为他那些幼稚的作品费心费劲，耗时耗神，我真的被这样一位像大姐一样的老师所感动。这就足够让我这个被她扶持的作者体会人世间那种被赞美着的真诚了；足够让我理解老师那种"春蚕到死丝方尽，蜡炬成灰泪始干"的园丁精神了；足够让我懂得"朋友一生一起走，那些日子不再有"所包含的友谊价值千斤，所产生的能量力发千钧了；也更让我懂得如何做事、做人，做一个有道德、有价值、有情义的人。

良师难遇，恩师难逢。但我却遇着了，逢到了！我是生活的福报者，我是生命的幸运儿！

半个世纪前，周老师领着我们吟唱"红日出东方"，我沐浴着阳光成长；

半个世纪后，当我进入老年，依然享受老师那"为霞尚满天"的灿烂。

周晓霞老师，您让我晓沐红日夕映霞；陈意平大哥，您让我扔掉包袱轻装走；在人生道路上，你们是我有缘遇到的良师益友！

感谢了，我尊敬的良师，恩师！

感谢了，我敬爱的挚友，益友！

最忆还是青龙山

都说人老了，容易怀旧。这话一点不假。进入花甲之年，我常常回溯少年时代的求学经历及种种趣事。想得最多的，在脑海中翻来覆去倒腾的，往往都聚焦在青龙山。

青龙山，是一座山名，也是一处地名。别听名字叫得威猛响亮，还带点八卦味道，其实也就是一座长不足一里，高不过百米的山丘。山上疏密不均长出许多一人多高的松树，山顶上有一棵两三人合抱粗的古樟。樟树枝繁叶茂，华盖如伞，居高临下，很是壮观。远处一看，真有龙盘虎踞，青龙昂首的意象，或许因此而得名"青龙山"吧。这就是我的母校——双港中学所在地。

西面半山腰处矗立一座古庙。庙宇古朴庄重，青石立柱，翘檐雕栋，宽大恢宏。进门便是前厅，两边四间厢房。后厅比前厅地面约高出一米，两边和后厢有几间小房。前后厅之间两侧各有一道耳门通向外面。双港中学最初就设在庙堂。厢房当教室，小房作宿舍，大厅平时摆着一张乒乓球台，球台搬走就是会场。学校的教学活动都在庙里进行。不听寺院磬钟响，但闻琅琅读书声。庙堂即学堂，这和两千多年前的孔子办学如出一辙。

后来，庙堂面积不够用了，又在庙宇两侧各建一排平房，与古庙一字排开，分作教室和宿舍。校舍前面穿插栽种了一排杨树和柳树，杨挺柳垂，争相辉映，像一条飘逸的绿色纱巾，给校园平添了几分生机和灵动。庙前山脚下一片空地，建起了篮球场、运动场。球场下边，是一条横穿校园，通向公社和县城的公路。公路下边修建了学生食堂，还有水井和菜园。从校舍到球场、公路、食堂，每级落差二三米，两侧各有一条用青石铺就的宽阔路面和台阶，把它们连为一体，上下贯通，层次分明。离食堂三百米远，是碧波荡漾的博士湖。

双港中学背靠青龙山，面临博士湖，怀藏古庙宇。校园依山傍水，拾级而上，错落有致，格局大气。放眼望去，只见湖光山色，翠木掩映，青砖黛瓦，云蒸霞蔚，的确是一处教书育人，修身治学的风水宝地。

1965年，我有幸走进这座校园，开始自己的中学生涯。

别看这是一所乡村中学，它的地位、作用和名气可别小觑。当时，双港、团林两个公社十几万人口，才有这么一所中学，从初一到初三，总共三百来人。那时，农村孩子读书的还比较少，能上中学也是凤毛麟角。谁家孩子考上双港中学，不亚于状元及第。

学校教学质量一直很高。二十多名教师，绝大多数是科班出身，有来自本省大专院校的，还有来自全国重点大学的。即使个别本地土生土长的，也是饱读四书五经的老学究。当时，省城南昌市重点高中每年都到鄱阳县招收十多名优秀学生，双港中学每年考取五六名，占全县三分之一还多。我的堂兄和同村的另一位学生，在1964年和1965年分别被南昌市二中、五中录取。

青龙山名气大了。我们每周背着米、菜去学校，村上人不叫去学校，叫"住青龙山"；平日有人到学校，叫"到青龙山"。如果你向当地农民问路："双港中学怎么走？"他们可能会摇头，你若问："青龙山学校在哪？"他们会指点得清清楚楚。就连公社举办大型活动，主持人对着话筒点名，不是问"双港中学来了没有"，而是喊"青龙山到了没有"。青龙山已不是一个地名，而是一处机构，一个单位，一所学校的代名词，且被纳入双港的"官方语言。"

从我家到学校，有七八里路。说是"路"，其实都是田埂地畔，羊肠小道，好像五柳先生随时会迎面而来。途中要经过李家山、芦家畈、土库里三四个村庄，穿村过巷，七弯八拐，稍不留神就会走岔。天晴，一切都不在话下，一边欣赏田园风光，一边溜达奔跳，几里路一晃就到了。雨天，就苦了一双泥腿，赤脚走田埂，全靠脚趾的抓力一步一挪前行，一不小心就摔个嘴啃泥，比李白的"行路难"好不到哪里去。但这一切从不觉得怎么艰苦，斗转星移，风来雨去，不知不觉就走过了三年。

我上初中年龄较小，分在一（1）班，坐在第一排。座位左右都是女生，一瞧，长得都很俊秀。虽然情窦未开，但从感觉上还是愿意和女生靠近一些。当然，表面上还要装出一副不理"鬼女子"的样子。

初中和小学毕竟不一样，课程除了语文、数学，还多了英语、历史、地理、政治等。但我最喜欢的还是语文。也许是一个偶然因素，使我对语文产生了偏爱。

那是开学第一周，语文老师布置了一道作文题："春天的田野。"我写了一段农民春耕劳作的情景，不久被老师张贴在学校的墙报上，还在班上进行了表扬。这无疑给我打了一针兴奋剂，本来语文基础很一般的我，却对语文产生了兴趣，学习自觉性骤增。有一天，我在图书室翻阅一本《萌芽》杂志，看到一篇关于春天的文章。作者妙笔生花，把春天的景色描写得那么细腻、明朗、优美，一下感染了我，我就想订一份《萌芽》杂志。和老师一讲，老师很支持，立马就订了。"文革"开始后，杂志停刊，只订阅了几个月，但却开了我自订刊物的先河。后来几十年，我一直保持订阅《人民文学》《小说月报》等杂志的习惯。而且所有期刊，不仅没有丢失，还分门别类，装订成册，至今保存完好。学生时期养成的这些习惯，伴随我先后从事新闻、文秘、宣传、行政等工作。长期的语文爱好和文学熏陶，也使我对事物的观察，对生活的态度，对人生的感悟，多了几分人文关怀和些许文化素养。

初中虽然课程多了，但学习都很轻松、自由、充实。上课、自习、作业，按部就班；体育、音乐、美术，依纲施教。到了"双抢"季节，学校还要放几天农忙假，让学生回家帮助"农民伯伯"收割庄稼。我对农村和农民生活有意识的体验，就是从农忙假开始的。每到农忙假或寒暑假，我都会和农民一道起早摸黑，辛勤劳作。我的许多农活和农业知识，就是这个时候学会的。

夏秋季节，每到傍晚，都要与几个同学顶着满天的彩霞，踏着懒散的步子，哼着刚学会的歌曲，到青龙山溜达、自习。此时，满山都是三五成群的学生，或聊天，或看书，或游戏。我们谈学习、谈理想、谈人生，有时也谈些放牛砍柴、摸鱼捉虾、偷瓜摘枣之类的事情。高兴了，就撒开脚丫，比赛看谁先跑到山顶。站在古樟树下，我四处眺望，观看晚霞一片一片消失的样子，凝视博士湖水一闪一闪泛着银光，寻找自己村庄所在的方位，估摸着在生产队劳作一天的父母收工了没有。伫立久了，脑海里就浮现一片幻影：绿树掩映下的农舍，袅袅升起灰白色的炊烟，老爹老妈坐在院子里小桌边，就着一碟咸菜或炒菜，正吃着香喷喷的米饭。此时，我心里就抹上了蜜，绽开了花。

最令人兴奋的是到县城看戏、看电影。学校离县城有二十多里路，步行要三个小时，但只要有娱乐活动，我们都乐意参加。那一年，县赣剧团演出《焦裕禄》，学校组织观看。我们下午四点多钟出发，连蹦带跳赶到戏院。开始，我对赣剧有些似懂非懂，但之前看过海报，知道一些故事梗概，也就逐渐明白剧情。演出中，许多老师都感动得流下眼泪，我也被深深地打动。看完戏连夜返回学校。走了一会儿，人也困，肚也饥，步子慢慢迈不动了。不知哪位调皮的同学喊了一声

"鬼来了"，吓得后面的同学拼命地往前跑，有的女同学差点哭出来了。带队老师赶忙过来稳定情绪，重整队伍。这时，皎月当空，几个初三的同学站在路边，学着电影《突破乌江》中部队行军的样子，搞起了宣传鼓动："同志们，快快走，前面到了乌江口。乌口江，风浪高，打得敌人嗷嗷叫……"大家立马又来了精神，一路欢声笑语，相互牵扶，终于半夜回到了学校。就这样以苦为乐，乐此不疲，后来又去县城看了两次电影。

学也快乐，玩也快乐，这是我对学校最留恋之处。有几个学友兼玩友，几十年来在我脑海中形影不离，挥之不去。张贤忠、王月祥、高舜化，我们几个年龄、个头、爱好比较相近，每到下课后，休息时，就在一起嘻嘻哈哈，打打闹闹，有时海阔天空，什么都扯，有时针锋相对，互相"揭短"。我和他们有共同之处：我有的优点，他们都有；也有不同之处：他们的优点，我却缺乏。如张贤忠的活泼、风趣；王月祥的沉稳、老练；高舜化的刻苦、韧劲。尤其是王月祥，他是学习委员，不光学习成绩好，字也写得很工整，屡受老师表扬。我写的字却难登大雅之堂，语文老师评价：像鸡爪子似的。有一次，老师碰见我父亲，还告了一"状"：孩子学习成绩还可以，字可要下功夫练习。父亲给我买了一摞练习本，周末回家，就请我一个读过私塾的堂外公，教我练字和珠算，总是搞得很晚。有一段时间，我在家专心练字，把自己喜欢的一本小说《说岳全传》从头到尾抄了一遍。你说好玩啵！

每周一节雷打不动的劳动课，也是当时教学的一大特色。劳动课都安排在星期六下午第一节课，学生上完课，就各自回家。劳动课内容一般都是到菜园干活、打扫校园卫生或挖山抬土。劳动委员方乐迁年龄比我们大些，力气也大些，工作很负责。课前他先准备工具，然后带领大家一道去做。干活中，有时一块石头搬不动，或一桶水提不起，我们就喊"方乐迁"。方乐迁准会出现。只见他袖子一撸，镐头一轮，干活的姿势、力度都很到位，像个"老把式"。不知是大家认为劳动光荣，还是都想急着回家，每次劳动课的任务都能又快又好地完成。

　　青龙山让我享受了童真和快乐，更让我遇到了良师和益友。数学老师汪银娥，出生都市，大家闺秀，大学毕业后和丈夫王光明老师一起，分配到这偏僻的农村中学，从此，以校为家，精心施教。哪一个学生数学成绩跟不上，汪老师比家长还要着急，课后把你叫到办公室另开小灶。一道题搞不懂，她要反反复复讲上几遍，直到你弄明白为止。班上有个同学叫余国良，家境贫寒，又较任性，汪老师在他身上可没少花心血。成绩落下，立即补课，有时晚上就让他与自己儿子睡在一铺。饭票不够，汪老师就把自己的餐票搭上，常常打来一盒饭，两人分着吃。弄得我们这些同学对余国良又是羡慕，又是嫉妒。前几年同学聚会，我们当着汪老师和余国良的面，把这些陈芝麻烂谷子又抖落出来。汪老师哈哈一笑，几十年教坛生涯，这只是寻常小事一桩。可惜汪老师去年已作古。她那高尚的师德师风和爱生如子的伟大情怀，让我们敬仰不已！愿老师天堂安详！

　　我们是在音乐声中成长的。因为班主任王旭元老师担任音乐课，我们享受音乐的机会自然要比其他班级多。王老师有一副好歌喉，嗓音浑厚、高亢、圆润，校园里经常听到他的歌声。他除了正常的音乐课，午休时、晚饭后，还常教我们唱歌或排练节目。那时，全国都在学雷锋，学王进喜，人民意气奋发，斗志昂扬，歌曲也豪情奔放，健康向上。最流行的是《歌唱祖国》《我们走在大路上》《革命人永远是年轻》《让我们荡起双桨》等。王老师不仅教唱雄壮激昂的歌曲，还教会我们一首反映农村建设风貌的抒情歌曲：《春风送我回故乡》。这首歌的歌词，我现在还记得清清楚楚：

太阳红，太阳亮，

春风送我回故乡。

青山绿水多宽广，

张开双臂飞凤凰。

凌云志，心里藏，

要叫穷山变富乡。

　　这首歌，词曲优美，婉转动听。几十年来，我经常独自吟唱，自我欣赏。老伴说，老听你唱这首歌，耳朵都长出茧了。但我就是爱唱，一唱，就仿佛回到绚丽多彩的学生岁月；一唱，就想起那些德艺双馨的慈祥师长；一唱，就心旷神怡，激情四溢，心中油然升起一股温馨的暖流。特别是在后来那些俗不可耐的所谓流行歌曲风靡社会的时候，我对它更加情有独钟，隽永难忘。

　　王老师的专业是化学，可是等不到初二化学课程开课，"文革"开始了，所有课程都停了。唯有音乐，还可以一天到晚扯着嗓子吼唱，当然要唱革命歌曲。唱着唱着，我们就很兴奋，就到村里去宣传，就到公社去演出，就到街上去游行……后来就到农村去插队，就到广阔天地去大有作为。

　　我奶奶是个地道的农村妇女，没有读过一天书，但却有着一种朴素、善良、真挚的尊师重教的情愫。她一再叮嘱我，在学校要尊敬老师，可不许胡闹。在那停课的日子里，我没有再到学校去"闹革命"，而是在家干些农活。偶尔到学校看看什么时候能上课，可看到的是许多老师被批斗，班主任王旭元老师也一夜之间成了"牛鬼蛇神"，被关在房子里。我奶奶有个习惯，逢年过节都要给村上的小学老师送点吃的，如月饼、米粑、粽子等。那年端午，奶奶给我几个粽子，说你也到学校去看看老师。于是，我邀上同村比我低一届的王秋亮同学，一起去了学校。我们绕到教室后面，隔着窗户分别向两间关押老师的房子扔进几个粽子就跑了。时隔四十多年，一次同学聚会，王旭元老师说："我被批斗时，还有同学偷偷给我送粽子。"真是歪打正着，没有想到粽子就扔给了自己的班主任。当然，我也不会去点破，这算一桩秘密吧！

良师必然育益友。青龙山那班同学，虽然在一起上课学习只有一年多时间，但却结下了深厚的友谊。学习遇到难题，我们经常一起讨论，有时争得面红耳赤；哪位同学弄来一本小说或杂志，我们争相传看，一起交流分享；谁生活遇到困难，我们也会尽力相助。记得二（2）班有位同学家庭困难，没钱买饭票，几顿没有吃饭。同学们知道后，你半斤，我二两，凑了几十斤饭票送给那位同学解燃眉之急。

转眼到了1968年，要毕业了，大家依依不舍。好像是方乐迁同学牵头，邀了十几名同学，在毕业前夕相互到家里串了个门，以后就天各一方，很少见面了。

作为被耽搁了的一代，我们这些同学日子过得都很艰辛，除了少数同学参军、招工离开故土，绝大多数同学终生乡下务农。我算是一个幸运者，1969年参军，后来在部队提干，以后又转业到地方工作。住地几经变迁，但一直在都市工作、生活。

岁月匆匆，思情浓浓。不管是在部队，还是在地方，我时常想念双港中学那段岁月，想念青龙山那树、那庙、那人。上世纪八十年代，我专程探访青龙山，但双港中学早在七十年代初就已经搬迁到公社所在地小华村，这里面目全非，当年的学校已盖满民宅。古樟不见，青龙不在，宇庙无存，校园无影。我有一种痛心疾首之感：青龙山啊，您是双港教育的摇篮，是历史文化的积淀，是本土文脉的象征，是筑就民间的风景。我那魂牵梦绕，日思夜想的青龙山，只能永远留在人们的记忆中，永远搁在自己的梦幻里。

于是，我自吟自叹：

寒窗古庙岁月艰，
虚度三载学业残；
梦中依稀唤旧友，
最忆还是青龙山。

再忆青龙山

　　我的拙文《最忆还是青龙山》在双港中学六八届同学群公开后，有的同学又转发到其他同学群、朋友群，犹如一颗石子投进水塘，激起一阵涟漪。许多曾经在双港中学读过书的同学，通过电话、微信、QQ及短信与我谈感受，忆往事，一份亲热涌心头。有的同学说，还有什么什么事，多好玩，怎么不写呀；有的说，人生况味，酸甜苦辣，你尽说甜蜜的，还有酸、苦、辣呢；还有的同学给我提供素材，让把什么什么也写进去；更难得的是八十多岁的王旭元老师给我介绍当年学校建设情况，并更正一些失误的记忆。

　　一针勾起丝千缕。同学的提醒、补充、建议再次把我拉回到青龙山。往事历历在目，犹如视频在线。我把那些大事小情，酸甜苦辣再倒出来，作为对上文的补记。

挑着板凳去上学

　　日历回翻到 1965 年秋季。

　　古庙南侧，一排平房依山而立：双港中学新建了八间教室和学生宿舍。青龙山张开双臂，敞开胸膛，欢迎新老学生的到来。

　　由于经费紧张，虽然房子建起来了，教室也配备了桌、椅，但宿舍还是空徒四壁，学生要自带铺板和长凳。从家里到学校，近的一二里，远的二十多里，这对刚入中学校门的十三四岁的孩子，在体力和毅力上，都是一个考验。

五十年后，同班女同学刘冬秀在微信上，对当时的情景有一段回忆。现摘转如下：

"开学那天，我带着入学通知书到青龙山报名，看到一排崭新的教室和宿舍，心里格外激动和高兴。老师告诉我们：住宿生让家长把板凳送到学校，明天正式上课。"

"我没有让家长送板凳，而是自己挑来的。不到一米五的我，一头挑着铺板，一头挑着长凳和被子，行走在山道上。铺板有近两米长，七八十公分宽，担子和肩膀一样高，不是前面撞着石头，就是后面碰着地面。一路碰碰磕磕，踉踉跄跄，三四里路走了半天，终于到了学校。肩膀磨肿了，人也累乏了，心里还是美滋滋的。一个农家女孩，能进中学读书，感到很幸福。"

女生受累，男生也不容易。我当时也是挑着和刘冬秀同学一样的担子，而且还多了一个小木箱，向青龙山进发。走山路还好一些，累了歇一会。从芦家畈到土库里那三四里路，都是田埂，歇都没法歇。担子直着放下，挡住人家的路，担子横着放下，铺板和箱子就要搁在水田里。挑着几十斤重的担子，只能不停地左肩换右肩，右肩换左肩。开始五六分钟换一次肩，后来不到一分钟就换一次肩。我咬着牙，硬是一步步挪到了学校，这是我十二岁前干的最累的一次活。青龙山给了我一个下马威。

学校边教学，边建设。运动场是由山坡扩建的，高低不平，许多大石头一半还埋在土里；新教室背靠山坡，窗户离山体只有一二米距离，一下大雨泥水就顺着墙根流。平整运动场，挖山拓空间，成了当时学校劳动课的重要内容。每周都有一个小时挖山、抬土。干了一个学期，运动场扩大了、平整了，还修建了单、双杠场地和跑道，教室和山体的距离也扩大了。在挖山劳动中，还挖到了旧坟，看到那些干枯的尸骨，我还做了噩梦。

在艰苦环境下办学，是那个时代的共同特征。它锻炼和培养了我们吃苦耐劳的精神，也坚定了我们的理想和信念。

九十年代，我到昆明和陕北出差，特意到西南联大和延安抗大旧址去参观，发现那时的办学条件比青龙山艰难得多。三四十年代，日本侵略中国，占据了东北、华北大半个中国，清华、北大师生和天津等地学生一路南迁，成立西南联大，在战火纷飞、兵荒马乱的情况下坚持办学。延安抗大更是以窑洞、山沟为课堂，以双膝为课桌，在极端困难的条件下坚持学习。就是这两所学校，为中华民族培养了一大批优秀人才，许多著名的大师、学者、科学家、将领都出自这两所学校。正是"宝剑锋从磨砺出，梅花香自苦寒来。"

由此，我想到北大老校长梅贻琦讲过的话："所谓大学者，非谓有大楼之谓也，有大师之谓也。"

十点半钟盼开饭

坦率地讲，虽然"三年自然灾害"已经过去，但那时在学校，还是吃不饱饭。

食堂每天定量一斤米，早晨二两稀饭，中午、晚上各四两米饭。食堂打饭是用白铁皮做的筒子，有一两、二两、半斤的三种规格。大师傅打饭很熟练，像魔术师一样，拿着筒子在饭桶里一刮一刮，忽然就装满一筒子扣在你的碗里，有一种迅雷不及掩耳之势。如果你饭碗没有抓紧，连碗带饭都会扣到地上。

早上，二两米稀饭就是半斤的筒子盛一下，分量很多也很重，就是水多米少，可照见人影。呼啦呼啦几口，喝完了还不晓得。当时肚子鼓起来了，可是不到两个小时，肚子就咕咕地发出警告。

我的座位靠在教室窗边，从窗户往外看，可望见食堂。上午四节课，当第三节课下课，即十点半钟，我肚子就饿了，盼望快点开饭。到第四节课，心里就有点发慌。这时，我就睨着窗外，望着食堂，看着那灰白色的炊烟袅袅上升，飘向空中，我的唾液就一个劲地往下压，往肚里咽。升啊，压啊；飘啊，咽啊，脑子里就心猿意马，老师讲什么，也听不进去了。为了打发饥饿，我开始数窗户上的玻璃。教室是木头窗棂，玻璃被嵌在一格一格的木框上，上面一排是固定的，下面可以开四扇窗门。我先横着数，一块二块三块四块；再竖着数，一块二块三块四块。四乘四是十六块，我偏不用乘法，非得一块一块地数过去，数完了前面的窗户，再回头数后面的窗户。前后窗户是一样大的，玻璃数量也是一样，但我还是要一块一块数下来。不这样，没法抗击和压住肚子咕咕的叫声。

初一语文有一篇课文《纪念白求恩》，这是我第一次接触和学习毛泽东著作。那天第四节课，老师正在讲《纪念白求恩》，见我老是向后张望，一副心不在焉的样子，就叫我回答："这篇文章是什么体裁？"我还在数玻璃，旁边的张贤忠同学捅了我一下："老师提问呢！"我猛然站起来，老师又问了一遍，我不假思索："记叙文。""为什么？"我支支吾吾："那白求恩从什么大老远地方……""加拿大。"张贤忠再次提醒我。"对，从加拿大到中国来给人看病，拿药，开刀，还献血，这不就是记叙文么？"我刚回答完，同学们哄堂大笑。

这时，另外一名同学主动站起来回答："论文。""为什么？"老师追回。"毛主席写的，那还不是论文啊！"那位同学回答。

"论文是论文，但你回答的理由不充分。"然后老师就分析，指出论文和记叙文及散文不同的风格、特点和写法。我答错了，你答得也不完全，我就阴阳怪气地冲那位同学做了一个鬼脸。

大赦的下课铃终于响了，老师合上书本走出教室，我一个箭步冲到食堂，打了饭后，就端到宿舍去吃。菜是一周不变样：豆腐乳、咸辣椒。同学们带的菜都差不多，经常共着吃。不知谁的咸菜瓶子里还爬着几只蛆，把蛆夹掉，继续吃。

一碗米饭，冒着热气，香味扑鼻，看着就解馋。开始大口大口地往嘴里扒，没几下只剩下一半。就珍惜着吃，一筷子一筷子往嘴里挑。很快见碗底了，就一粒一粒往嘴里夹。饭吃完了，只是个大半饱。

肚子"警报"解除了，精气神又来了。我和张贤忠、王月祥几个又嘻嘻哈哈，你追我打，就差把教室掀翻。

自习常爱出洋相

夏秋时节，天刚放亮，同学们就夹着课本或笔记本漫步青龙山。此时，太阳睡懒觉刚刚起来，不好意思地在东山顶上露出半张脸。一老倌驾着牛车从山岽边过来，在空中一声响鞭，把太阳和老牛都吓得一跳，赶紧爬上山岗。太阳羞得满脸通红，极不情愿让人看着她。

我拿着英语课本，口中背诵英语单词。刚念到"Good Morning"，就有一只手在我头上摸了一下。我回头一看，一同学嬉皮笑脸："你不是要'哥得摸你'吗？"旁边的同学都哈哈笑了起来。我也转怒为嗔，给了他一掌，继续背英语单词。

学习是很轻松、自由、愉快的，效果也很好。老师讲过的课程基本都能消化，布置的作业都能完成。学习气氛也很活跃，遇到难题就互相讨论，叽叽喳喳争论不休。做完作业，就看看小说，翻翻杂志，也吹吹牛皮，有时还爱出点洋相。

六十年代中期，越南战争正处于紧张阶段，全国上下都在支援越南，反对美帝。老师让大家写一篇习作《给胡志明伯伯的一封信》，以声援越南抗击美帝。有一位同学，不知是没有听清老师的讲解，还是那几天缺课，便问我："胡志明是谁？"我没有告诉他胡志明是越南共产党总书记，就开了一个玩笑："胡志明是全国劳动模范，农业社饲养员。"那时，学生称工人为"工人老大哥"，称军人为"解放军叔叔"，称农民为"农民伯伯"。他信以为真。没几天，老师上课就说，有的同学太不关心时事，连胡志明是谁都不知道。接着就宣读了这位同学的作文。

亲爱的胡志明伯伯：你好！最近农业生产忙吗？生产队的牲口都好吗？……

同学们都笑起来了，弄得这位同学很难堪。我心里一直很内疚，这个玩笑开大了，觉得对不住他。几十年后同学聚会，我向他道歉，他说"我早都忘记了"。但我还是有些自责。

我们平时晚上都要在煤油灯下自习到九点多才就寝。高舜化同学分外用功，他平常比我们都要多学半个小时。有时我们就给他搞点恶作剧。有一次，趁他不注意，就在他的煤油灯里面放了一些水。那天我们休息后，高舜化继续加班，不一会煤油灯就灭了。他莫名其妙，还有半瓶子油怎么会熄呢？只好摸黑回到宿舍。我们躲在被窝里偷偷地笑。

"文革"开始了，自习改成"天天读"，每天早上读一段毛主席语录或报纸上的文章。读报是轮流读，有时一人读一篇文章，有时一人读一大段，人人都有读报的机会。那时报纸上经常会有"马克思恩格斯列宁斯大林指出"或"教导我们"这样的句子。有一次，一位同学读报时，他读成这样："马克思、恩格斯、列宁斯、大林……哎，老师，怎么大林没有斯啊？"同学们就笑得前仰后合。

昔日一闹，今日一笑，学生时代真好！

男女同学不说话

六十年代农村中学生不像现在城市的中小学生，男女学生互相有说有笑，打打闹闹，可以单独一块学习讨论，一起娱乐游玩，甚至有的还出现早恋。那时男女同学之间都不敢讲话，有事说句话都很羞涩。如果只有一男一女两个学生在教室，都会匆匆离开，更不用说单独去玩，即使在校外遇见，都不好意思打招呼。女生称男生"鬼儿子"，男生称女生"鬼女子"。

不是不想说话，而是那时的观念和氛围还比较保守，相互不敢讲话。"男女授受不亲"从小就扎根在少年心中。在我的印象中，小学低年级阶段，男女学生之间一切都还自然，到了高年级特别是中学时期，就不好意思在一起玩了，男女之间的分界线就很明显，如果哪个男同学和女同学话语较多，就会引起同学们的关注和哄笑，没事也会捕风捉影找点事说笑。倒不是有什么恶意，而是观念和环境使然。所以，男女学生之间接触、说话都小心翼翼。

其实，这种羞涩情感正是少年时期情窦未开，或欲开未开状态的特有表现。到了高中特别是大学时期，一切都烟消云散。封建社会高墙深院，也没有阻挡住张生与崔莺莺西厢之约。大学里男女学生自由恋爱也是佐证。但就是中学时期这种羞涩状态，在男女同学之间树起了无形的屏障，影响了男女学生的正常交往与交流。这道屏障也把我害苦了。

我的座位左边是一位女生，叫张贤淑。她的英语成绩很好，背记单词，诵读发音都不错。而我的英语基础一般，有时遇到问题想请教她，就是不好意思开口。我就偷看她的作业。那时学生作业完成后，作业本都是放在课桌上，由学习委员统一收集交给老师。我遇到不会做的题目，就趁机翻看张贤淑的作业。有一次期中考试，打开试卷，许多题都很陌生，我只好偷看张贤淑怎么答题。她写字姿势不太正确，一只胳膊全部趴在课桌上，头埋得很低，只能从她的脸部和手肘之间才能看到。我用眼斜视，角度不够，扭头去看，又太明显。于是，我不停地打哈欠，伸懒腰，挠痒痒，乘机偷看一眼。动作多了，监考老师就发话："46号座位的同学不要东张西望。"我就老实了。考试结果，成绩不理想。老师在考后讲评时，要求没考好的同学总结教训。我心想，什么教训，都怪这"鬼女子"。

最有意思的是朗读课文《王贵与李香香》。这是著名诗人李季四十年代在陕北写的长篇信天游，叙述王贵与李香香这对青年男女在劳动中的爱情。课本上只选了"掏苦菜"这一节。老师声情并茂领着大家诵读。与其说是学习课文，不如说是拨动春心，大家边读边忍不住笑。你听：

山丹丹开花红姣姣，
香香人才长得好。

玉米开花半中腰，
王贵早把香香看中了。

交好的心思两人都有，
谁也害臊难开口。

大路畔上灵芝草，
谁也没有妹妹好。

马里头挑马不一般高，
人里挑人就数哥哥好。

肚里的话儿乱如麻，
定下个时候说说知心话。
……

课后，我们故意在女生面前大声朗读课文，大家不仅没有反感，有时还会心一笑。

几十年过去了。在一次同学聚会上，我又扯到这个话题，我开玩笑说，青龙山岁月给我们留下许多美好记忆，但有两个损失无法挽回：一个是该读书的时候没有书读，蹉跎了青春岁月；再一个是该下手的时候没有下手，班上的校花、班花都"孔雀东南飞"了。大家都乐了。蒋仙凤同学风趣地说："还谈什么下手呢，张口都不敢。"她说："我和王月祥同学是一个村，住的是前屋挨后屋，但一上初中就不说话了，上学都各走各的，谁也不搭理谁。害羞呢！"

幸好没有人下手，要不然很多同学家庭历史就要重写。

韶华易逝，青春难再。羞涩的时代早已过去了，重新回味，还是有几丝甜蜜。

　　这篇文章，我不希望到此结束。而是期望抛砖引玉，有更多的青龙山学子不断作出续篇，写出更多、更美、更精彩的"青龙山夜谭"。

　　亲爱的学长学姐，学弟学妹们，拨动你那记忆的琴弦，弹起那些我们曾经生活、体验、熟悉的灵动的音符，无论是欢乐愉快的，还是高昂激越的，或是悲壮低沉的，只要是原生态的，就是天籁之音。让我们锣鼓齐动，管弦齐鸣，共同奏响青龙山第七、第八、第九……音乐交响曲，并以此作为双港中学历史文化积淀的一股溪流，沿着新时代教育改革发展之河，潺潺流淌……

新兵第一天

参军从戎，尤其是当海军，是我从小就萌生的梦想。还是上小学的时候，看过一部电影，片名好像是《无名岛》，看到威武雄姿的军舰在波澜辽阔的大海上乘风破浪，甲板上头戴水兵帽，身穿水兵服的战士，操枪弄炮，英姿飒爽。这一形象在我脑海中打下深刻的烙印，就想长大后，要当一名水兵。

上世纪六十年代末，命运之神果然拉了我一把，十六岁的我真的穿上了水兵服。一列军车载着我和战友们驶离鄱阳湖畔，越过长江黄河，来到黄海之滨，在美丽的海滨城市青岛市郊安营扎寨。

我们深夜到达新兵营。昏暗的灯光下，老兵们接过我们的行李，带进一排平房。每间房子住一个排，两边是大通铺，中间过道上一个大煤炉子，火烧得很旺。室内温暖舒适。

第二天早晨起床，外面朔风凛冽，气温很低。我仔细打量周围环境：营院四周是围墙，院子里有七八栋平房，宽大的训练场足有十个篮球场大，地面上铺满一层白霜；距围墙东南三百多米，是茫茫的大海，一艘艘军舰停泊在码头；院子北边不远是村庄，路边落叶飘零，光秃秃的树枝在寒风中摇曳。

我们开始了新兵营的训练生活。但令我没有想到的是，在我放飞梦想的第一天，就出了三次洋相。

参军到部队，是我第一次远离家门，又是从南方到北方，一切都很陌生。早晨，排长宣布，上午各自安置行李，购买日用品，熟悉环境；

下午召开全营训练动员大会。明天正式开始新兵训练。

吃过早饭，我和另一名同乡战友来到海边，脚下是一片沙滩，这个地方名叫沙子口，沙子特别多。啊，这不是沙漠吗？课本上学到的沙漠的概念一下就印证到这片沙滩上。我踩着沙子，用脚踢起一片飞沙，又像犁地一样，往前荡出一条沙沟，棉鞋里也灌进了冰凉的细沙。望着海边停泊的军舰，就猜想，我会分到哪一艘军舰上去工作？心里默默祈祷，希望那艘最大、最新的军舰上，有自己的战斗岗位。

中午，给父母写信，告诉他们："我们部队驻在沙漠里，军舰就在眼前的海面上。"

信发出去后，我忽然感觉不妥。既然驻在沙漠里，怎么会有大海呢？更谈不上眼前有军舰，这不是海市蜃楼吗？后来进一步熟悉地形后，就暗暗骂了自己一句：牛头不对马嘴！还知识青年呢，狗屁！第一个洋相，出在家信上。

接着，去购买牙膏牙刷等日用品。出门时，排长讲过，往右拐一百多米有一座平房，那就是军人服务社。我们朝那座房子走去，房子前面挂着一床棉被，四周也找不着门。心想今天服务社是不是休息？就回到营房。排长见我们空手而归，就问："为什么不买东西？"我说："关门了，买不成。"排长一脸迷惑："不可能呀，平时都开门，何况昨天新兵到来，更应开门服务。"又说："我带你们去。"

我们又来到平房面前，只见排长一掀"棉被"，里面是两扇玻璃门，推门进去，室内有一百多平方米，商品琳琅满目，两边屋角各有一个煤炉，屋里暖烘烘的。我一下惊呆了。排长望着我："不是开门吗！"我说："这个'棉被'挂在外面，不知里面是门。"排长和服务员都笑起来了。一位年龄稍大的阿姨冲着我说："又是南方来的吧？那是门帘。哈哈哈。"我被弄了一个大红脸，买了一些信纸信封等，赶快回营房去了。又出了一个大洋相！

　　吃过中饭，有两个小时午休时间。我到外面如厕去，出门刚拐弯，只见一个年纪五十多岁的老乡，穿着一身黑色的棉衣棉裤，衣服又旧又脏，老乡半躺在地上，手上抓着一棵野草，嘴里嚼着草叶，旁边还有两只空桶歪倒在地上。我吓了一跳，赶快跑去报告排长，说："外面有一个疯子，坐在地上吃草。"排长赶紧出来，一看就上前去扶，叫了声："大爷，没摔痛吧？"老乡拍打着身上的土，连说"没事，没事"，把半截野草都塞进了嘴里。排长回头训斥我："尽瞎扯！"他告诉我，这是附近村庄的老乡，到营区来淘厕所，不小心滑倒了。我说："他怎么还吃草？""什么草呀，那是大葱！你没看到他兜里还有半块玉米饼子吗？"我从来没有见过那么粗壮的大葱，叶绿茎白，就像南方的野茅草一样。少见多怪。我把大葱当茅草，误把老乡当"疯子"，再一次出洋相。

　　下午，召开新兵训练动员大会。一千多名新兵，带着小马扎，坐在操场一角。尽管天气寒冷，但我们对一切都感到很新鲜，也不觉得特别冷。中午老乡摔倒，我不仅没有上前去扶，还把老乡当"疯子"，这时还在懊丧和后悔。

　　动员大会开始。先是营长讲话，讲了新兵训练内容，主要是三大条令训练，即队列条令、内务条令、纪律条令，还有步枪射击和手榴弹投掷。接着教导员提出训练要求，无非是发扬一不怕苦，二不怕死精神和连续作战作风。最后是教官代表和新兵代表表态。动员会时间不长，剩下的时间大家回营房讨论、表态、写决心书。

　　由于前面连出洋相弄得很尴尬，下午讨论再不能丢面子。表态时，我理直气壮地讲了三句空洞的豪言：

　　当兵就要当好兵，红心献给训练营！

谁英雄，谁好汉，训练场上比比看！

不怕苦，不怕死，誓把红旗夺到手！

刚讲完，排长一拍大腿站起来："这话带劲，把它写成挑战书，和二排、三排挑战去"！

晚上本来是读完报就洗漱休息，又怪我多事，读完报新兵连又召开了挑应战大会。听人说，这个会是由我所在的一排挑起的，折腾了一个小时才结束。

真　情

　　有两件小事，发生在五十年前，可总是萦绕在我心头，时常念起。现在说起来，还是那么温心暖肺，感动不已。

　　那是上世纪六十年代最后一个冬天，我参军到达新兵连的第三天，接到上级通知，我们这批新兵立即分到部队，要开赴新的地方执行国防施工任务。

　　部队是工程兵，这与我原来"上军舰，当水兵"的愿望大相径庭。我被分在某连十五班。又是欢迎会，又是小会餐，老连队温馨如家。可是我一直打不起精神来，心情很郁闷，懵懵懂懂地融入这个集体。

　　经过两天收拾整理，我们乘闷罐车（货车）去新的地方。

　　火车行了二天一夜，在第三天凌晨一点停在了长治车站，这里是山西晋东南地区，也是著名的太行山区。

　　节气已进入"一九"，北方天寒地冻，萧瑟冷落。下了车，朔风扑面而来，不禁一阵哆嗦。尽管棉衣棉裤、棉帽棉鞋都穿在身上，还是难御寒风来袭。我们一边搓手跺脚，一边整队集合，准备乘汽车去目的地。连长交代：现在气温零下十度，大家把衣帽扎紧。

　　从南方来的我们，哪里见过这么冷的天气，还要转乘卡车，心里不免打怵。正往车厢上爬，忽然有人把我叫住："小黄，等一等。"我一回头，班上老兵吴国昌正把身上的大衣脱下来，就往我身上披。我推辞："我穿了，你穿什么？""没关系，我不冷。"不容分说，把大衣袖子就往我手臂上套，并帮我把大衣扣子扣好。

那时候，大衣都是老兵退伍后，留给新兵。由于我们提前分到连队，老兵还没有退伍，因此，新兵都没有发大衣。吴国昌就把大衣让给了我。

汽车驶出了车站。大街上空空荡荡，没有行人。昏黄的路灯发出清冷的光亮，像一盆凉水泼洒在地上。道路两旁的白杨树落叶飘零，光秃秃的残枝在凛冽的寒风中摇曳，发出尖厉刺耳的呼啸。偶尔有几株松树蓬松着一团墨绿，为这座城市显示出一点生机。

一会儿，卡车离开市区，驶入乡村。在昏黄的月光下，隐隐约约看到一些低矮的民房和孤零零的树木。村庄沉睡了，河流冻冰了，山野沉寂了。只有萧瑟的寒风，凄然的旷野，伴随着我们，远不像南方冬季依然绿色葱茏，到处生机勃勃的景象。朔风阵阵刮来，让人不禁缩紧了身体，不停地打着寒战。

三十多辆汽车沿着沙石公路逶迤前行。车轮辗起团团灰尘，沿途黄土弥漫，车队就像一条长长的灰龙。车灯照射，更显灰蒙蒙一片。我们一律背朝前方，逆风而行。风像刀子一样，扎透了衣服，直刺骨肉。我一看吴国昌，站在我左前方，身子紧缩，牙齿紧咬，但神情镇定，意志顽强。他冲我一笑，除了牙齿是白的，眉毛、鼻子、脸庞及衣服全是灰黄色。我虽然看不到自己的面容，但肯定也是一样的。看着吴国昌的笑容，不禁想起刚到连队那天晚上的事情。

那天吃过晚饭，吴国昌就找我去谈心，我们在营院里边走边聊。他先介绍了自己的情况。吴国昌是江苏丹阳人，一九六九年春季入伍，比我早当十个月的兵。他中等身材，皮肤白净，眉目清秀，一看就是江南水乡的后生。但我感到他就像个老大哥，很诚恳、热情、亲切。没等我介绍自己的情况，他就说："小黄，我知道你为什么不愉快，是不是嫌当工程兵丢人？走对了路，入错了门，是吧？"我脸就红了。他怎么知道呢？我正想着，吴国昌又说："都一样，我也经过这个过程，闹过同样的情绪。其实，想通了就没事了。"接着，讲了一大通道理。

说实话，吴国昌讲的道理，我也没有完全听进去；现在看着他满脸灰尘的样子，也不像我想象中的英雄。但他的行动让我不得不敬佩。我有些内疚，一是大冷天穿人家的大衣，太有点自私；二是当兵动机有点狭隘。同时又很庆幸，能与这样的战友共事，难道不是一种缘分吗？与吴国昌相比，自己太渺小了。温暖是最好的良药。我对当工程兵的苦闷，一下就淡化了许多。

汽车进入山区，道路更窄、更陡，气温也更低。过去从地理课上，知道太行山脉连绵起伏，贯穿晋冀。没想到山势如此险拔峻峭，借着淡淡的星色月光，可见奇峰突起，怪石嶙峋，许多地方刀劈剑削，陡立如墙。车在山间行驶，两边是黑黢黢的险峰。风从南壁撞回北墙，就在山谷回旋，掠过身上，如针刺鞭抽。车子左旋右转，上下起伏，人也颠簸得厉害，有的战士晕车呕吐。吴国昌为一个呕吐的战士轻轻地捶着背，安慰说："坚持，快到了。"实际上，车子要到哪里去，什么时候到，车厢上的人谁也不知道。

行到半山坡上，见到几户人家，有一家窗户上还亮着微弱的灯光。我就想起母亲夜间给年幼的弟弟妹妹把屎把尿的情景。过去没有尿不湿，幼儿一晚上要抱起来拉几次尿，母亲晚上要起来几次，很难睡个囫囵觉。儿行千里母担忧。我离开家时，母亲几次流泪，担心这，担心那。从部队转业的公社武装部长劝她说："你放心，队伍上好着呢！干部晚上查铺会给战士掖被子，冻不着，饿不着。"我虽然到连队才几天，但第一晚上熄灯后，我就看到手电筒在宿舍晃了几次，估计是连首长在查铺。大冷天，吴国昌把大衣让给我，这还不能印证武装部长讲的话吗？我又瞅了一眼吴国昌，见那个呕吐的战士还靠在他的肩膀上。

排长看到气氛比较沉闷，就说："唱支歌吧，唱《大刀进行曲》。"

接着起头，可一张口，声音磕磕绊绊："大、大、大刀——"我忍不住笑，可又笑不出来，也跟着"大、大刀——"唱了起来。我不知道人在冻得发抖的时候，嗓音会有什么变化。这次体会到了，那声音好像是从别人嘴里发出来的，不由自己掌控，它断断续续，抖抖索索，结结巴巴，颤颤巍巍，好像是出了故障的留声机。唱着唱着，就好些。唱到最后一句，我们提高声调，鼓足劲，大喊一声："冲呀！大刀向鬼子们的头上砍去，杀！"然后一阵大笑。排长更来情绪："再唱一支。"他那五音不全的声调，好像油锅里撒了一把盐，出现了平时听不到的"嘶嘶啦啦"的六音、七音。

一路唱着，叫着，笑着，天亮前终于到达目的地——大山深处的一个农村。没有营房，暂住老乡家中。当地早做好了准备，老乡们烧好了面条、姜汤在等着我们。从此，我们在大山深处开始了艰巨的国防施工建设。

一个月后，又发生一件事，同样铭刻在我的心中。

那是一个普通的日子，我们正在施工作业，卫生队一名军医到基层巡诊。在工地上，大概是看到我年龄还小吧，便亲切地在我头上摸了一下："小鬼，哪里人？"还没等我回答，他就惊叫起来："你发烧呀？"这两天，我是有点不舒服，以为是感冒，挺一挺也就过去了，也没当回事。医生手试出来了，不容分说，他和连长打了一声招呼，便把我带到卫生队去检查，确诊急性胸膜炎。当天用车子把我送到一百多公里外的长治市陆军一〇二医院治疗。

住了一个月的医院，回到连队，战友们对我关心有加，重活不让我干，甚至晚上站岗有时都被人顶替。

作为一个农家子弟，我来到部队后，就是在这种环境下锻炼成长起来。后来，我在部队有了进一步发展，提了干，当了团政委。转业后，在地方也一直担任部门领导工作，得到的关心、照顾自然不少，可是让我刻骨铭心的，还是这两件事。它算不上大事，但在我心中却沉重千斤，总挂心头。特别是这些年，我和家人常为看病的事闹心，到医院去，排队、挂号、花钱、等待且不用说，当你等了好几天，医生也就是二三分钟给打发了。等你各项检查完毕，复诊时又要挂号、排队、等待，看病和患病一样煎熬。我就特别怀念五十年前那次看病的顺利和医生的温馨。

人的一生，得到的温暖除了来自亲人，就是组织、战友、朋友和社会。亲人是血缘关系，义不容辞。同志和朋友，就是友谊关系，非常珍贵，珍贵在它的无私、慷慨、自然、经常。2016年，我们战友在江苏丹阳聚会，我见到吴国昌，他退伍后一直务农，还是那么忠厚、善良。我和他提起当年让大衣的事，并再三表示感谢。他说："我都想不起来了。那也是应该的。"经常做好事的人，对一二件好事想不起来也不足为怪，就像山中清泉，长期潺潺而流，怎知道哪一股甘泉是哪一天流淌出来的呢？

由此，我又想起那句老话：人间自有真情在。真情是做作不出来的，它是志同道合者心灵碰撞出来的火花，是霜天雪地中的一缕春风，是高山流水中的一道甘泉，是人性中大慈大悲、大喜大爱的自然流露和永恒表达。真情永远是社会的正能量之源。它可能是饥肠辘辘时的一块红薯，寒冷难熬时的一件衣服，得意忘形时的一句提醒，执迷不悟时的一掌猛击，身处逆境时的一声问候。它可能是物质的，也可能是精神的，它是不是亲人胜似亲人的那颗火热的心。

以心温心，以情唤情，所以才让我对那两件小事心心相念，难以忘怀。

怀念战友

　　金秋十月，应苏北战友之邀，原参军在一个连队的部分战友在盐城聚会。接到邀请后，我的心情一直难以平静。四十多个春秋过去了，亲爱的战友，你们还好吗？音容体态改变了吗？你们是否还认得出我？尽管在微信上也常相问候，但总还有丝丝悬念，挂在心头。

　　重阳前夕，我登上北去的列车，掠过一望无际的金色田野，迎着阵阵飘来的丹桂清香，终于来到了盐城宾馆。一进大厅，比我先到一步的战友一起拥来，大钱、志洪、平正、尊民……尽管岁月抹去了我们青年时的英俊飘逸，平添了满鬓白霜和几许皱纹，但一眼还是能互相认出。大家不分年龄大小，军龄长短，职务高低，彼此直呼其名，大嚷小叫，你一拳，我一掌，又是握手，又是拥抱。一阵喧闹之后，便纷纷把当年连队的陈芝麻、烂谷子一股脑地往外倾倒……

　　我是上世纪六十年代末走进军营，在连队生活了多年。连队是我军旅生涯第一站，也是我人生成长中，从一个懵懂的青年，逐步走向成熟的第一课堂。连队培养了我，锻炼了我，成就了我，我特别怀念曾经朝夕相伴的战友。在我脑海中，时常出现这样一种景象：有些战友，一时想不起名字，但容貌老在眼前浮现；有些战友，一时想不起容貌，但名字却格外熟悉。今天，终于把名字和容貌都对上号，友情的琴弦上又蹦跳着鲜活的记忆音符。

人就是这么奇怪。我们一生中，经过和做过许许多多事情，绝大多数都忘记了。可部队往事，烙印却特别深刻。我转业后在地方工作二十多年，接触的同事成百上千。可退下来后，能记住名字的很少，有时路上遇见，他们叫我，我只是点头笑答"你好"，却叫不上名，很尴尬。但与战友就不一样，不管分别多长时间，都能讲出个子丑寅卯，而且随着年龄的增长，思情越来越浓，念想越来越强。这可能是上苍为我们开凿了另一条时空隧道吧。

　　接下来，盐城战友大慷私房之慨，尽情地主之谊，连续三天陪同我们游园观景，推杯把盏，笑谈人生。盐城好玩的地方——大枞湖、麋鹿园、丹顶鹤基地、扬侍生态园等，都逛了；当地好吃的美食——八大碗、大闸蟹、阜宁大糕等，都尝了。弄得我们这些外地战友除了连声道谢，几乎说不出其他词汇了。

　　人的一生中，总有几个圈子相随，如同学圈、同事圈、战友圈……在这些圈子中，我觉得最纯洁、最真诚、最可靠的，还是战友圈。她充满了正能量，蕴涵着真善美，少有互相攀比，争名夺利，明争暗斗等消极的东西。战友之间，能够相互给予的，都是无私、无欲、无怨、无悔的，所以感情特别牢固，特别持久，特别值得珍惜和怀念。

　　也许是这个原因，几天来，不管风景多么迷人，佳肴多么可口，我的心情、心思、心结更多地沉浸在连队往事的回忆中。

　　我怀念战友，是因为当年战友们不怕困难，不畏艰苦，甘愿献身国防的牺牲精神，常常撞击我的心扉。

　　工程部队成天与坑道、土石打交道，最大的特点是苦、累、脏、险。那时战士们一不怕苦，二不怕死的献身精神，真是无可怀疑，无可挑剔，无可比拟。从山西太行山到河北大平原，不知洒下多少热血和汗水。部队每次移防，我们都是自己动手，一砖一瓦盖起了一幢幢漂亮的营房；工地没有道路，我们挖山搬石，一锹一镐修筑了一条条宽阔的公路；为了加快施工进度，无论春夏秋冬，我们一场大会战接一场大会战，用当时的话讲，叫"革命加拼命，拼命干革命"。尤其是坑道作业，每次塌方，都有战士献出年轻的生命。我一直认为，我们这一代军人，虽然没有经历战争年代的烽火硝烟，但和平时期各种艰难困苦的考验，同样波澜壮阔，气吞山河，日月可鉴。部队那段激情燃烧的战斗岁月，让我终身难以忘却。

我怀念战友，是因为当年部队官兵一致，团结友爱的深厚情谊，一直温暖和激励着我。

我这一生得到的关爱，除了来自父母、妻子、儿女等家人的关心，感受最深的，是当年连队战友的关心和帮助。无论是政治上，还是工作、生活上，都记忆犹新。我参军不久，由于父亲的冤案，我的思想一直很郁闷，连队首长热情帮助我，经过艰苦的申诉，终于得以平反。当新兵时，衣服、被子脏了，都是老兵们帮助洗，我第一次拆洗被子，是老班长在通铺上一针一线帮我缝好的。记得部队从青岛移防到山西，火车半夜到达长治，接着改乘敞篷汽车到黎城。正是三九寒天，老战士吴国昌脱下大衣穿在我身上，自己在寒风中站了几个小时。一次在工地干活，一名军医从我面前经过，偶尔摸摸我的头，说"小鬼，你发烧呀"，马上带我去检查：急性胸膜炎。当天就用车把我送到一百多公里外的长治市陆军一〇二医院。后来我出院了，很长一段时间战友们都不让我干重活……这样的事例不胜枚举。这样的大家庭，这样的好兄弟，我能不留恋、能不怀念吗？

我怀念战友，是因为当年部队纯洁正派、朴素无华的良好风气，至今在感染和浸润着我。

那时，部队思想比较单纯，人际关系也不复杂，战士们对工作并不挑肥拣瘦，对名利也不刻意追求，对升官发财更无奢望。我们对前途的憧憬，只是希望在部队能入团入党，当个好兵。表现在行动上，就是傻干。至于拉关系，走后门，请客送礼等等，想都没有想过，部队也很少有这种现象。那时官也好当，兵也好带。在山西施工的时候，物质文化生活条件都比较差，如果哪一天又吃包子又看电影，战士们从早晨起，就莫名地兴奋。班长、排长做思想工作也很简单，只要吆喝一句"今晚吃包子看电影啦"！大家就干劲十足，再难的事，再重的活，都能提前完成。这有些黑色幽默，但在我心中却是一段美好的回忆。

听听久违的声音，看看熟悉的面孔，让我们再次漫步绿色军营！战友聚会，是一次人生的回眸，是一次心灵的拥抱，是一次精神的慰籍！为了记录这次聚会盛况，钱春生战友辛辛苦苦，制作了一部美篇《相聚》。他说，"你写点感言吧。"于是，我大发感慨，胡诌了一段文字，借此倾吐自己的心声：

何谓战友？战友就是曾经一起扛过枪、站过岗、流过血、淌过汗，有着共同使命和成长经历的人。军旅生涯让我们形成了精神上的兄弟姐妹，虽然没有血缘关系，但却有着别样的情感。

战友，是一段人生邂逅，虽历经沧桑却思情不断，无论你在天涯还是海角，总叫人魂牵梦绕，百般念想；

战友，是一叶击浪轻舟，不在乎终点在哪里，只欣赏沿岸青山碧水，无限风光；

战友，是一壶陈年佳酿，窖藏愈久愈益甘醇芬芳，你举起杯，心情就淋漓酣畅，醉人胸腔；

战友，是一笔精神财富，它不会随着时空的推移而贬值或丢失，谁也掠不走你心中这份深埋的宝藏！

辑五

山河

当我跨越一座座雄奇的山峰，穿过一条条激荡的河流，大自然的鬼斧神工不仅让人赏心悦目，神情怡然，更使人对它产生了敬重、敬畏、敬护之情。唯有如此，大自然才会以无穷无尽的景色，来复制更精的美画，陶冶更纯的美情，历练更真的美心，成就更多的美文。

关山雾几重

踏歌花源谷

三月的花源谷，是花的世界，诗的海洋。

是的，她以婀娜多姿的身态和千娇百媚的俏容，在咏诗，在作赋，在填词，在放歌春天的芬芳和美丽。

我是第一次到花源谷，却似曾在《诗经》里见过她的踪迹，在《桃花源记》中看过她的倩影，在李白、杜甫、刘禹锡的笔下，目睹过她的芳容。

"所谓伊人，在水一方。"在碧波荡漾的庐山西海，在星罗棋布的湖岛之中，深藏着一位待字闺中的美丽女子，她就是花容月貌、香飘四季的花源谷。随着九江大旅游发展战略的推进，花源谷近年来才被开发。芙蓉出水，倍受青睐。人们从四面八方不断涌来，一睹花源谷芳容。我和朋友一行，一早驱车百十公里，伴着朝阳来到武宁县杨州地界。放眼望去，湖光山色，碧水连天，岛屿散落，蓬莱再现。花源谷傲立在湖水中央，绵延数里，披青挂翠，绣锦缀红，落落大方。第一眼就让人拍手叫绝：莫非是桃花岛？兴许是桃花园？敢情是桃花源？

工作人员介绍，花源谷花开四季，有梅花、桃花、樱花、槐花、杜鹃、玉兰等几十种花草。三月正是桃花、樱花、玉兰花开放的季节，你们可尽兴游湖赏花。

"桃花春色暖先开，明媚谁人不看来。"我们乘船向花源谷驶去。碧水映衬着蓝天白云，船在云水之间行走。湖水清澈明净，一米多深的水草婆娑弄影，清晰可见。深水处一片墨绿，绿得深沉，透亮。船头划开水面，微微清波向两岸荡去。水鸟飞旋湖中，或轻掠水面，或冲上云天，或啼鸣船边。

船两岸是起伏绵延的山丘、小岛，山上林木葱茏，青翠一片，有樟、松、柏、枫、山楂树和竹林。最上层是刚长出的新叶，一片淡绿，如覆盖着一层青翠的绒毯。下面是深绿色的老叶，像穿着黛色的长裙，间或夹杂着红枫、海棠、杜鹃，各种花色点缀其中。树林仙袂飘飘，风姿绰约，倒映湖中，山动水舞，水飘山移。船行其间，如梦如幻，令人陶醉欲仙。

不一会儿，来到桃花涧。这是一座一千多米长的山峦，满山尽是桃树。此时，桃花正艳，满眼红霞，一条鹅卵石铺就的小道，逶迤山间。我们就在桃花丛中穿行。

那一株株桃树，两米来高，不甚高大，但却妩媚秀丽，风情万种，你推我搡，身姿各异。有的蓬勃成荫，花团锦簇；有的亭亭玉立，一枝独秀；有的一边倾斜，半依半偎；有的节外生枝，情意缠绵；有的四面临风，舞影弄姿。"桃之夭夭，灼灼其华"，真是一点不假。桃花为了独占花魁，引人注目，并没有一起开放，而是有先有后，按序登场。你看那万紫千红的花海中，有含苞待放的花蕾，有烂漫若灿的花朵，有已近凋零的残蕊。那花朵，也是红中分类，色彩纷呈。有轻点粉脂的淡红，有浓妆艳抹的粉红，有赤心似火的深红。淡红如玉，微显晶莹；粉红含羞，顾盼倩影；深红炽热，心花怒放。这些桃树，不见绿叶，唯有红花朵朵，挤挤搡搡，重重叠叠，像那烤熟的羊肉串，一嘟噜一嘟噜密密匝匝，红得冒烟，香得喷鼻，美得馋人，真想摘一串下来尝尝。

更有甚者，专弄风情。面前一株桃树，光秃秃的树干生出两股枝丫，左伸右攫，分道扬镳。可没走多远，忽然来了个一百八十度转弯，先是握手抱臂，相互问候，接着交颈搂腰，相拥而泣，最后扭作一团，如胶似漆，比那交颈鸳鸯，并蒂连理还要热烈奔放，难解难分。多情的桃花树，深情的花源谷，爱得那么炽热，那么赤裸，那么真情。难怪李白曾经感叹：桃花流水窅然去，别有天地非人间。

面对桃花的多情多姿，谁能不眼花缭乱，心旌摇曳！我独坐在一棵裸露的树根上，低头静思。朋友抓拍一个镜头，并题名"思考者"。思什么？桃红柳绿，草长莺飞？忽一阵清风吹来，惊得我"人面桃花相映红"。

离开桃花涧，行走浮桥上。这浮桥约有五百米长，架在两岛之间，宛如一条银带，水波激荡，人就晃晃悠悠，心就起起伏伏，仿佛行走在云水之间，飘拂在山林之上。就想，如果陶令再世，不只在南山采菊，还会到西海捕鱼。

这山名叫樱花岛。花源谷不光有本土花木，养育国翠菁华，还引进外域花卉，容纳世界草本。日本樱花也在这里安家落户，葳蕤茂盛。那白色的染井吉野樱，红色的关山樱，紫色的普贤象樱，都在争奇斗艳，各展芳姿。"东方今日东风起，谁道樱花无主人。"作家老舍对日本的樱花情有独钟。我不知道富士山的樱花今日是否盛开，但花源谷的樱花却迎着阳光，纵情开放。那重重叠叠、姹紫嫣红的花朵，让你无法看到枝干，似乎那美丽是凭空出现的。站在树下，春风浸润，暗香浮动，人被美丽幻化成绝尘脱俗的天使，此刻，仿佛进入《圣经》里的天堂。

回到人间，我忽然想起"樱花红陌上，柳叶绿池边"的诗句，周恩来总理自喻"樱花""柳叶"，把全部心血化作此花此叶，盛开在祖国大地，妆美着人民事业。本来对樱花不大熟悉的我，也觉得樱花更可亲可爱了。我仔细打量那蓬松勃发、枝繁叶茂的樱花树，那满山的樱花树也兴奋了：她们舞动着健美的身躯，用那湿润的手将五颜六色的樱花撒满嫩绿的山峦、峻拔的岩石、潺潺的流水上，将满腔的爱恋释放出来，铺满了这座美丽的小岛。

又过浮桥，又登山冈，我们来到了玉兰洲。这里是美人的世界。玉兰树以其修长的身材，婀娜的身姿，纤细的手臂，捧着一盏盏莲花酒杯，映入我们的眼帘，白的、黄的、红的花朵，开在枝头，美在心头。我们像走进了《红楼梦》中的大观园，银花玉雪，丽质春兰，绰约素娥，仙羽霓裳，围在你的身边；又如闯入茅台古镇，琼浆玉液，百年老窖，醇绵甘汁，沁人心肺。

我真的醉了。

醉意微醺，醉眼蒙眬。回望那漫山遍岛的花卉，成串的桃花，成堆的樱花，成片的玉兰，还有那零零散散的海棠，杜鹃以及路边凑热闹的油菜花，从山脚开到山顶，从湖边开满小岛，望不到边，走不到头。

那些长满山坡的花朵，不知是装饰了小岛、大湖，还是小岛、大湖衬托了花的大气和美丽。

再看那些游人，面对一朵朵、一丛丛、一簇簇像蝴蝶、像云朵、像玉杯的花儿，翘首弄姿，百般作态，频按快门，恣意拍摄。不知是要与桃花比美、与樱花斗艳、与玉兰争色，还是坠入花丛，花迷心窍，不能自拔？

这赏花的人儿，一定是乐透了。寂寞了千万年的荒山小岛，终于迎来了这么多的游客，它想留住他们，要不怎么弄出这么千姿百态的花容，美的逼你的眼，撩你的心！

这清澈的大湖，这灿烂的小岛，本来就美丽，又在水上岛中缀满这无数的花朵，这山，这水，能不诱人吗？

大自然，你就天造地设，鬼斧神工吧！

景区工作人员还说，花源谷除了春季百花争艳，秋有菊，冬有梅，夏有紫薇，还有燃情金沙滩，清爽水世界，度假小木屋，3D 小影院等等，什么时候都有花可赏，有物可玩。

　　留着吧，我一眼哪能看得够，玩得尽，再好的东西，也要慢慢品尝。

　　花源谷，我还会来看你的！

烟雨瑶里

老天知道我们今日要去古镇瑶里。

连续半个月，天一直阴着脸，黑着面，连星期日也不休息，不是风，就是雨，有一阵还夹着冰雹，一个劲地向地上砸去。

大地哭了。到处是一洼洼、一汪汪未擦干的泪水。房屋、树木、花草还挂着泪珠。靠近山涧，一股溪流号啕着向前奔去，似乎是要找谁诉说心中的苦楚。

"这雨赖着不走了。"地头荷锄的农民，一边排水，一边叹息。

当车子快到瑶里时，眼前突然一亮，半天上云开一线，火红的太阳挤开云缝，露出半个笑脸。旁边的厚云经不住火团的炙烤，渐渐地蒸发，阳光急泻而下，在空中洒下金色的光辉。公路两旁的树木及绿荫掩映下的粉墙黛瓦发出欢呼的声音。小鸟欢鸣奔跳。

"欢迎阳光使者，你们为瑶里带来了久违的太阳。"

导游小姐一番妙语，逗得我们一行心里美滋滋的。

导游是当地的女孩，也是一所大学来此地的实习生，天生就有那么一种淡淡的典雅和温婉。她自报了姓名。我笑说："你是属丹顶鹤的。"女孩一愣："十二属相有属鹤的吗？"我说："你叫项丹红，谁项上披丹戴红？还不是丹顶鹤吗！"大家一笑。瑶里的女孩应该属鹤，这是神仙住的地方嘛。属鹤的女孩且说且行，仙袂飘飘，领着我们游览景区。

几年前，我曾来过两次瑶里。这次是陪同外地战友故地重游，且是雨后游览，云缭雾绕，木润草滴，别有一番韵味。

我们走进一片名叫汪湖的原始森林，只见林海茫茫，树木森森，峡谷深壑里奔涌着潺潺急流，陡崖峭壁上错落着奇峰怪石，山风呼啸中夹杂着鸟啼虫鸣。"汪湖不是湖，却是一片山？"战友有些不解。"仙界和人间就是不一样嘛！"我胡乱解释。"汪湖是一个村名，因为这里居住着汪、胡两姓家族，便称作汪湖。"导游纠正说。我们踏着曲径小道，欢声笑语，走进森林深处。

　　一大片几人合围的参天古木矗立在面前，有香樟、苍松、古柏、楠木等。这些古木树干粗壮，树皮皲裂，树冠如盖，树姿各异。那苍松昂扬挺拔，直冲云天；那楠木一个趔趄，斜地而立；那香樟铺天盖地，横空出世；那古柏筋骨坦露，左扭右拧。有一种叫鹅掌楸的古树，长得有些横行霸道，从下到上蓬勃开去，占据其他树木的领空，把松、柏的枝叶挤得往一边长。导游告诉我们，这些树都有几百年的历史，这里森林覆盖率达百分之九十八，每立方米空气中负氧离子高达十几万个，既是植物景观园林，又是修身养性胜地。我做了几下深呼吸，顿感口舌生津，四肢增力，神清气爽。人就想发泄，就想呐喊，人群不约而同地发出呼唤声。一山呼叫，众山响应，那吼声在山间东碰西撞，南旋北转，就发出嗡嗡的回声，人仿佛幻化成飞鸟，翱翔空中，天人合一，心旷神怡。

　　天不知什么时候下起小雨。大家把伞打开，森林中长出五颜六色的蘑菇，红的、绿的、黄的、蓝的……会行走的蘑菇把栈道挤得满满的。不知是天下雨，还是树下雨，人在重重的绿荫下，看不见天空，只听到雨打山林，水珠滴伞的声音。

　　沿着密林往前走，便听到轰隆隆巨响，蒙蒙的水雾扑面而来，一道白色水墙横亘眼前，原来是南山瀑布在飘锦洒玉。这是一个瀑布群，它位于汪湖的高际山下，全长四百多米，主瀑七十余米，落差一百多米。除了主瀑，还有石花瀑、飞龙瀑、漂锦瀑。那巨大的水帘，如银河泻地，云翻水怒。我仰望瀑布，细观山水，它是泉，但又不是涓涓细流；是瀑布，但又不是泥沙俱下；是山洪，但又不夹任何杂物。它从高山倾覆，长江滚滚没有它这样妩媚，黄河滔滔没有它这样清澈，大海浩浩没有它这样秀美。它激情、大方、开放，抛珠溅玉，舞绸飘锦，把汪湖装扮得云天斜立，江河倒竖，水激石磬，石助水舞，如梦如幻，如临仙境。我忽然想起距离这里一百多公里外的庐山瀑布，那一线飞流就显得有点秀气、单调。只可惜李白当年没有多走几步，如果他到瑶里看见南山瀑布，还不知道会作出多么奇妙的诗句。

终于走出森林，来到古镇。从古镇回望群山，让人更加惊艳瑶里的山水气势。

原来，走进山林看山，只是看局部，看特写。走出山外看山，才能看全貌，看整体，才能领略山的壮美。怪不得苏东坡说："不识庐山真面目，只缘身在此山中。"

现在看那瑶里群山，但见山脉绵延起伏，峰峦叠嶂奇秀，满眼青黛绿色。那青山之绿，绿得那么饱满，那么热烈，那么稠密，那么蓬勃。我几次到瑶里，发现这里的绿色是变幻着的：春日，那绿在雾里，在云里，忽隐忽现，忽白忽青；夏日，是一派浓荫，阳光照射，绿中泛银；秋天，绿中带金，叶青果黄，满山飘香；冬天，那树木将浅绿色的叶子更换成深绿色，在萧瑟的朔风中，依旧生机勃勃。

山和水是相连的。密林森森必然造就河水清清。水顺着山脚流淌，便汇成小河。小河横穿古镇，环绕山间，这就是那逶迤清亮的瑶河。瑶河穿镇入谷，那徽派民居也跟着河水编排：山弯水拐处，炊烟居人家，坡地垦田畴，跨河架石桥。青山、翠木、云霞，小桥、流水、人家，一副田园山水画铺就在瑶里的沟沟壑壑，村村落落。

面对这人间仙境，难怪瑶里这些年一举获得"中国自然与文化双遗产名录""国家重点风景名胜区""国家森林公园"等六块国家级金牌。

这真是神仙住的地方。瑶里，该有的都有，该没有的都没有。江南飘忽的烟雨，桂林壮美的山水，黄山苍茫的云雾，苏州精巧的园林，宋元明清古朴的建筑，都有。没有的，是汽车喧闹，霓虹招摇，商家叫卖，世俗干扰。正因为没有了后者，也就有了瑶里古镇的一片静谧和古朴。你走在留下深深独轮车印的青石街道上，两旁堆满岁月沧桑的百年老屋向你敞开着，上世纪留下的毛主席语录在墙上清晰可见。白发老人在老屋斑驳的门槛上、青石铺就的台阶上闲坐着，目光透着生活中的平淡和宁静。游人擦身而过，或拿着相机拍照，不惊不喜，不烦不怨，任其融入风景。妇女在河岸槌洗衣裳，孩童在河边嬉戏打闹，河面上水车摇动，水碓起落，呈现出一派古风古朴、古色古香、古韵古情的恬静悠闲的生活气息。

到了瑶里，不能不看古窑，那是祖先留下的宝贵的文化遗产。

在唐代中叶，瑶里就有生产陶瓷的手工作坊。宋、元、明时期，是瑶里陶瓷发展的鼎盛时期，它是景德镇陶瓷的发祥地。高岭土就产于瑶里的高岭山。在瑶河沿岸的山水之间，既有多处瓷业生产基地——古矿、古坑、古窑、古作坊，又有为之服务的交通和商业体系——古码头、古驿道、古商铺、古村落。瑶里原名窑里，正由窑而得名。到了清代，高岭土矿藏采掘殆尽，制瓷业逐渐衰落，瓷业中心的桂冠落在景德镇。

我们循着"窑迹"走去，却见一处处用砖块砌柱支起，杉树皮作瓦，四周通透的制坯作坊遗存在山坳里。那些古窑群绵亘在不远处的山包上，抑或就是它才形成的山包。野草掩映着一条条登上瓷窑的山路，那被风雨侵蚀得残缺的窑口还张开着，仿佛还能感觉出昔日的人影窑歌和"村村掏埏，处处窑火"的辉煌。

经过作坊遗址时，我们体验了一下古人制瓷的劳作。把一团瓷泥放在辘轳车上，将其摇动，那团瓷泥飞快地旋转，然后用手把捏瓷泥，捣古好一阵拉出一个连自己都说不清是什么的瓷坯。旁边的老师傅看后哈哈大笑："不吃一囤谷，难练真功夫。"笑声飞去，感慨颇多，不由得对古人制瓷技艺产生由衷的佩服。

小雨还在飘着。这雨，细得若有若无，忽雾忽丝，给古镇增添了几分朦胧，那些青砖黛瓦、飞檐翘角的明清建筑显得更加古朴。参观了"敬业堂""程氏宗祠""狮冈胜览"等古建筑，又让人再一次震撼。

"狮冈胜览"，名字就让人肃然起敬。这是一幢中国现存的珍贵欧式建筑风格的民居，外形为西欧风格，内部结构趋徽派传统建筑。整座建筑为两堂八房的楼房结构，后堂墙上书有"狮冈胜览"四个大字，字上面为两头狮子。建筑内门窗、房梁上有近百幅山水花鸟木雕，雕刻精致，栩栩如生，未施油漆，充分显示了木板纹理的天然之美和主人的财大气粗。

走在古镇的小街上，处处能闻到一种幽幽的清香，那是瑶里的茶叶散发出来的芬芳，它醒目地摆在商铺的货架上。瑶里茶叶闻名古今中外，历来为贡茶进奉朝廷，白居易诗句"商人重利轻别离，前月浮梁买茶去"，正是古代瑶里制茶业发达的写照。导游眉飞色舞地告诉我们，瑶里茶叶产于云雾山中，不施化肥，纯天然绿色食品，瑶里"崖玉"曾荣获三次国际大奖。

既有好茶，不得不尝。我们围坐在一古亭里，细品"崖玉"，果然清香、味甘、神爽。聆听溪流汩汩，遥看群山巍巍，面对古镇悠悠，令人心旷神怡。此时，除了感慨大自然天造地设般迷人之外，你就只能深深地呼吸，由衷地感恩：人类啊，大自然供着你，养育你，你还有什么理由不虔诚地尊重她！

林之海，瓷之源，茶之乡——瑶里，我们爱你！

让灵魂温柔地亲吻山水

七月流火，我来到了清凉世界：庐山。

市老科协用心良苦，在庐山举办科普论坛，让我们这些退休的老同志消暑山中，过几天神仙日子。

其实，过去也常到庐山，都因工作而来，事情忙完，即刻下山，偶尔陪同客人，也是来去匆匆，少有闲情逸致，更无游记、心得留下。

工作重压一旦解除，生活节奏放松，山野之心便油然而生。会议之余，逛山赏景，身入心至，景到情生，情景交融，物我一体，心情便像庐山风景一样美丽起来，思绪也显得深邃而高远，看山看水，便有几分诗情画意和"文人"雅兴。

庐山小憩，让我用灵魂轻柔地触摸山水，感受着大自然的魅力和柔情。

读　山

山之美在于它不知疲倦的绵延，在于它永无休止的起伏，在于它缠绕不绝的环抱。这种重复的运动、运动的重复，也许就是大山壮美的真谛吧！

我喜爱像大山一样重复的运动。

平时，我早晚都沿着甘棠湖和南湖悠闲地走湖，日复一日，年复一年，乐此不疲。此时，我漫步匡庐，踏着石板和碎石铺就的小径，悠然地逛山。

好像与庐山有约，一切都安排得那么温馨。晚霞热烈地拥抱着我，山风轻轻地抚摸着我，柔软的柳枝绿叶不时地揉拂我的头发，那盘旋在峭崖陡壁和跳跃在林间树梢的飞鸟也发出欢欣的啼鸣，洒下一片飘扬灵动的空山鸟语。黄昏中的庐山似乎比白天更加耐看：近山远峰的苍翠，红霞夕照的灿烂，暮霭烟岚的缭绕，花香草润的恬适，就像张大千的山水泼墨，浓淡相间，意韵深长，又似达·芬奇的油画，重彩细描，明朗艳丽。一个人独处山径，轻盈飘逸，有一种步入时光隧道的感觉。路旁的古迹文物，不时映入眼帘。从先秦时期到明清近代，从文人墨客到帝王政要，从佛学道教到西洋建筑，各种文化留痕，异彩斑斓。皇皇一部巨史，巍巍千年华章，静心倾听，如晤先哲。山涧传来淙淙溪流声，愈觉清灵而明透。我真的走进了庐山？我能看清它的"真面目"吗？

庐山，不仅是风景秀丽的旅游胜地，也是被岁月浓缩了的人文世界。稍一触摸，就能碰触到先哲的智慧，圣贤的吟哦，佛教的梵音，伟人的巨作，当然还有游人的熙攘，车辆的喧嚣。不知不觉间，我信步走到仙人洞，望着夕阳下的苍松，幽谷中的烟岚，悬崖边的仙窟，不禁吟起毛泽东同志那壮美的诗句："暮色苍茫看劲松，乱云飞渡仍从容。"当年国际斗争形势严峻，大有"黑云压城城欲摧"之势，中国共产党领导和依靠人民，团结一心，众志成城，终于顶住了压力，迎来了"无限风光在险峰"的春天。今天，我们多么需要这种众志成城的精神，不管人家搞什么贸易战、科技战、金融战，也不管世界怎么"乱云飞渡"，群魔乱舞，只要中国人民团结一心，同仇敌忾，中国就会永远保持"无限风光"。庐山，原来你是一盏指路明灯！人世间，不管什么艰难曲折，都能在你这里找到智慧和借鉴。

庐山是一本书，一本时光流动的书，一本积淀厚重的书，一本百读不厌的书。真想做个山人，随缘地走在山径，逛山读山。既读她的风花雪月柔情，也读她的文史哲理妙境，读她的雄伟与壮丽，也读她的梦幻与传奇。读山也是读人。人生不就是行走山径吗？有看不够的秀丽风光，也有走不尽的坎坷崎岖。走过曲折，便是坦途；登上山巅，即成风景。

读不尽的千年青史，看不透的乱云飞渡。青山不老，智慧无穷。苏东坡早在千年之前就把这一哲理酿成一坛老酒，让后人品味、鉴赏："横看成岭侧成峰，远近高低各不同。不识庐山真面目，只缘身在此山中。"

听　雨

黄昏落幕，牯岭镇已是灯光的海洋。色彩斑斓的霓虹灯，造型各异的广告灯，白炽耀眼的路灯，鳞次栉比的楼房透出千家万户的窗灯及横扫直射的流动的车灯，把小镇照得如同白昼。火树银花不夜天。

我回到宾馆，已是九点多钟，洗漱完毕，准备就寝。忽然传来"沙沙"的嘈杂声，以为是室友老刘在淋浴，声音又不像从浴房传来，老刘正在看电视呢。遂拉开棕色的绒布窗帘，一股水雾扑面而来，原来是下雨了。细密的雨帘把面前的山和树隔得深远，把满街的灯光变得迷离。

山下快两个月没有下雨，乍到庐山，立马久旱逢甘霖，焦灼的心情也湿润起来。都说山区的天，猴子的脸，说变就变。刚才还是星朗月明，不知哪里飘来一块黑云，将雨幕拉开。淅淅沥沥的雨从四周合来，像无数的乐手，敲着鼓点，弹着琴弦，吹着管笙，奏出忽而激越忽而轻柔的旋律；像拂过旷野的山风，带着诗人般的激情发出低沉而悲壮的歌吟；像群山发出的梦呓，滔滔地诉说着庐山一个个古老的故事。雨点滴落在阶石、马路、雨棚和铁皮屋顶上，发出"叮叮咚咚"的声音，水珠跳起半尺高。雨水贴着玻璃，成点、成丝、成片往下淌，与溪中的水流声，树林的摇曳声，山风的呼啸声混成一片，构成大自然的天籁。

夜雨统治了世界。鸟声减了啾啾，蛙声低了咯咯，虫声少了唧唧，路上行人也变得匆匆。一些游人打着雨伞，穿梭在马路上。两个小青年裸着头在跑着、跳着，互相追逐着，他们不像是雨中行人，倒像是在过泼水节，喜欢这种淋漓。山道上过来一对老人，他们共着一把伞，互相搀扶前行。那红色的雨伞汇聚了天与地的温暖，让人温馨起来。只要雨不倾泻，风不狂暴，撑一把伞在雨中，仍不失古典风味。任雨点敲在伞上，将伞柄一旋，雨珠四溅，雨伞便旋成一圈飞檐。和女友共一把伞，该是一种美丽的相约。最好是初恋，有点兴奋又有些腼腆。雨就是月下老人，专做作合之事。真正的初恋，恐怕是兴奋得不要伞了，手牵手狂奔而去。即使老人，伞下相扶，淌水而行，也是一段幸福、美妙、浪漫的旅程。

雨声是一种回忆的音乐。脑海浮现三十多年前第一次上庐山的情景。那时我还在北京海军机关工作。有一次到驻九江部队采访，在街上见到刚面世的折叠伞：撑开，华盖一顶，鲜艳夺目；收拢，细细一握，可放兜中。我给妻子买了一把。工作之余，战友陪我上庐山，游览锦绣谷。天蓝谷幽，山翠云淡，果然一片锦绣。正走着，从五老峰拥来一片乌云，随着一声响雷，天空霎时大雨如注。我撑开了那把折叠伞。山径平添一点红。拐过一个弯道，忽见前面一位年轻妇女牵着一个二三岁的孩子蹒跚雨中，军人的责任感让我紧走几步，把伞递给这位女士。女士回头一看，不好意思接伞，男孩用手抓着湿漉漉的头发，瞪着大眼睛望着我。我说："拿着吧，别淋坏了孩子。"女士一手抱起孩子，一手接过雨伞，教着小孩："快谢谢叔叔。"小孩鹦鹉学舌，咧开小嘴："谢谢叔叔。"我们前后相随。看着前面的母子，我想起在老家的妻小。儿子出生才几个月，我们还没见过面，就想有机会也带她们出来玩玩，打着小花伞，在阳光下或细雨中融入青山秀水的大自然。

过了天桥，快到公路边候车亭，躲在云层中的太阳又明晃晃地跳了出来。大约是雷声把它打了回来，山上的水雾与阳光交融，生出了鲜亮的彩虹，好像苍天嫌这里缺乏美意，特地加了一只妩媚的眼睛。老天开了一个玩笑，给了我一个学雷锋的机会和无限的遐思。女士把伞还给我，连说："谢谢。"看我穿着军装，又说："我丈夫也是军人，是一名空军。"哦，帮了一名军嫂，原来是自家人。笑谈中，挥手告别。"叔叔再见！"身后传来孩子稚嫩的童音。

一个激灵，清风把我带回房间。雨还在温柔地下着，薄薄的水雾把世界布置得幽冥昏暗，我拉上窗帘，默念着前人的诗句："留得残荷听雨声。"老刘响起了鼾声。我反而愈觉清醒，便躺在床上，感受着古人"隔窗知夜雨，芭蕉先有声"的生活意趣和雨夜的自然之声。雨声像乐谱上一个延长的音符，冗长而颤动。脑海中又浮现那个被雨淋湿的男孩。那孩子现在该有四十多岁吧，那军嫂也加入老年队伍了吧，因为我的孩子、妻子都分别进入不惑和花甲之年。慢慢地进入梦乡，梦见我和妻子共着一把伞，携手在风雨中前行……

观　云

清晨，雨后的庐山青翠欲滴，风清气爽。街道、公路、树木一片湿润。剪刀峡满坡满谷的白墙、红瓦、绿树分外显眼。

我来到街心公园晨练。公园行人寥寥，牯岭石牛还在沉睡。东方露出一线白色，天气本来晴朗着，可是突然从五老峰方向涌来厚厚的云层，前面是一朵一朵、一团一团飘浮的白云，聚拢后，像波浪似的以排山倒海之势压着群峰涌来。白云还未过尽，又是一排乌云似千军万马冲杀过来，空中还夹着细细的雨丝。乌云翻过山头，后面又是一团团灰云压了过来。乌云比白云速度快，很快就撵上了白云。灰云比乌云速度更快，一会儿又压住了乌云。三军摆开战场，在空中翻腾奔突，搅作一团。还各显兵力不够，继续增兵。云层越积越厚，厮杀越来越烈，只见一绺黑色人马杀入白云阵中，横冲直撞；又见一列白衣战士闯入乌云营盘，左挑右搦。云雾层层叠叠，挤挤操操，犹如翻江倒海，杀得昏天黑地。云的颜色也像老人的头发一样，在灰白色的背景下，加点黑墨调和，最后混浊一团。厮杀刚一结束，仿佛一声令下，抢占山头！霎时，混合的云雾欢腾雀跃，挟着浓重的湿气，铺天盖地，席卷了整个山头。此时，街心公园游人渐多，但云雾之中，只闻其声，不见其人。待到战斗结束，天空明朗，迷漫四际的云雾怀着胜利的喜悦，浩浩荡荡，从山上直泻而下，倾注谷底，把剪刀峡挤得满满当当，那些白墙红瓦绿树都被淹灭。峡谷挡不住千军万马的冲杀，也容不下倾覆而来的云瀑，谷口洞开，云雾银河倒泻般奔向山下十里铺方向，十里铺便成了云雾世界，刚才清晰可见的高楼、马路及长江立即朦朦胧胧，云山雾罩。

回望群峰，还有几缕偷偷溜出来的白云，也许是贪恋群山的美貌，飘到半山腰间缠绕着，触摸着，拉扯着，情意绵绵，仿佛是一位白衣少女依偎着她的锦衣卫士，又仿佛是仙女飘落一块纱巾，隐约透着群山的新绿，把人带到"云起千峰看不见，雾散万岭见分明""一雨百瀑匡庐水，一峰千态匡庐云"的意境。

只听得旁边一位跳广场舞的大妈说："今天真是好运气，这样的云瀑只有三四月份的雨季才出现，夏秋季节难见到。"我庆幸自己一饱眼福。在城市待了几十年，也没见到这种云瀑。这样的云雾也不会到城里逛，它怕被城里的霾纠缠住，毁了自己的清白。

庐山云雾实在是勾魂摄魄。开会的时候，我总是跑神。我从窗口尽情地欣赏飞来飞去的云彩。庐山的云，不仅形态变化快，色彩也是多变的。刚才看着还是铅灰的一团浓云，它飘着飘着就分化成几朵白云了。"其白如雪，其软如绵，其光如银，其阔如海。"阳光照耀上去，犹如霞光万丈的海洋，又疑心是琼瑶仙境，诱惑着人们飘飘欲仙。

我真想揽一怀云雾，静坐山间，看庐山日出日落，云卷云舒，花开花谢，草荣草枯；或者，变成一朵云，一抹风，一棵树，一片叶，融入大自然，为大山留下一道风景，增添一分灵气。

赏　花

这几天，无论是开会，还是开饭，我都提前到院子里去。

我是来赏花、闻香的。

宾馆的会议室和饭堂都在一栋楼里，楼房对面有一堵山墙，墙上布满青藤，俗称"爬山虎"。贴着山墙有十几株凌霄花。凌霄花黑褐色的树干像蛇一样，弯弯曲曲地伸出两米多高，一幅沧桑凄凉的样子。可到了顶部，枝杈横生，左抻右拽，密密匝匝地长满绿油油的叶片和红艳艳的花朵，那花朵像个小喇叭，黄蕊粉瓣，好不喜庆。墙角边还有几株月季在风中摇曳。小院里溢满淡淡的清香，有一种明媚的好，莫名的欢。

赏花本应该到大自然中去呀，但有时也不尽然。连日来早晚散步山间，还专门安排时间观光，但是到了夏末秋初，满世界除了树翠草绿，瓜果飘香，还真难见到盛开的花卉。桃、李、梨、杏的花朵早已变成果实。杜鹃、牡丹、山茶、栀子花也已凋谢。菊、桂、梅、兰时节未到，尚未含苞。这时间来补场的，就靠这些平时不显山露水，也算不上名贵的山花藤草，它们虽然没有牡丹那么娇艳，没有玫瑰那么张扬，没有兰花那么名贵，没有菊花那么清高，但却朴素、顽强、低调、持久。从来闲处卑微一隅，自生自灭，自开自落，无须精心打理，无须名盆装饰，无须众星捧月，春去秋来，卑微而不自卑，年年岁岁，默默而来，轻轻而去。凌霄花从盛夏开到深秋，月季花更是月月常开。没有它们的填补，大自然能四季鲜艳吗？

凌霄花长在院子里，附在山墙上，不占地，不侵山，一个劲地吹奏它的小喇叭，喷着香，吐着甜，无偿地献给夏末秋初一场盛宴。"弹压西风擅众芳，十分秋色为伊忙。"我都为它有些感动，不由得拿出相机，与它合影留念。

有许多会议代表和顾客被它吸引，走进院子，都要在它面前流连，或指指点点，语声喁喁，或深深呼吸，留馨于胸，或静立凝视，赏心悦目。幽幽的清香兜头兜脸扑过来，让人惊慌。我明明是有准备的，还是觉得是被它给偷袭，脚步喜欢得一个趔趄。哎，多美的凌霄花！我被美丽撞了一下腰。

它只是普通的青藤！它只是平凡的山花！

这平凡的山花野草不正是普通百姓的象征吗？他们勤劳、朴实、拼搏、奉献，一生无愧无悔就够了。他们不就是一朵朵平凡的凌霄花，一棵棵普通的常青藤吗？

望着山墙上的红花绿叶，作为一个平头百姓，我立即精神起来，自信起来，感到自己幸福满满，幸福多多，就情不自禁地哼起了曾流行于二十世纪七八十年代的那首歌：

"幸福的花儿，在心中开放……"

望 月

虽然七夕已经过去，虽然中秋尚有时日，初秋的月亮仍然是如银似镜，溢光洒辉，从庐山之巅冉冉升起，楚楚动人。

夕阳还挂在西边的峭崖上，欲坠未坠，东边天际已现出一片亮光，那是群山分娩月亮的先兆。

大约七点半，一条小船隐隐约约驶出云层，小船两头微翘，浑身橙红。一会儿，云层薄了，在云中摇摆翻动的小船刹那间露出真容，原来是一弯晶莹的月亮，随着云层的渐渐消退，月亮逐渐丰满。也许是胎衣尚未褪尽，或许是害怕见到生人，月亮面容羞涩，光晕隐隐。到了八点多钟，刮起一阵东南风，满天的云彩像百万雄师过大江，越过银河，消失了踪影，月亮才明净清澈起来。我站在牯岭望月台上，沐浴着它那温柔如风的光芒，感觉月光在亲吻着我的额头，心里有一种极其浪漫和幸福的感觉。一会儿，天上又飘来一些云彩，不过那是一片极薄的云，好像是专门为月亮准备的霓裳，因为它们簇拥着月亮的时候，月亮用她的芳心，将白云照得泛出彩色的光晕，大地荡漾着清辉，洋溢着浓郁的温柔。

这不是中秋之月，也没到赏月的时候，我且称为望月。

我喜欢望月。"举头望明月，低头思故乡。"只要不是阴雨天，我常常从月牙儿望到月满弦，又望到月缺。并不完全是思故乡，而是有了心思的时候，就想在月下静思，一个人站在屋檐下，坐在亭阁中，来到旷野里，可带着满腹乡愁，可怀着美好情愫，可乘着酒后雅兴，望月抒怀，排解惆怅，诉说愿望，表叙衷肠。特别是烦恼时，望一会儿月亮，让心灵清静一下，心情就好多了。

今夜的月亮不是很圆，古人称"阙月"，但我不遗憾。阙即缺，缺了一小边儿。花好月圆只是一种愿望，"月有阴晴圆缺"，才是正常。曾国藩把自己的书房题作"求阙斋"，求缺？为什么不求全？清代作家刘鹗写出名著，取名《老残游记》，"老残"？哪有"完美"好听？中国的神话故事道出了真谛。《淮南子》说，天地都是有残缺的，女娲以其温软的双手抚残补缺。天破了，她炼五色石补了天；地陷了，她用神鳌的脚爪稳住了四极。共工氏撞倒不周山，从此"地陷东南"，长江黄河一路向东流去，流出几千年无限风光；"天倾西北"，西北隆起高原，群山巍峨。正是天地这些缺陷，才造成奇峰幽谷之雄，江水浩荡之美。世界不就是从残缺走向完美的吗？

我爱圆月，也爱残月，圆月是瞬间，残月是常态。人生如月。奋斗一生，不就是从残月逐步走向月满，最后不管愿意不愿意，又回到月阙吗？

时近午夜，云彩全然不见了，走到中天的阙月像掉入湖水中，天蓝风清，星耀月莹。望着一弯秋月，我想夜晚的梦也是透明的、清新的，或许是流动的、摇晃的，就像坐在月亮船里，轻轻地飘呀飘……

荡口之魅

车子抵达荡口古镇，已是晌午时分。战友王标早在镇口等候。分别四十多年，彼此都增添了许多皱纹和几缕白丝，但战友之情却如同陈年老酒愈加甘醇。这次荡口之行，就是应王标之邀。他在电话中一再强调："荡口是个神奇的地方，它会给你许多发现和惊喜。"

不知是"神奇"诱惑，还是思友心切，翌日，我和妻子驱车直奔荡口，也算圆了我心中期盼的与战友"古镇相逢"之梦。

我们在镇口一家饭店用过午餐，就七弯八拐来到一家叫作"云水居"的中式旅馆。妻子忽发感慨："这不是活脱脱的周庄、乌镇吗？"此时，我才仔细打量眼前的景色：一条清澈的河道由西向东穿镇而过，店铺、旅馆、酒楼、民居沿着水道排开，河道每隔一段就有一座古桥，河水纵横交错，古桥贯通阡陌。好一幅人在镇上，镇在水中，水汽氤氲的江南图画！

我们住在二楼临水的套间，坐在阳台上，一边品茗，一边赏景。这条称作北仓河的水道，像一根穿着珍珠的银线，把两岸建筑连成一串。屋依水建而矗，水沿屋流而漾。黑、白、灰的主色调，与河面浑然一体，呈现出一片水墨色鲜亮。有些屋墙泥灰已脱落，裸露着青砖，砖缝中还生出几棵枯藤和野草，微风吹来，不停摇曳，好像在诉说着岁月的久远和过往的沧桑。

忽然，一阵婉转优美的音乐传来。原来河对岸停泊着几只客船，船夫双手枕头，跷着二郎腿，半躺在船头上正欣赏苏州评弹。旁边，一位身着青花布衫的少妇正在河边洗衣。一群小鱼在水面上游荡，偶尔为争夺一点漂浮物，激起一阵涟漪。平静之后，鱼儿又悠闲地往前游去。

"浣女捶衣河滩头，客船停于屋檐下。"眼前美景一扫我长途奔波的倦意，我叫上老伴："不要午休了，出去转转。"

慢步古镇的石板路上。这里虽然是 4A 景区，但却行人寥寥，少有商业气息的喧嚣。路过几家店铺，年轻的站台小伙、姑娘，有的在玩手机，有的伏案打盹，一幅宁静悠闲、淡然自得的样子。王标向我介绍，荡口古镇位于无锡市东南鹅湖镇境内，地处无锡、苏州、常州三地交界。这里水系丰富，西通京杭大运河，北接长江，南贯太湖。这些年，无锡市政府投巨资重新修复和打造古镇，目前古镇知名度还不高，主要是上海和当地人来休闲。我说，宁静雅致才是古镇美妙之处，一旦人山人海，古镇慢慢也就"不古"了。大家会心一笑。

古镇小吃很多，最负盛名的是走油肉、药膳酥，随处可见售卖。我们尝了一小块，味道真不错。嘴上说着"回头买"，脚步已移出一丈之外。

信步踏上一座石桥。这是一座三孔桥，两头孔低，中间孔高，芝麻白的大理石栏杆雕刻着花卉鸟兽，很是生动。倚栏四顾，却见镇里镇外，许多沟渠湖河纵横交错，造型各异的石桥跨过河面，把道路连成四通八达。古镇被隔成一个个大小不一的网眼，网眼中，分布着许多名胜古迹，观光景点。河道中散发着水草气息和活水清岚。舟楫往来，不时划开平静的水面，激起两岸一道道青波。

此时，我情不自禁地吟起了前人的赞颂之词："东南巨浸首鹅湖，绝妙烟波万叠图。云外青山遥映带，风光得似邑西无。""鹅湖美色水深深，系棹携壶取次斟。询是水乡风味好，银鱼如雪细如针。"这好像是清代诗人杜汉阶、秦琦的诗句吧。

不知什么时候，空中飘起了毛毛细雨。这雨，细得若有若无，忽雾忽丝，文静得落在水面也不愿溅起一丝涟漪，倒是给树木、花草增添了几分精神，显得青翠欲滴。空气更加湿润清新。烟雨古镇，似乎平添了几分灵动，几分韵味，几分朦胧。

眼前是一座被修复过的古老宅院，门牌上标示"华氏义庄"。它那庄重、古朴、恢宏的气势，吸引我不得不深入其中。几十分钟的参观，再一次颠覆和刷新了我对这座古镇的认知和敬仰：它不仅有"小桥流水傍河居，舟楫熙攘撒网忙"的自然之美，更有"崇义尚孝养民风，诗礼传家奠基业"的人文之美。美得让人心悦诚服，敬佩不已。

在这块名不见经传，域不足十里的方寸之地，自明代以来，产生了十九位彪炳青史、千古流芳的名人、贤人、巨人。有教育家、艺术家、史学家、数学家、翻译家、印刷家、音乐家、藏书家、漫画家、国学大师、社会活动家。他们均出自华氏、钱氏、王氏三大家族。如果你对明清时期的荡口名贤不太熟悉，那么讲几个当代的，"科学巨擘"钱伟长，漫画大师华君武，人民音乐家、《歌唱祖国》词曲作者王莘，你应该耳熟能详吧！

走进华氏义庄，这座占地 2500 平方米，四进四厅的大院，记录和见证着荡口孝义文化的发展和传承。荡口在明初华仲谆首设义仓，赈灾扶贫；明弘治年间，华祯首建无锡第一义庄；明万历年间，华察又创设役田接济族人；清乾隆年间，华思进捐义田 1340 亩，建立了华氏老义庄，至清末，老义庄义田数量达 7000 亩。随后，华氏又相继建起了永义庄、新义庄、春义庄等，全盛时义庄达十余所，其规模之大，数量之多，在全国也属少见。华氏义庄曾受到乾隆皇帝嘉奖。都说"为富不仁"，可荡口华氏家族却有富能济贫、乐善好施的贤人和家风。

这与今天国家的扶贫政策，不是有着一脉相承之效和异曲同工之妙吗？

孝道是中华民族的传统美德，在荡口尤为昭彰。汉有丁兰，晋有华宝，元末有华幼武，明有华贞固。华幼武、华贞固侍奉母亲的"春草轩"，历经数百年，堪称中国第一所家庭养老院。荡口还先后建起了怡老院、养萱斋等孝养敬老的场所。孝义文化不仅使华氏家族长盛不衰，也营造了荡口地区民风淳朴、和谐安居的社会环境。崇孝尚义，成为荡口文化的重要特征。"南齐孝子千年孝，今代还生奉母人""祖孙继好兼三世，道义相看重百年"，前人赞颂的诗句，还挂在展馆大厅。

荡口文化底蕴深厚，源远流长。早在明洪武年间，荡口华氏始祖华贞固便著书立说，诗礼持家，形成独特的家教理论。其著作《虑得集》被后人誉为治家经典，流芳于世。华氏子孙代代相传，把其作为劝勉子孙的家教规范。《虑得集》有许多治家经典，至今仍有着重大现实意义，只可惜不少已经失传，或被淡忘。比如，"以义为利，积德为重""孝悌通神明，积善来百祥""勿贪可无悔，守分可无忧，坚持可无怨，克励可无求"……看看当前社会上的不良现象，中华民族多么需要重振国风家风，践行治家经典！

离开华氏义庄，又经过华蘅芳生平事迹陈列馆、钱穆故居、华君武故居、王莘故居，因为已到闭馆时间，未能一一参观。我伫立在王莘故居前，耳边仿佛又响起《歌唱祖国》的旋律。我是听着这首歌曲成长、变老的。我对这首歌曲太熟悉，太喜欢了。只是有一点我没有想到，这首歌的词曲作者王莘是荡口人。我曾在一份刊物上看到记者采访王莘的文章。记者问王莘这首歌曲是怎么创作的。作者回忆：上世纪六十年代初，从北京坐火车到天津，一路上看到群众热火朝天的劳动场面，于是有感而发，在火车上写下了"五星红旗迎风飘扬"的雄伟词句和旋律，很快唱响神州大地。据此，在我意识中，便认为作者有可能是北京或天津人。今天才搞清作者籍贯，真是荡口多才俊，地灵出人杰。

天色渐渐暗淡下来，王标已安排好晚餐，正宗淮扬大菜。我们沿着河边花径，来到古朴古香的"华府名灶"。这里菜肴独具特色，曾被中央电视台采访和报道过。此时，北仓河两岸华灯初上，古桥、房屋上的灯光倒映水中，古镇一片灿烂。几排宫廷古灯把华府内外照得红彤彤的。为了这顿晚餐，王标费了心思，既要环境好，又要做工妙，还要档次高。他在我们来荡口之前，就预订了这家餐厅。

厨房是看菜点菜。鱼虾是活的，蔬菜是新鲜的，豆芽、蒜苗、韭黄、小白菜还生长在泡沫箱里。主人点了一桌丰盛佳肴，有太湖白鱼、水晶豆花、鲜肉小笼……淮扬菜系形成于明清时期，素有"东南第一佳味，天下之至美"的殊荣。今天一尝，果然如此。它不咸不淡，不麻不辣，不苦不甜，淡而有味，清而雅致，是真正的绿色食品、养生菜系。

吃淮扬菜，观水乡景，缅先贤业，养孝义心。荡口的无穷魅力把我彻底征服！这座古镇，给后人留下这么多丰富的遗产，足以让生活在这里的人们为之骄傲和自豪。作为一个游客，我更是深陷在荡口古镇的美中，留恋、沉迷、酷爱，久久不能自拔。

走进沙家浜

如果问：哪一个地方因一部戏而闻名于世，且造福一方？人们会答：沙家浜！

> 朝霞映在阳澄湖上，
>
> 芦花放，稻谷香，
>
> 岸柳成行……

上个世纪六七十年代，现代京剧样板戏《沙家浜》，唱响大江南北，红遍神州大地。从城市到乡村，妇孺皆知，耳熟能详。那时，我正在海军服役。部队学样板戏，唱样板戏，演样板戏，五音不全的我，也能整段甚至整场地哼唱下来，如《沙家浜》中的"智斗"及郭建光的主要唱段。沙家浜在我心中，是一个革命的符号，红色的记忆，就像井冈山、延安、西柏坡一样，成为我向往的圣地。

今年五一，我和妻子到上海儿子家小住。儿子说，旅游去吧，上海周边古镇、园林、湖滨等景点很多，去哪？我不假思索：沙家浜。

天公作美。之前几天阴雨连绵，天空灰蒙。这天太阳露出了笑脸，大地恢复了春光明媚的原色，人的心绪也舒展开朗了。坐在车上，一路哼着"要学那泰山顶上一青松……"一颗心飞到那铺天盖地的芦苇荡去了。

一个多小时到达目的地。景区门口，车辆如蚁，游人如织。小长假，想必全国景区都差不多。耐心排了半个小时队，终于踏进了沙家浜这块土地。

可是第一印象却让我愕然！

在我的想象中，沙家浜应该是大湖浩荡，烟云苍茫，芦苇遍野。就像我家乡的鄱阳湖那样："落霞与孤鹜齐飞，秋水共长天一色。"可眼前有限的水域被分割成一片一片，并不茂盛的芦苇被楼台亭阁、栈道长廊隔开，人工斧凿掩饰了芦荡原色，成了休闲娱乐的景点。

我不禁发问：这是当年烽火硝烟的芦苇荡吗？这是曾经掩护新四军伤病员的天然屏障吗？这是昔日与日军作战的水上战场吗？

曾两次来过沙家浜的儿子对我说：沙家浜不能老停留在战争年代，你要走出戏剧看芦荡，过去是战场，现在是景点，这才是发展中的沙家浜。

为了把沙家浜看个端详，探个究竟，我们不乘车，不坐船，由上初中的孙子拿着游览地图引路，徒步环行芦苇荡。

从艺术的沙家浜走进现实的沙家浜，或者说从现实的沙家浜走进艺术的沙家浜，我的心灵再次受到震撼，岁月的时光对我又一次进行洗礼。

初到沙家浜，迫不及待寻觅的是阿庆嫂、郭建光。确有其人其事吗？还有她们的遗迹吗？看完沙家浜革命历史纪念馆，那一幅幅图片，一件件文物，一篇篇回忆文章，以活生生的事实告诉我《沙家浜》戏剧后面我所不知道的那些浸透血与火、亲与情的真实历史。

让我肃然起敬的，是阿庆嫂原型中的那些普通的江南妇女。一个叫作陈二妹的妇女和丈夫以开茶馆作掩护，为抗日做联络工作。她曾把谭震林的手枪藏在竹篮底下，躲过敌人的搜捕。她周旋于敌伪之间，为新四军探听情报，传递消息。她的丈夫后来惨死于敌人的监狱里。

由于孩子多，陈二妹后来的生活一直很困难，她从不向组织伸手，也闭口不谈过去的功劳。直到有一天，身为国务院副总理的谭震林来找她，直呼"阿庆嫂"时，人们才注意到了这个像芦苇一样平凡而坚韧的阳澄湖女子。

有一位叫范惠琴的妇女，家里藏着一名新四军伤病员，日军搜索问："他是谁？"范惠琴急中生智，说："我丈夫。"恰在这时，她丈夫从外面回来，敌人问："这是谁？"范惠琴一咬牙："不认识。"敌人把她丈夫抓走杀害。

还有一位叫作朱凡的二十三岁的复旦大学毕业生，受地下党组织委派来到"春来茶馆"当联络员，由于汉奸出卖被捕。在刁家大院经受了日本鬼子严刑拷打，坚贞不屈。后来敌人用麻绳绑着她的四肢，又分别拴在四艘汽艇上，向四个方向奔去。一个美丽的青春壮烈而去，鲜血染红了芦苇荡。

让我没想到的是，郭建光的原型夏光，竟是我在海军部队时的一位老首长。1939 年，新四军东进，身负重伤的作战处长夏光，带领 36 名伤病员在沙家浜养伤。根据上级指示，以伤病员为主，成立江南抗日武装，夏光担任"新江抗"司令员。在当地百姓的支持下，演绎出轰轰烈烈的军民共同抗击敌寇的动人故事。

阿庆嫂、郭建光等英雄人物的原型何止一二个，她们是英勇的江南人民集体的化身。在纪念馆，我看到一组有名有姓的图片："陈金生、陈金林冒死把伤病员用帆船转移到芦苇荡里""一堵人墙掩护新四军伤员钱卓云""曹家浜农民陈福林被绑在树上至死不说谁是新四军"，"陈家湾女房东蔡阿妹把女护士藏进了柴垛""王友山连续三天为伤病员送饭"……旁边还有一组数字：从 1939 年 11 月到 1940 年 10 月，"新江抗"经历大小战斗 47 次，击毙日军 147 名，伪军 357 名；伤日军112名，伪军433名；生俘伪军298名。这些图片和数字足以说明，我们的人民是多么可亲、可敬、可爱！我们的军队是多么坚韧、顽强、勇敢！这就是人民战争汪洋大海的威力所在。说来说去，还是毛泽东同志那句话："军民团结如一人，试看天下谁能敌！"

我曾经去过许多记录了中国革命特定意义的地方。遍地翠竹的井冈山，让我看到了人民军队胜利会师的雄风犹在；延安窑洞的灯光，让我感到中国革命艰难的崛起；穷乡僻壤的西柏坡，让我看到大决战前领袖们的坚定与廉洁；而遍野芦苇的沙家浜，则让我体会到了一种军民鱼水深情。

离开纪念馆，行走在湖荡相接、村岛相连的栈道上。春风拂面，芦苇摇曳，鱼游浅底，鹭鸟翔飞，让人神清气爽，心情豁朗。我们游览了红石村、万竹岛、双莲湖韵、芦苇迷宫等十几个景点。视野所及，那些苦难中挣扎的痕迹，如今变得安然如梦；凄风中冷雨的呻吟，如今变得韵味如波；岁月中峥嵘的留影，如今变得风光如画。心中不由得为沙家浜喝彩，叫好！

来到久慕的"春来茶馆"。屋檐下挂着招牌，旁边两张方桌，几条长凳，一口水缸，复制出当年的情景。我眼前又浮现出阿庆嫂与胡传魁、刁德一斗智斗勇的场面。不知哪里传来"垒起七星灶，铜壶煮三江……"唱词，我们循声过去，身穿蓝底白花衣服的茶馆姑娘，脸上荡漾着自豪的微笑。我们坐下一边喝茶，一边聊天，就聊到阿庆嫂。姑娘浅浅一笑：过去的阿庆嫂，推翻了旧社会；现在的阿庆嫂，在建设新农村。

姑娘不经意的一番话，一下消融了我刚来时心头的愕然：前人奋斗不就是为了后人幸福吗！你看，沙家浜已褪去硝烟烽火，碧波浩渺的阳澄湖上，不见了鬼子的巡逻艇，穿梭在芦荡深处的一叶叶小舟，载着一串串银铃似的笑声，不时惊起三三两两的水鸟；青花蓝布装点的阿庆嫂们不用再与敌人周旋，甜美的微笑挂在脸上，清脆的嗓音和着七星灶上飘绕的茶香，正在招待四方宾客；阳澄湖里活蹦乱跳的鱼虾，不仅治好了新四军伤病员的创伤，把他们养得"一个个像座黑铁塔"，也让慕名而来的游客一饱口福，清蒸大闸蟹让许多人流连忘返，去后复来；古朴的横泾老街不再是鬼子横行霸道的地方，它是群众安居乐业的田园，粉墙黛瓦，榭阁庭院，小桥水埠，各类商铺作坊，再现了农耕时期江南小镇的风貌。还有工业园区数百家中外企业，上百亿产值，众多国字号品牌，驰名中外的产品……沙家浜，卷着红色的旗帜，迎来绿色的发展，展现金色的未来。我已分辨不清，沙家浜到底是艺术化了的现实，还是现实化了的艺术。

其实，沙家浜就是阳澄湖边的一个小镇，原名横泾。因一部样板戏而改名沙家浜。看来，山不在高，有仙则名；水不在深，有龙则灵；地不在大，有"戏"则馨。古往今来，一个地名随一篇美文、一幅美画、一出美戏而风传天下也屡见不鲜。英国詹姆斯的小说《消失的地平线》，使云南迪庆成为中外游人向往的乐园——香格里拉；陈逸飞的油画《双桥》，使周庄成了全国闻名古镇；陶渊明一篇《桃花源记》，引得多少地方改名换姓，标榜自己就是桃花源了。一个样板戏把横泾从一个普通的小镇变为精美的艺术天空，尽在情理之中。

沙家浜，弥漫了太多的烽火硝烟，沉淀了太多的人文历史，积蓄了太多的民族气节，充盈了太多的岁月沧桑。

她注定是艺术的沙家浜。

朝觐梵净山

山即一座佛，佛即一座山，这世间非梵净山莫属了。

单位几位老同事结伴贵州游，原计划先去西江苗寨，平塘"天眼"，再到大小七孔、黄果树，然后经贵阳打道回府。朋友说，到了贵州，不去梵净山是个遗憾。于是，改变行程，第一站直奔梵净山。

真是"地无三分平，天无三日晴"。初夏的贵州，山岚氤氲，阴雨连绵，满世界云雾缭绕，一片灰蒙。我们晚上到达铜仁市，入住宾馆，便查询天气预报。还好，第二天小雨转晴，是个朝觐的好日子。不过，导游还是提醒：把雨具带上，因为山区的天，猴子的脸，说变就变。

从服务台取了一份旅游指南，得知：梵净山是全国著名的五大佛教圣地之一，在明初被尊为"名岳之宗"，也是贵州第一名山。十余亿年来，大自然鬼斧神工，塑造出巍峨雄奇的庞大山体，滋润出翠木遮天的原始森林，演化出生机勃勃的灵动世界。2018年被联合国列为《世界遗产名录》。

百闻不如一见。翌日，我们一头扎入这片梵天净土。

绵雨初晴的峡谷里，淡淡的阳光穿透树木的翠绿，在蜿蜒的山路和清澈的河面上，洒下丝丝缕缕的光线。坐在车上，我正贪婪地吮吸着清新湿润的山岚，注目瑰丽奇巧的景致，车子突然停了。在游览区入口处的草坪上，一块醒目的巨石兀立当中，上书"梵净山"三个大字，铁划银钩，苍劲有力。这是全国政协副主席、中国佛教协会主席赵朴初的墨宝。

我们乘坐高空缆车，徐徐上山。环顾四野，这片茫茫苍苍的人烟罕见之地，已被渲染得色彩斑斓，那一望无际的原始森林，将我们这些城市来客惊讶得目瞪口呆。隐藏在这片净土中的是，以黑河湾、马槽河为主的九十九溪，穿山绕谷，曲折迁回。山绕水，水绕山，山水缠绵难解难分。那晶莹透亮的山水，或涓涓细流，或叮咚垂滴，或白练悬空，或奔腾咆哮，不断变换形态，在辽阔的森林中忽湍忽漾，且歌且舞，流淌出千般身姿，万种风情。当然，那些珍稀的娃娃鱼，自然将这些清澈的溪流当成天然的浴场，嬉戏于流动的乐章中；那些世界濒危的黔金丝猴，也会将这透亮的溪流当作爽口的饮料，留香于唇齿之间；那些身手敏捷的云豹，更会将这些奔涌的溪流当成跳跃的平台，游戏于股掌之间；那些贵州独有的珙桐树，还会依水梳妆，让自己的倩影倒映于流水之中。

　　在缆车上的半个多小时，全然置身于云山雾海，仿佛在检阅万山千壑。那绵延起伏的森林，像一片汹涌的海洋越天际而来，跨天际而去。那重重叠叠的翠绿，荡过千山万水，漫过高峰低岭，挟着浩浩长风，裹着蒸蒸岚气，填满了碧空苍穹。还有缭绕在远远近近的团团簇簇的白雾，这该是云了，似乎同样是些水气的东西，若高在天上便称作云，近在身边就叫作雾。浓浓的雾气将人重重裹挟，眼前一会儿光明透亮，一会儿昏暗迷离。昏暗时，就听见一阵微微的沙沙声袭来，却又似有千军万马匆匆而过，若有若无的水气拂面而过，空中稀稀疏疏的有些微水滴落下，衣服有些湿润。不一会儿，沙沙声远去，山色复归明朗。原来，云从身上拥挤而过，我们做了一回真正的云雾中人。

　　下了索道，已是海拔2200米地段。沿山而建的八千级台阶是"通往佛国的天梯"，让人生出礼佛之心。剩下的三千级台阶，左旋右转，拾级而上。山道蜿蜒峭拔，怪石嶙峋，险经丛生，多处的一线天攀登让人提心吊胆。登山的石径有人造的台阶，有天然铺就的石头，当弯腰屈身穿过两石之间的缝隙时，你会领悟人生道路的曲折。人生不就是登山吗？弯腰偶有，曲道常走，但跨越也并非那么难。

"峨眉天下秀，梵净天下风。"行走在台阶上，只听山风呼啸，树木飒飒，越往上走风越大。风在流动，树在抖索，人也有些摇摇欲坠。我们攀着树干，曲身前进。梵净山保存了世界上最完好的原始森林，树上挂着牌子：轻枫、黄杨、珙桐、桦木。许多陌生的名字。高的、矮的、粗的、细的、弯的、直的，它们以不同的姿态生长于山坡谷底，绵延百里。有的树身已完全枯萎，仿佛死去却又没有消失，执着地屹立于万木葱茏中。

名山藏古刹。靠山的一侧可看到众多规模不一样的寺庙。在承恩寺的石墙上方，镶嵌着一块石匾，上书"圣旨"二字，下书"承恩殿"，中间分别写着"敕""赐"。据传明万历年间李皇娘曾在此修炼。旁边有一巨大石碑，上刻"梵净山茶典碑文"，描述了梵净山的兴衰历史和壮丽景色。承恩寺香火袅绕，香客不绝。我看见一老僧端坐石头上，双手合十，两眼微闭，口中念念有词，脸上神态自若，仿佛与世隔绝，世间万物皆空，让人顿生敬畏之情，感受着佛的禅意与超脱。在这梵天净土，只觉得云淡风轻，烟岚气涌，人也超凡脱俗，与梵净山融为一体。我仿佛自己成为山上的一抹风，一棵树，一片云，将一切凡尘俗事，功名利禄抛于脑后，灵魂被洗涤得澄净透明，淡定从容。我相信，如果人间真有天堂，梵净山无疑就是养心的天堂；如果人间真有仙境，梵净山的灵山秀水就是蓬莱仙境；如果你想在浮躁纷扰的世俗中寻觅一份清净，梵净山便是修心养性的一方净土。

我们登上了月镜山观景台，"万米睡佛"尽显眼底。那是一道绵延起伏的山峦，远看像一尊卧着的大佛，十分壮观。可惜不到半分钟，一阵大雾卷起，眼前一片朦胧，什么也看不清，只能听导游解说。我们继续前行，石阶迂回婉转，不一会儿到了"蘑菇石"。两块石头，不知从何处飞来，合为一体，上大下小，形似蘑菇，高约十米，亭亭玉立，看似一触即倒，实则岿然不动。两块石头在这里天荒地老，生死不离，它是造物主举世无双的一座魔幻现实主义的经典雕塑，也是梵净山的一张名片。

这里的岩石都是层叠石。传说是唐僧西天取经后，不小心遗落的经书，也就是现在的"万卷经书"，不知谁能阅读出其中的精彩华章。除"蘑菇石"形似一本本经书堆砌而成，还有其他形状，有的似骏马长啸，有的如群鸟飞翔，有的像恋人拥抱。能够激发你发散思维依形想象的奇石真是不少。

梵净山最险峻的是"红云金顶"，它突兀而出，直插云霄，堪称"擎天一柱"。在金顶的金刀峡上，有三座飞桥相连，其中最高的一座称"天仙桥"，为明代所建，长四米，宽一米，是从五十多公里以外运来的块块巨石砌成拱桥。在金刀峡一劈两半的绝顶上，分别建有释迦殿和弥勒殿。那些佛教徒依靠信仰的力量，居然在云中建造出只有神仙才可居住的所在。站在石柱上，看铁瓦石墙，读风起云涌，吸日月精华，思人生哲理，的确是一种乾坤满怀的感觉。

要想登上金顶，是需要一番功夫和胆量的。上山的路直接挂在石壁上，攀登必须像猿猴一样，贴紧铁索，手足并用，全神贯注，一步一步往上攀爬，稍有不慎便跌落万丈深渊，不时有胆小的女游客吓得惊恐尖叫。我们一行平均年龄六十六岁，向佛之心雷打不动。七十多岁的陈老师夫妇率先爬了上去。问他何来勇气？答曰："亲情友情加豪情！"后又补充："上去后确实又豪迈，又后怕。"我想，或许是佛的力量。站在金顶向下俯视，陡见云奔雾涌，忽而山峦消失，忽而群峰横亘，随着云起雾落，山形变化，整个梵净山顶成了琼楼玉宇。抬眼望，仿佛置身天庭，不敢高声语，恐惊天上神。

　　该回到人间烟火了。我们循着另一条小道下山，一样风景旖旎。在一寺庙前小憩，大家把带来的茶饼、花生、糖果互相分享。路边的小木牌上写着："一花一世界，一草一菩提。"这佛家偈语，深含禅意。我忽然领悟：读梵净，在养心。梵净山的一草一木，一石一土都是美好的，因为它心无杂念，唯独有佛。只要佛在心中，世间一切静好。

　　坐在路边，山野一片宁静，天际空谷回声，眼前缥缈飞烟。我就想揽一怀梵净山的云雾，不讲话，静静地听一整天的山，或闭上眼睛，耐心地，闻一座整山。

沉醉西江

初夏榴月到西江。

这是一个千户苗寨。一条源自雷公山麓的白水河由东向西穿寨而过。白水河两岸，是绵延起伏的群山。山坡河谷，住着上千户苗族人家。

漫山遍野的树木和庄稼，经过冬的积蓄，春的复苏，到了夏至，便生机勃勃。那枫林竹丛，苍劲挺立，一色葱郁；那麦苗稻秧，拔节生长，一片绿油；那山花野草，四处铺张，一团锦绣。正如此时江南的石榴、荷花一样，开得红红火火，俏得东风无奈。

更有那漂浮在青山绿水上的蓝天白云，悬挂在山坡河谷上的层层梯田，遍布于大街小巷的苗服银饰，回荡在村寨上空的笙乐苗歌……西江苗寨，以美丽告诉你，这是一个让人沉醉的地方！

我真的沉醉在西江苗寨。

踏入西江这片土地，眼睛便被苗族风格的原木建筑吸引。牌坊是木质的，长廊是木质的，吊脚楼是木质的，风雨桥是木质的，所有的建筑都是木质的。正午的阳光照射在或新或旧的木纹上，泛着原色的光泽。我正沉浸在这木质的世界里，这边笙乐响起，身着盛装的苗族男女，吹着芦笙，打着花伞，晃着舞步迎接游人。年轻的苗族姑娘捧着米酒敬到面前。三杯"拦路酒"下肚，一路奔波的疲惫顿时消失，涌动心底的情愫顷刻激发。浑厚的笙音在山谷回响。来自都市的游客，即使怀揣喧嚣与纠结，带着心思与愁肠，也会在这浓情的氛围中悄然释怀。

我仔细打量身边这些由普通村民组成的迎宾队伍，年龄大都在四五十岁以上。老人吹奏竹子制成的乐器，那笙管短的一二十公分，长的二三米。短管音色清新婉转，长管低沉浑重，旋律并不复杂，似风啸鸟鸣。我第一次见到这么长的芦笙，感到好奇，老人停下演奏，笑着让我看个端详。女人头戴红花，身穿色彩绚丽绣有民俗图案的衣服和长裙，从上到下佩满银饰，一晃便叮当作响。我拿起相机，留下这美好的瞬间。旁边有游客正操作无人机航拍，似乎要把整个西江苗寨带回家去。

随着人流，来到苗寨中心广场，这里正进行歌舞表演。广场四周的长廊里挤满游人，不时发出欢呼声。在激越轰鸣的鼓点和笙乐声中，苗族青年男女投入到忘我的民族表演中。娴熟的舞姿，独特的服饰，欢快的旋律，令人感到这份原生态民族文化的绚丽和古朴。

我坐在广场的一角，静听天籁之音，默赏曼妙之舞，陶醉在一种世外桃源的梦幻中。突然传来一阵浑厚、悲沉、激奋的声音，那是一位鹤发银须的老人，在用苗族古语演唱苗族古歌，给远方的客人讲述着一个古老的传说。苗族没有文字，其千年历史靠一代一代人口耳相传，以讲述和演唱的方式流传下来。老人一会儿音调低沉，如泣如诉，一会儿激越高昂，似喊似吼。苍凉沉郁的古歌，有如唱诗诵经的音色，在青山绿野回荡，心灵不由得受到洗礼和震撼。

西江，居住着一个自称是蚩尤后裔的民族。蚩尤是上古时代九黎部落的酋长。五千年前，黄帝在涿鹿展开了与蚩尤部落的战争。蚩尤战死。九黎部落一部分融入炎黄部族，一部分经历五次大的迁徙，先从黄河中下游地区退到长江中下游平原，最后转到西北和西南的大山深处。几千年来，勇敢勤劳的苗族同胞饱受苦难沧桑，几经迁徙，终于建设了美丽的家园，过着安居乐业的生活。

听着苗族老人深情地唱着万物起源、天地洪荒、艰辛迁徙的古谣，无异于在拜读一部苗族史。那些传承了千年文化历史和沧桑历程的民族歌谣、民族风俗、民族服饰，让人振奋的同时也让人伤感，这方水土的苗家人能有今天的辉煌，实不容易。这高低错落的苗岭深处，隐藏着太多的神奇和秘密。

沿着白水河漫步前行。清凌凌的河水缓缓流淌，将千户苗寨隔成南北两片，一座座风雨桥横跨河面，连通南北寨子。河边古枫、翠竹、桃树依水梳妆，花映木楼，竹掩偏厦，民居与自然融为一体，分外和谐。整个西江苗寨，静静地坐落在群山怀抱中。徜徉在西江古老的街巷中，徜徉在实木黛瓦的楼宇间，徜徉在小桥流水的清风里，给人一种素雅的感觉，仿佛行走在唐诗宋词的幽情古韵中。

西江是一座苗族博物馆。这里有酿酒坊、银制坊、刺绣坊。各式店铺、客栈、琴吧、酒吧、特色小吃依次排列。最多的还是银器店，银壶、银碗、银杯，银戒、银镯、银链……各种银器琳琅满目。苗族银器以其多样的品种，奇美的造型和精巧的工艺，呈现出瑰丽多彩的艺术风格。我在几家商店一边欣赏银器，一边比较价格，尽管爱不释手，终因兜里银子有限，都未成交。

最引人注目的，还是西江刺绣。商铺里，院庭前，廊檐下，风雨桥上，老奶奶和姑娘们飞针走线，缕云织月。苗装特色是刺绣与银饰相结合，主要体现在女装上。上装领、袖、襟上绣有花草鱼虫等图案；下装为百褶裙，以紫黑棉布制成；头、颈、手、脚戴着银饰，有银角、银梳、银镯、银圈。苗家人对银饰情有独钟，坚信银器能驱邪避煞，佩戴银饰可得到祖先的庇佑，保平安，赐好运。因而，从头到脚，无不饰银。苗族人喜欢将全部财产打成银饰品戴在女人身上，装扮女人，在任何情况下，带着女人就带上了全部财产。妻子和几位女士花了30元钱，租了几套苗服，摆出各种姿势拍照。虽然穿上了苗装，但那种扮酷作秀，翘首弄姿的神情，还是出卖了她们不是地道的苗女，而是山寨版的"苗妈"。我便感慨当下的中国大妈，真的会赶时髦，哪怕路边有一棵树，只要树上有花，都会争先恐后爬上去拍照。有多事的人拍照放在网上，题为"春天来了，树上开满了大妈"。一时火爆，点击率特高。

肚子饿了，我们来到预订好的"云中客酒家"享用苗族"长桌宴"。长桌宴源于苗家迎亲嫁女，贵宾来访，庆祝丰收的风俗。其菜肴以腌、烤、熏肉品和野菜为主，带有酸辣味道。刚入座，两位身着苗装，手捧米酒的美女，在笙乐声中唱着苗歌来敬酒："欢迎你到苗寨来，醇香美酒敬客人。你能喝，喝一碗！不能喝，喝两碗！不管能喝不能喝，喝三碗！"

我真正体会到了苗族少女的风情：淳朴中含着羞涩，腼腆中隐着豪放，热情中带着霸道，其情其景，难于言表。游人、美酒、少女、歌声，在扑朔迷离的灯影下，构成了西江又一迷人的景致。

夜幕降临，白水河两岸华灯初上，万家灯火，灿若星辰。我们乘坐观光车来到南寨的观景台，放眼望去，绵延数里的山村苗寨，成了银花盛开的海洋。鳞次栉比的木楼纵横有序地排满山坡，成千上万的灯光闪烁在山野河谷。苗寨轮廓呈现牛头的形状，这是用灯火雕刻出来的图腾。在朦胧的月色下，分不清哪是灯光，哪是星辰。每一盏灯都灼灼其华，如悬空中；每一颗星都闪闪发亮，如挂树梢；每一幢楼都隐隐若现，如空中海市。古老的西江千户苗寨，在灯光和繁星的映衬下，熠熠生辉，<u>丝丝入画</u>。

朝阳升起，我们乘坐的汽车奔驰在通往贵阳的高速公路上。可我还沉醉在西江苗寨那迷人的景色中，脑海里仿佛铺展着一幅山水画，那是大山深处的画卷，是苗族风情的画卷，是历史长河的画卷。

黄果树掠影

　　还没有到黄果树，朋友就一个劲地灌输，黄果树瀑布如何如何壮观。我说："比那'飞流直下三千尺，疑是银河落九天'的庐山瀑布还要雄奇吗？"

　　"不一样。一个是想象的成分多于现实，一个是现实的境况难以想象。"朋友的回答，更加勾起我一睹为快的欲望。

　　六月的艳阳把我带入夜郎古国"天下第一瀑"。刚进入景区，就有轰鸣如雷的声响，好像从天际飘来，又似从地心冒出，脚步有点颤动。走进峡谷，空中雾气氤氲，滚滚的急流像锅里正沸着的水，从谷底翻着跟斗，冒着雾霭，喷着泡沫向下涌去。我不知道这条峡谷要伸向哪里，这股水会流向何处，但我肯定这谷的起点，这水的源头，都来自黄果树大瀑布。再移脚步，就有浓浓的水雾扑面而来，空气湿润欲滴。首先映入眼帘的，是一片人海。峡谷两侧，人头攒动，摩肩擦踵，脚后跟不时被人踩着。游人或打着伞，或戴着帽子，或披着雨衣，不是为了遮阳，而是为了挡水——防止溅上来的水珠沾湿衣襟。茫茫的峡谷中，蠕动着红的、黄的、蓝的、花的等五颜六色的"蘑菇"，把两岸翠绿葱茏的高山深林，渲染成一幅山动水移、绚丽多彩的天然水墨画。未见水幕人成瀑。我按动快门，先把这激荡心扉的人潮摄入镜头。就想，当年，徐霞客孤身游览黄果树，绝对见不到这人山人海的壮景，也绝对想不到他向世人推介的黄果树瀑布，还会带来这挤满河谷的人潮。

　　资料显示，黄果树瀑布成因，可上溯到二亿年前的地壳运动。由于河床抬升，地表沉降，河流侵蚀，熔岩裂缝，终于形成大瀑布。它在古人的诗篇里出现过，在前人的游记里出现过。第一个给黄果树瀑布做广告的，是三百八十年前的徐霞客，他是这样描述的："一溪悬捣，万练飞空。""水由叶上漫顶而下，如鲛绡万幅……捣珠崩玉，飞沫反涌，如烟雾腾空，势甚雄历。所谓'珠帘钩不卷，飞练挂遥峰'，俱不足拟其状也。"

循着徐霞客的足迹，继续前行。一道钢索吊桥横跨峡谷，旁边是一座观景台，徐霞客塑像端立其上。站在台上，只见偌大的水幕从天而降，垂挂于蓝天之下的山谷中，就像银河倒泻，汹涌而来；又如万马奔腾，长声嘶鸣；更似云天侧立，倾盖穹庐。那瀑布激起的水花，如雨似雪，腾空升起，随风飘扬，弥漫天日；那瀑布撞击的巨响，如洪钟大吕，虎啸雷鸣，穿山绕谷，震耳欲聋；那瀑布形成的气场，云翻水怒，林木哆嗦，山岩垂泪，胆寒心惊。我这才明白什么叫"银练云端挂，飞瀑天上来"。真的，黄果树瀑布就是这样激情、粗犷、豪爽、大方，把漫天的珍珠悬空撒下，摔得粉碎，然后又在谷底翻江倒海，掬拢成一泓清潭，再转山绕石，涌向滩，挤向凼，聚成塘，汇成河，化成雾，悠然而去。怪不得徐霞客朝着瀑布拱手致意："奔腾喷雾之状，令人可望而不可即也。"

伫立在徐霞客雕像旁，一种惊心动魄的眩晕，不知是来自山川，还是来自心底；隆隆如虎的吼声，不知是来自旷远的呼唤，还是出自地火的喷射；悬挂空中的水幕，不知是运动中的静止，还是静止中的运动。充满视野的瀑布，让你目不转睛，目不暇接，目无他物，人就痴痴地如融进了一种虚幻的境界，身体仿佛飘浮起来，随着浓重的雾气，挟着缥缈的梵音，悠悠地渐行渐远。

好像被人挤住了，回过神来，才发现全身湿透了，原来是瀑布拥抱了你。好一个"纵使晴明无雨色，入云深处亦沾衣"。

这时，我相信了友人的话，拿家乡的庐山瀑布和黄果树瀑布相比，的确各有千秋：瞅身姿，一个是纤细婀娜，一个是雄浑粗壮；察气质，一个是窈窕淑女，一个是名门闺秀；看风韵，一个是勾魂摄魄，一个是惊心动魄。不禁感叹黄果树瀑布不愧是被吉尼斯评为世界上最大的瀑布群，赞叹祖国风景壮丽，江山如此多娇。

走下观景台，离瀑布近在咫尺，仅仅隔着深不见底的绿潭，好像一伸手，就能把水幕撩过来擦把脸。阳光折射过来，水面升起一道彩虹，犹如一朵朵山花编成的巨大花环，一只只蝴蝶就在这花环上跳舞，偶尔一只山雀不知趣地飞过彩虹，蝴蝶便四散飞去，宛如仙女撒出去的花朵一般。此情此景印证了观景台上那幅清代名联："白水为棉，不用弓弹花自散；红霞似锦，何须梭织帛天成。"

回头看那急湍而下的水流，潭滩相连，溪塘相接，函河相通，奔腾入湖、入江、入海，永远鸣奏着《高山流水》乐曲，引得无数中外游客来观赏，难道还没有觅到"知音"吗？仰望白练悬空，千万绺水柱从天而降，挤挤操操，沸沸扬扬，浑然一体，是上苍用如椽的巨笔绘制的无数个飞天，无数个精灵，无数个仙女，当空而舞么？想那连天接地的瀑布，一下子集纳了潭、滩、塘、函、河、雾所有水的形态，兼容了人间喜、怒、哀、乐、怨、愁等各种情感，造物主真的要把黄果树浓缩成一个世界吗？

黄果树瀑布是世界上唯一可以从前后、左右、上下六个维度观看的瀑布。由于上游持续的大雨，山洪暴发，黄果树瀑布后面的水帘洞暂时关闭，未能瞻仰，留下遗憾。我想，这或许是天意：因为遗憾，有时也是诱惑，最美的风景或许就藏在里面。就觉得这分明是黄果树的召唤：青山不老，瀑布永在，下次再来！

阅神奇风光，赏恢宏壮景。黄果树瀑布，敞开你的美丽吧！

我在天上看云海

飞机从跑道上升起的那一刻，我就有一种腾云驾雾之感：耳边呼呼作响，身体仿佛悬空，飞机颤动双翅斜着冲上云霄，到达万米高空，才平衡身躯，颠步前行；又仿佛是定格在空中某个点上，悄然静立，俯瞰苍穹。

云层之上，一片艳阳，一片霞光，一片圣洁，一片晶莹。

我完全被空中景象击懵：那是什么样的蓝天与云海啊！好一个纤尘不染，洁净透明，如宝石蓝的优雅的天空；好一片波澜壮阔，千姿百态，美如仙境的云海。如果不是亲临其境，即使再有想象力，也不会想到世界上还有如此奇绝、不可名状的蓝天和白云。用人们在地面上看云，形容其像羊群、棉絮、羽毛……真是井底观天，管中窥月，盲人摸象，雕虫小技了。

刚才，地面还是绵绵细雨，一片阴沉——这种阴雨天气已持续半个月了。云上云下，竟是两个世界。是谁，把天和地截然隔开？是谁，给大地布下阴晴雨雪？是谁，让我们多日浸淫在霏霏阴雨之中？看着飞机下面连绵不绝，波浪翻涌的浩瀚云海，我明白了：

是云！

就是云！！

绝对是云！！！

我原来对云的认识和印象，是从文人墨客的诗词曲赋和市井庶民的乡谚俗语中获得的。他们对云的描写尽管不乏赞美之词，但更多的却是藐视之意。说云"轻浮"，"碧天如水夜云轻""总为浮云能蔽日"；视云"悠闲"，"白云千载空悠悠""一片孤云独自闲"；喻云"愁苦"，"愁云惨淡万里凝""苦云色似石榴裙"。你看，在文人眼里，云成了轻浮浪荡，游手好闲，愁眉苦脸的样子。

我才不信文人墨客对云的描述，也不管科普图书对云的定义，我要把"耳闻"与"目睹"区分开来，我只相信自己的眼睛所看到的一切。不是说"耳听为虚，眼见为实"吗，你知道我在空中观云，都看到了什么？

云，不是很轻很浮，而是很沉很稳，很有担当。那浩渺无垠的云层，气势磅礴，排山倒海，如横亘在宇宙中的冰川雪原，巍峨群峰，它托着飞机，顶着苍穹，撑着太阳、月亮、星星。飞机在云层之上，就如巨轮在大海上航行，任凭风吹浪打，我自岿然挺进；又如骏马在雪原上奔腾，面对山呼海啸，仍似闲庭信步。太阳、月亮、星星因为有云撑托，它们只能做出由东至西的横向运动，而不能作由上而下的落体运动。云不让人们捡星星、摘月亮，也不让太阳跌落尘埃，宁愿让太阳炽热的火焰炙烤自己，哪怕变成"火烧云"，也要把太阳挺在天上，只让它的光辉照耀大地。

云，不是太悠太闲，而是太忙太急，太有作为。那雄浑苍茫的云海，犹如狂舞银龙，每天驾着风车四处游巡，安排季节变化。它要下雨，就让风车停在某处，一抹汗水，这里就大雨倾盆。它要下雪，就让风车驶向北地，扔一把粉脂，大地就雪花纷飞，再洒一点，满世界就银装素裹。云要休息了，就让风车停下来，于是，这里一片阴天，给人带来凉爽。云想让太阳亲近大地，就站在一边，于是，太阳金光四射，灿烂一片。谁说云悠闲漂泊，无所作为？云主宰世界，它可翻手为云，覆手为雨，玩天地于股掌之间。它可呼风唤雨，让大地风调雨顺，五谷丰登，也可肆意妄为，让人尝试一下旱涝灾害的滋味。

云，不是又愁又苦，而是又欢又乐，又有风韵。那洁白素净、清逸晶莹的云彩，一会儿摇曳为梨花之海，杏花之瀑，盛开在无边旷野，银花素蕊，繁花似锦，成为出尘脱俗的世外桃源，让人心灵优雅美洁；一会儿又演变为逶迤跌宕的雪山冰峰，亿万朵雪莲花竞相开放，漫无边际的莲花之海状若银河，其洁其晶到极致；一会儿又幻化为飞天群舞的月白水袖，婀娜多姿，浅笑嫣然，将圣女的万千气象、世代风华自然流淌，仿佛无数仙女在身边起舞歌唱，令人神魂飘逸，不知所己。

行到水穷处，坐看云起时。

对于风、云、水、电等自然元素，唯有敬畏与尊奉，不可轻蔑与小觑。

云层让道，云海簇拥，云霞护送，飞机徐徐下降，我的"腾云驾雾"之旅就要到达目的地——海口美兰机场。美丽的云彩，蓝色的天空，再见了。

步出机场，心情仍处"云蒸霞蔚"之中。望着街上川流不息，人来人往的芸芸众生，就想：

天是云的家园，云是水的缘起。云天幽缈，云水苍茫，风云际会，它们莫逆相契，水乳交融，给予我们多少生命与性灵的启示。

那么，世界上所有的相遇相知，相亲相爱的人们，如水如风如云，以水的升华与涅槃，以风的飘逸与洒脱，以云的绝尘与凝聚，让彼此的心灵从生活之重里解脱出来，在和谐的境界上，实现和谐的融合。

这该多好！

魂萦双港塔

提起鄱阳湖的壮丽美景，人们就会想起王勃那闻名遐迩的绝句："落霞与孤鹜齐飞，秋水共长天一色。"

你知道吗？就在王勃豪情大发，写出《滕王阁序》之后约九百年，一座可与滕王阁相媲美的佳景名胜——鄱阳县双港塔，巍然屹立在鄱阳湖东岸。那是碧波浩渺的鄱阳湖方圆数百里一处无与伦比的绝妙风光。

饶河绕出饶城，便向西北奔流而去。行至十余里，凸显一座险峰，双港龙头山横亘面前。龙头山兀立水中，高耸九丈，峭壁悬崖，宛如巨墙。它牵着饶河，一个九十度的转弯，顺势导入鄱阳湖，然后与昌江、信江、赣江及抚河、修河等众多水系汇合，流进长江，注入大海。

龙头山刀削剑劈，面壁东南。鄱阳湖波浪在上面画出一道道深褐色的水线，如刀刻墨染，分外显眼。崖顶之上，一片绿荫，那是青翠郁葱的松柏和灌木。有几株苍松伸出悬崖，迎风摇曳，依水梳妆。映入湖中，上下齐舞，绿彩飘扬，为往来船只排成夹道欢迎之势。

绿荫之中，峭壁之上，矗立着一座雄伟的宝塔，这就是著名的双港塔。塔直径八米，高三十多米，为八角七级楼阁式砖构。史料记载，明万历乙巳年（1605 年），饶州知府叶云福、鄱阳知县顾自植建浮屠于双港。当时传说，龙头山下的双港湾是龙潭所在，因水深湍急，常常危害过往船只和渔民的安全，打算在龙头山上建造龙王庙，以祈船、渔平安。万历三十二年十一月九日一场大地震，使县民加深了镇鳌锁蛟的决心。于是，翌年便动工兴建了双港塔。

在辽阔无垠的大湖之滨，独自兀立的双塔港，雄踞水面，笑傲江湖。犹如穹庐之下的擎天神柱，任凭风云四起，巨浪滔天，雨打雷鸣，依然镇定若泰，使河妖水怪望而生畏，佑船家渔翁安然无恙。又如茫茫黑夜中的不灭灯塔，为往来航船保驾护航：保远航者一帆风顺，护返航者顺利归乡，佑湖区百姓安居乐业。

鄱阳湖地处吴头楚尾、长江之滨，历来是兵家必争之地，亦是富庶的鱼米之乡。三国时期，周瑜在鄱阳湖屯兵扎寨、训练水师。赤壁一战，让八十万曹军樯飞烟灭，创造了古代以少胜多的战争神话。朱元璋鄱阳湖大战陈友谅。鄱湖波浪助其横扫千军如卷席，威震海内定天下，建立了大明王朝。人民解放军横渡长江、南下歼敌，鄱阳湖区作为后方基地，提供了大量的军粮、兵员和其他物产。千百年来，鄱阳湖经历了多少战争风云，滋润了多少良田沃土，奉献了多少物华天宝，哺育了多少赣鄱儿女，人们没法计数。但双港塔可以作证！它见证了明、清皇朝的更替，见证了蒋家王朝的覆灭，见证了新中国的建立，见证了国家的发展和繁荣。它为我们留存了那个时代的所有风云。

我第一次近距离接触双港塔，是上世纪六十年代上中学的时候。那是一个周末的下午，风轻云淡，秋高气爽。鄱阳湖烟水茫茫，霞光潋潋。我乘坐同学家的渔船，泛舟湖上。船头闪开雪白的浪花，双桨惊起湖中的水鸟，鱼儿成群地在船边游弋，时而候地一下跳出水面，闪过一个个白点，时而为争夺一点食物，激起一阵涟漪。我心头就涌起课本上那优美的词句："沙鸥翔集，锦鳞游泳，岸芷汀兰，郁郁青青。"

渔船靠岸后，我们沿小道登上山顶，只见古塔高耸，气势恢宏，汉砖厚墙，翘角飞檐。我们从塔内旋梯登上顶层，面水远眺，鄱阳湖就像古塔舞动的一条宽阔的白色绸带，飘飘逸逸，潇潇洒洒，一直向前铺展开去。一边舞动、一边伸展，于是，鄱阳湖就苍茫一片，浩渺无垠。水在天际，天在水中，天水相连，水天一色。王勃那些名言佳句，在这里就找到了注脚，得到了诠释。我知道，从来就不是美文写出了美景，而是美景成就了美文。双港塔，你就是一位神笔大师，用身躯和灵魂，绘就了鄱阳湖大写意。

我爱双港塔，爱到魂魄里！

双港塔是一座灵性之塔。小时候常听老人讲，双港塔最富灵性。据传，明万历年间，京都御史陈子瀚也参与建塔，但此人横行乡里，作恶多端，竟将安置塔顶的四力士无辜杀害。刀落之时，塔顶不翼而飞，故双港塔至今无顶。宁视疾恶而无首，不为平庸保全身。双港塔的灵性在全国古塔群中也是独树一帜。因此，当地有尊塔、护塔、祭塔的习俗，每逢年节，附近乡民都在塔前焚香祭拜。双港人以塔为荣、为傲！

双港塔是一座富民之塔。六十年代初，当地围湖造田，从双港塔到尧山村建起一座十多公里长的圩堤，就像在鄱阳湖划出一条弧线，又似天边一道彩虹。堤内良田万顷，沟渠阡陌纵横，低洼荷花映日，远山农舍炊烟，人们称它为塔尧湖。初中毕业后，我常在塔尧湖耕作，经常瞻仰双港塔。每当稻谷熟了的时候，塔尧湖菽浪滚滚，稻谷金黄，一片丰收景象。它哺育了双港近十万人口，双港人在这块土地上繁衍生息。人们一提起双港塔，我就沉浸在"稻花香里说丰年"的喜悦之中，仿佛看到那滚滚的稻浪，闻到芬芳的稻香，尝到醇美可口的产自塔尧湖的大米白饭。

双港塔是一座梦想之塔。我常在劳动之余，坐在古塔下，圩堤上，望着鄱阳湖独自遐想。那时，从鄱阳到南昌、九江都是水路，轮船是主要交通工具。我还记得，从鄱阳到南昌的轮船是"赣江"号，到九江的轮船是"安源"号。它们每天一早从县城出发，经双港塔再到八字脑就分道而行，往西南到南昌，往西北到九江，返回时亦是在八字脑驶入同一水道，再经双港塔到县城。从未出过远门的我，就幻想哪天能够乘上"赣江"号或"安源"号，前往南昌、九江或更远的地方。我多么想走出鄱阳，闯荡世界，打开眼界。但那只是梦想。

果然有一天梦想成真。一纸"入伍通知书"，让我换上军装，乘上客轮，真的远走高飞了。几十年来，我先后在山东、山西、河北、北京、辽宁等地服役、工作、学习，最后在九江安居。九十年代之前，我每次探亲，都要乘坐轮船回鄱阳。一上船，我就站在甲板上不断眺望，盼望早点看到双港塔。见到双港塔，就像到了家，我就情绪亢奋，心潮澎湃。当年龙头山游览，塔尧湖耕作，圩堤上遐想，都会一幕幕浮现眼前，就像投入母亲的怀抱，温馨、亲切、激动，甚至可以撒娇。每次乘船回乡，我都会在八字脑或双港塔中途下船，然后步行回家。不是为省去县城返家的时间和路费，而是见塔思亲，触景生情的那份流连和情感。

随着交通的发展，水路逐步被公路，特别是高速公路取代。九十年代后，再回鄱阳就坐汽车。从县城到我家，途中仍然可以望见双港塔。在视线之内，我都摇开车窗，久久凝视古塔英姿，直到车过景逝。忽然有一天，在车上看不见古塔了。到了双桥村，我问老乡，他们告诉我，1998 年特大洪水，因山体崩塌失去支撑，双港塔倒了。

我脑袋轰的一声，一位历史老人就这样倒下了？说不清是惋惜，还是悲怆，我心中怅然有失，断了相思，碎了旧梦。不禁扼腕叹息：双港塔啊，您自建造不久，便厄运累累，多灾多难。先是塔顶遭雷击坍塌，后因风雨侵蚀而受损，终因洪水冲刷而倒塌。石头无语，文化有声；古塔不言，历史永存。双港塔记录了鄱阳湖四百多年的沧桑历史，传递着鄱阳湖人勤劳拼搏的精神，见证了鄱湖儿女的苦难与辉煌，也寄托了双港百姓及游子的离思乡愁。双港塔的倒塌，不只是鄱阳湖一处风景名胜的消失，也不只是双港及鄱阳一处标志性建筑无存，而是双港塔所代表和象征的悠久辉煌的文化有可能会被淡化。

我没有见到双港塔坍塌时那塔毁天惊的场面，也没有去现场凭吊倒塌后的古塔残骸，但我经历了九八抗洪，目睹了长江大堤决堤时排山倒海，江河倾覆，房屋冲毁，大地成河的情景，因此，我能想象出双港塔坍塌的那一刻是怎样惊心动魄：高位的洪水掏空了龙头山底层岩土，巨大的裂缝使塔基悬空，倾盆的大雨加速了塔底泥石的冲刷，然后一道闪电、一声惊雷、一波巨浪，一股浊流，霎时山崩地裂，古塔倾倒，砖石横飞，烟尘腾空。我想古塔那坚贞不屈的性格，倒下时决不像懦弱者贪生怕死一步一跪哭哭啼啼，而是大丈夫慷慨就义猛然一吼轰然倒下。我一闭眼，仿佛还能听到雷鸣电闪，山摇地动。

海不枯，石亦不烂；鄱阳湖不竭，双港塔亦不朽。双港塔象征的精神和文化将与双港及鄱阳人民永远相厮相守。

迈入二十一世纪，终于传来好消息，鄱阳县政府经过多番考察，决定重建双港塔，并列入 2017 年重点工程项目目录。双港塔有幸，得以复生；双港塔如人，故事绵长。

我双手合十，为双港塔祈祷：愿早日破土开工！早日重现雄姿！早日再展辉煌！

到一个不是景点的地方去旅游

二月的天气，乍暖还寒，春天开始挤眉弄眼，柳枝在喜鹊"喳喳"声中摇曳出一绺绺嫩绿，煦阳挂上树梢，还是暖意融融。是踏青的时候了。我背上旅行包，和妻子向斗牛山走去。

斗牛山在村子西边，中间隔一条大湖，《鄱阳县志》称作"斗牛山水库"，乡民叫它"斗牛山湖"。我们从堤上走过去，顺着山脚前行。小时候常到斗牛山割草、砍柴，印象中斗牛山巍峨峻峭，现在站在斗牛山面前，觉得它就是一座山丘，从山脚到山顶，落差不到五十米。是山矮了，还是人高了？问妻子，妻子给予科学解答：

"你傻呀！过去山上都是树木，层层叠叠，林密山高，现在只有灌木和杂草，山秃了不就显低了！"

我这才注意到，满山的树木被砍光了，就像秀发如瀑的美女，忽然头发剪掉了，剃光了，自然就矮了一截。此山已非彼山，但毕竟是"美女"。我们爬到半山腰，在一平坦处，席地而坐。

回望村庄，斗牛山湖风平浪静，一泓碧水像一面巨大的镜子，映着瓦蓝色的天空和白絮般的云朵。村庄倒映水中，林立的屋宇像倒立的海市蜃楼。几只小船在湖中撒网，不时扯起一缕白云和几颗星星——活蹦乱跳的白鱼。三五成群的水鸥在湖心悠闲地游弋。长脚鹭鸶掠过水面，惊起湖岸柳梢的小鸟。天际传来空灵的歌声，那是布谷鸟在报春。

就像哥伦布发现新大陆，我被眼前的景致惊呆了：蓝天白云，湖光村影，渔舟撒网，鸟鸣长空。好一派山野田园风光！

到过喀纳斯湖，一条玉带穿山绕谷，奔涌而来；去过羊卓雍措，一汪圣湖连接神山雪峰，静如处子；看过长白山天池，亿万年火山岩浆喷发，沉蓄了满潭天露地汁；见过九寨沟溪流，五颜六色的钙华清水，剔透晶莹。而这不知名的水乡山村，竟也如此妩媚动人！

谁说到了黄山不看云，去了九寨不看水？

大山自有大家闺秀的魅力，小村亦有小家碧玉的风情！

不知哪里飘来一阵淡淡的清香，我四周巡视一圈，发现身后一簇灌木丛中，盛开着四五株寒梅，那梅朵有的含苞待放，有的刚刚吐蕊，有的恣意绽开。再远望，到处是一丛丛、一株株或红或粉，或密或疏的梅花。这含情脉脉的梅，竟把斗牛山笑得一片浪漫，把春天泼的满身芬芳，让人浸入"疏影横斜水清浅，暗香浮动月黄昏"的意境中。

我索性打开旅行包，把带来的苹果、话梅、面包、酸奶，还有书籍铺在地上，大有安营扎寨之势。

闻梅，听山，观水，和妻子聊着时光的碎片，就听得山脚下由远而近传来摩托车声。当村干部的侄子在打招呼：

"叔，在山上干什么？"

"赏景呢！"

"这又不是名山大川，乡野山村有什么好看的？"

"美着哩！"

一阵寒暄，摩托车声远去。

这些年，我和妻子热心旅游，南疆北塞，东海西域转了个遍。旅游给了我们极大的享受，山川湖海，大漠草原，繁华都市，风景名胜，让人心旷神怡，大开眼界。可旅行的苦楚和烦恼也没少受：游人之挤，堵车之苦，跋涉之累，购物之忧，都领教过，让人败兴。

有一次游长城，旅人如蚁，我们被人群拥着，挤着，推着，几个小时连弯腰的机会都没有。

有一年去海南，遇上堵车，一千多公里路程，车子开了三天两夜，途中吃喝拉撒，不忍卒睹，不堪叙述。

大凡乐山乐水之智者仁者出游，都讲究情景交融，物我一体，游什么，在哪游，怎么游，都必按自己的心境来选择目标和途径，不盲目凑热闹，随大流。我不是智者仁者，出游往往是"看广告，听人说，跟团走"，所以总是去到游人扎堆的地方，很多时候情不应景，景不适情，应了那句"花钱买罪受"的口头禅。

就想随意旅游。学一学智者仁者，到一些风景独好，环境安静的地方，自由自在地访山问水。

于是，山野村寨，沟壑湖畔便成了我常去的地方。兴致所及，随时出发。行迹可远可近，人数可寡可众，时间可长可短。无奔忙之苦，有悠闲之乐。听小鸟枝头吟唱，可让心情舒畅；闻虫蛙草间喧鸣，亦解心头郁闷；看雄鹰展翅翱翔，更激豪情满怀。随意出游，不带任何目的而来，也不企盼收获任何东西而归，心境不为某一目标控制，脚步不为某一目标驱使，眼界不为某一目标局限。高兴亦手舞足蹈，扫兴即打道而归，天马行空，随心所欲。这种方法，李白、苏轼常用，徐霞客、郁达夫常用。不信，你到他们的笔端下倾听，便能听到随意天成的乐章，他们才是真正的游山玩水者。

此时的斗牛山就挺好，我觉得。

手机"嘟"的一声，跳出一条微信：科学家研究发现，经常接触大自然，或常在公园、野外散步，可以开拓思维，激发活力，提高自控力和乐观度，做出更理性的决策。工作忙碌的人，最好的养生良方，就是定期休假，休闲。

我相信这项研究成果。人老先从脚开始，脚懒就不愿走动。所以，旅行可以养心，健脚，强身。

晌午的太阳很给力，我们美美地享受了面包加牛奶的"野炊"，又半躺在山坡上静静地享受了阳光浴，就向山顶登去。

我又要开始炫耀了，你知道我在山顶上看到什么了吗？

眼前烟云苍苍，碧水茫茫，波光粼粼，浪花滔滔，鄱阳湖一望无际的浩荡。妻子捧着一束梅花在一边发傻：

"说不尽的美，说不尽的美！"

"怎么说不尽？"我接过话茬，"唐代王勃一千多年前就说透了，'落霞与孤鹜齐飞，秋水共长天一色'。"

"那是远景，你看近处"。

她指的是利池湖圩堤。上世纪七十年代围湖造田，几万农民一个冬天用扁担和锄头在鄱阳湖划了一道弧线，一座十几公里长的大堤像月牙一样兀立水上，万顷良田铺展堤内。这利池圩一年四季呈不同色彩：春天翻耕蓄水，一道道田埂把稻田切割成一面面明镜，把天空也容进来了；初夏，插上秧苗，堤内就铺了一片绿毯；秋天，稻浪翻滚，稻谷金黄，堤内变成金色的海洋；冬天，收割后的稻田又种上了红花草，为来年翻耕沤肥做准备，堤内又成了花朵的世界。现在刚刚立春，一台台拖拉机犁着泥土奔走田间，"隆隆"的机器声擂响了春耕的战鼓。

"你看！"妻子指着一处山坳，只见一农夫正扶犁牵牛在一狭长的山洼处耕地。稀奇！耕牛在农村快绝迹了，今天却意外看到《农耕图》。我们快步来到跟前，又是拍照，又是聊天。得知，农夫姓王，七十多岁，养了一辈子牛。这是村上最后一头耕牛，也是他最后一次犁田。因为老汉很快就要去城里带孙子陪读。我抓紧这最后的机会，拍了最后一组农耕社会的"春耕图"。这是意外的收获。

红日偏西，有些寒意，该打道回府了。

晚霞把斗牛山染出一片红晕，堤岸的桃树已经吐蕾，幼嫩的芦苇正在抽芽，鲜活的水草婆娑弄影，戏水的鸭子拨起一圈圈涟漪，荡漾开去。

不禁脱口冒出苏轼的诗句：

竹外桃花三两枝，
春江水暖鸭先知。
蒌蒿满地芦芽短，
正是河豚欲上时。

春天真好！春游真好！春天的桃花、芦苇、水草、鸭子真好！怪不得歌手旭日阳刚唱着"如果有一天我悄然离去，请把我埋在春天里，"获得大奖。

请把我留在这春天里吧！

后记：生活依旧是田园

从初春写到深秋，总算把那度过了我的童年、少年和一段青年时光，并令我魂牵梦绕的山村岁月，装进了这本小册子。

村庄深藏在鄱阳湖一个偏僻的旮旯里。村子太小，小得不仅在全国和省级地图上找不着，连县级行政区划地图上也没有她的名字。唯一的参照物就是村前的斗牛山和斗牛山湖。这山和湖，地图上依稀有些影子。村人把它叫作"门口山""门口湖"。既然这山、这湖是家门口的，怎能没有村庄呢？因此，我常常在朋友面前，郑重其事、严肃认真、正儿八经地指着地图上斗牛山湖东面的空白处说："我们后黄村就在这个地方。"

这当然是有根据的。斗牛山上的树木、茅草、松子、野兔、鸟窝，是我来到人世间最早通过劳动或玩耍，向大自然收获的第一批果实。斗牛山湖中的鱼、虾、菱、荷及水草，也是我经常向大自然索取的对象。那山上的杜鹃，湖边的垂柳，树上的黄鹂，梁上的燕子，总是第一个告诉我春天的颜色、声音、温度、气味、形态。这一山一水，在我儿时的世界里，就是冬天的雪、夏天的风、春天的花、秋天的果，是我砍柴、捉鱼、划船、游泳、放牛、耕耘，也包括打架、逃学、玩耍的舞台。

在村道上和小巷中行走是我梦里亘古不变的情结。我儿时的伙伴，好像都没有长大，还在快乐地跑来跑去捉迷藏，做游戏，手里举着沉甸甸的童真。时光老人也像个调皮的孩子，在暗处躲躲闪闪，从不露面。忽然有一天跳出来，说你们长大了，都儿孙满堂，年过花甲了。

岁月让我猝不及防，一个趔趄，就跟跟跄跄，懵懵懂懂地撞入老年世界。儿时的梦境却还时断时续，甚至莫名其妙地闪现一些念头：双丰圩的稻穗开始扬花飘香了吗？那些帆船还在斗牛山湖里扬帆吗？那些玩得邋遢的孩子有没有被唤回家吃饭？那高大的榆树上还有喜鹊窝吗……

其实，年轻时，在职时，是无暇做梦的，工作的压力，生活的负担，职场的竞争，压得许多人都喘不过气来，总是有意无意地疏忽人生许多美好的东西。若问，你端午划龙舟了吗？中秋赏月了吗？元宵观灯了吗？腊八喝粥了吗？至少我是摇头的，是很少顾及的。生活的羁绊一旦解除，童年情缘就像潮水一样，以汹涌澎湃之势向我袭来，侵袭了整个身心。这种侵袭温暖如风，让我手足无措，有一种不吐不快、不言不尽、不叙不甘的欲望。

于是，就想借笔追梦。我知道，一个平头百姓是不值得写回忆录的，我也没有写什么回忆录的想法，只是想把儿时故乡好玩的事、好看的景和可怀念的情再过滤一下，用笔刻下一道迹痕，用文字来延续生命，延续美好，延续梦想。我也知道，这种零打碎敲，蜻蜓点水的记叙，肯定是浮光掠影，非常肤浅的。我更知道，从来没有涉足文学的我，要把少年梦境诉诸笔端，是有很大困难的，甚至是异想天开。但我还是想试试。心想笔到，笔随心至，就这样一篇一篇涂鸦下来。

幸亏有几位谙熟文学的良师益友指导。我的初中老师，江西省作协会员、原《上饶日报》总编周晓霞女士，不顾高龄体弱，仍像当年在学校批改作业一样，帮我逐段逐句修改，指出毛病和瑕疵，纠正错字和病句，传授经验和体会。在我举笔维艰或跑题万里时，及时指点迷津，引发思路。我的同事和朋友，原九江市教科所语文教研员陈德森老师，也一篇篇过目，在文字上把关，语言上推敲，修辞上润色。我在写中学，学中写，像幼儿学步似的蹒跚在"文学"的道路上。对两位老师的辛勤付出，我不只是感谢，而是从内心深深地感动，感激！更要感恩！

在我的微信群里，还有一批我曾经的同学、同事、朋友，作为拙作的第一读者，也是及时指出不足，提出意见，甚至帮我记忆往事，提供可鉴素材。郝仕高、高浔、许允、张贤忠、刘冬秀，他们都是我的"一字师"。在此表示感谢和致意！

所写文字绝大多数是儿时生活足迹和乡村人事风情的叙述，都是平凡得不能再平凡的小事，普通得不能再普通的村人。另有一些部队生活和他乡记忆，也属岁月留痕，一并收入。

写到这里，想起曾经读过的一首禅诗："春有百花秋有月，夏有凉风冬有雪。若无闲事挂心头，便是人间好时节。"这世间，我虽然没有遇上享不尽的荣华富贵，但却有我看不尽的青山绿水，有我听不够的婉转悠扬，有我念不完的人间真情，有我忆不尽凡尘轶事。拥有这些就够幸福了。把它收藏，晾干，腌制。闲暇时，品尝。

回望岁月，故乡的田园生活像流水一样平静，它并没有随岁月的远去而消逝，而是像斗牛山湖里的船一样泊在我心里的码头。村庄恬然安适，故乡岁月静好。作为生长在这块土地上的游子，心态如同村前的斗牛山湖，风轻浪平，深水静流，慢慢地沉淀水中的杂质，净化自己的心灵。而过滤后的心情，就像湖边那片绿色的田园：恬适、静谧、温馨、惬意。

生活，应该这般田园。